뜻을 품은 사람이
길을 만든다

뜻을 품은 사람이
길을 만든다

김형준·강문순·김현주·나선화·박경숙

박상림·홍혜숙·박용진·김효진·이재은

공저

도서
출판 **더로드**
The Road Books

하루하루
성장하기

"새벽 4시에 일어난다."

이렇게 말하면 다들 미쳤다고 합니다. 새벽 4시에 일어나서 뭐 하냐고요? 꿈은 원대했습니다. 2016년 이지성 작가의 《꿈꾸는 다락방》을 읽고 작가가 되어야겠다고 다짐했습니다. 큰방에 독서실 책상을 하나 비치해 놓았습니다. 혼자서 하루의 일기를 적었습니다. 지금도 변함없이 작가가 되고 싶어서 매일 새벽 4시에 눈을 뜹니다. 알람을 매일 맞추어 놓습니다. 주말도 다를 바 없습니다.

지금은 새벽 4시에 일어나면 책을 읽습니다. 독서 모임에 가입했기 때문입니다. 20페이지 읽고 마음에 와닿은 부분을 녹음합니다. 3분 분량을 녹음하고 독서 노트에도 적습니다. 필사합니다. 아이들에게 아침밥을 주어야 하지만 독서 밥을 줍니다. 아이들이 밤에 듣고 잤으면 하는 바람으로. 아이들이 좋아하지도 않지만 싫어하지도 않습니다. 녹음 내용 마지막에는 아이들에게 "사랑해."라고 전합니다.

1년 전에는 미욘 강사와 일본어 회화를 했습니다. 회화 수업을 시작해서 1년을 매일 10분씩 작은 성공을 익혔습니다. 작은 성공의 힘으로 힘든 일이 있어도 즐겁게 일을 합니다. 나에게 꿈이 있어서 누가 뭐라고 해도 '잘했어, 나는 대단해, 내가 최고야!'
주문을 걸었습니다.
그 사이 힘든 일도 많았습니다. 업무상 오해 때문에 동료 직원들과의 관계가 서먹했던 적도 있었고, 옳은 일과 융통성 사이에서 갈등한 적도 많았습니다. 2022년 1월 28일 해경 표창장을 받았습니다.
"그동안 고생 많았습니다."
"우리 홍 주사는 민원 해결을 위해 앞장서고 있습니다."
수고했다는 한 마디에 눈물이 쏟아졌고, 그동안의 시간들이 보람과 가치가 있었구나 새삼 느끼기도 했습니다.

나의 꿈은 하루 24시간의 일상을 잘 살아내는 일입니다. 새벽 4시에 일어나서 공부하고 책을 읽습니다. 점심시간 30분도 아주 큽니다. 20분 동안 책을 읽고 10분은 내 생각 적기를 합니다. 일을 마치고 집에 돌아오는 퇴근 시간 1시간은 운전하면서 새벽에 녹음했던 파일을 듣고 복습합니다. 잠들 때는 놓치지 않고 열심히 살아내겠다는 일기를 씁니다. 지금 내 꿈은 아주 작게 이루어지고 있습니다.

"이것저것 뭘 그렇게 열심히 하나요?"

"작가가 되고 싶어서요."

맞습니다. 작가가 되는 것은 원대한 꿈이 아닙니다. 작가는 매일 글 쓰는 사람이 작가라고 합니다. 하루 일상을 쓰는 작가. 멋지지 않나요? 반복되는 지루한 일상이 글을 쓰면 하루하루 새롭습니다.

홍혜숙

제4장   나는 아직도 그리워한다 * 사람, 사랑

제5장   남아있는 삶에 전하는 말 * 희망

제1장

내가 견뎌온 시간들 * 불행

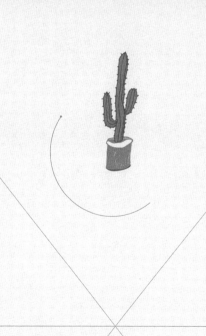

박상림

스물여덟의
알코올 중독 아빠,
엄마의 죽음

　　스물여덟. 아빠가 기댈 곳은 술뿐이었다. 여
섯 살, 다섯 살, 세 살. 삼 남매. 엄마가 돌아가시기 전에도 술 때
문에 문제가 있었는데 엄마의 빈자리는 그 문제에 가속도를 붙
여 주었다. 술을 먹기 전과 먹은 후의 아빠의 모습은 서로 반대되
는 지킬 앤 하이드였다. 술을 먹기 전에는 새색시처럼 부끄럼도
많이 타고 말수도 적었다. 착하고 내성적인 성격이셨다. 웃는 모습
도 밝았다. 술을 마신 후의 아빠는 폭력적이고 무서웠다. 말이 많
아지고 화를 많이 냈다. 무엇보다 우리에게 휘두르는 폭력은 무섭
고 두려웠다. 벌을 세우기도 하고 집 안 청소와 손빨래를 시켰다.
다음 날 학교에 가야 하는데 학교 갈 필요 없다면서 잠을 재우지

않았다. 졸리고 괴로웠다. 학교에 빠지면 큰일 나는 줄 알았다. 세상이 무너져도 가야 하는 곳이라 생각했다. 아빠가 잠시 화장실을 가거나 다른 일을 할 때 집 밖으로 도망쳐야 한다. 그래야 아빠의 폭력에서 벗어날 수 있다. 어떻게든 우리 셋은 밖으로 도망쳐서 아빠가 잠들 때까지 기다렸다가 조용히 집에 들어가서 잠을 자고 학교를 갔다. 다음날 아빠는 기억도 못 하셨다. 어젯밤 아빠의 모습을 이야기하면 멋쩍어하면서 미안해하셨다. 그걸로 끝이었다. 또 반복이었다.

아빠의 직업은 일용직 노동자였다. 하루 벌어서 하루를 살아갔다. 일 끝나고 집에 들어올 때 손에는 삼겹살과 소주가 있었다. 술을 적당히 마시면 좋겠다고 빌었다. 소주 1병이 2병이 되고, 3병이 되면 아빠는 폭력적으로 변한다. 술을 몰래 버리거나 숨겨놓기도 했지만, 그때마다 무섭게 화를 냈다. 맞기 싫어서 밖으로 도망치는 일이 다반사였다. 술을 먹기 전 아빠는 따뜻했다. 솜씨는 없지만 김치를 어떻게든 담그려고 애썼다. 반찬 몇 가지를 만들었다. 저녁을 먹고 아빠와 함께 누워서 TV 시청하는 것이 좋았다. '술 안 마시는 이런 날들이 많으면 좋겠다.'라고 생각했다. 보통의 아빠들처럼 일정한 직업을 갖고 월급을 받으면서 지내기를 바랐다. 돈 걱정하지 않고 지내고 싶었다. 우리가 걱정되어 큰고모가 김치도 해다 주시고 육성회비도 내주셨다. 언젠가는 오실 때 과자 상자를 갖고 오신 적이 있다. 평소에 보지 못한 물건이었다. 먹어보지 못한 과자를 먹을 수 있어 신기했고 좋았다. 그날이 과자 상자를 처음이자 마지막으로 보는 날이었다. 술 문제로 아빠랑 계속 트러블이 생기다 보니 큰고모의 발걸음도 뜸해졌다.

아빠가 차라리 우리를 보육원에 데려다주면 좋겠다고 생각했다. 같은 동네 사는 미선이는 수녀님들이 돌봐주는 공동체에서 살고 있었다. 여러 아이들과 함께 생활하는 '나사렛집'이라는 곳이었다. 그곳에 있는 아이들이 부러웠다. 아빠의 폭력도 없고, 육성회비가 미납되어 창피함을 당하지 않아도 되었기 때문이다. '잠도 실컷 자고, 공부도 하고 싶은 만큼 할 수 있으니 얼마나 좋을까?'라고 생각했다. 아빠가 술에 취한 날이면 '어떻게 이 밤을 보내야 하나?' 생각하며 괴로워했다. 비가 오거나 추운 겨울에는 밖에서 시간을 보내는 것이 더 힘들었다. 밖으로 도망친 우리는 아빠와 숨바꼭질과 달리기를 한다. 잡혀 들어가면 맞을 걸 알기에 죽을 힘을 다해 도망쳤다. 그렇게 아빠를 피해 3층 빌라 지하실에서 자고 있는데 누군가가 들어왔다. 이웃집 아주머니였다. 우리가 거기서 자니까 여기서 자면 안 된다고 내쫓았다. 날은 춥고 또 다른 곳을 찾아봐야 했다. 교회에 들어가서 잠시 눈을 붙였다. 잠시 쉬고 있으면 어떻게 알고 아빠가 나타났다. 또 도망쳤다. 3층 빌라 계단에 앉아서 잠시 눈을 붙인다. 다음날이 오기만을 바랐다. 다음날 아침밥도 먹지 않고 학교에 갔다. 아빠가 오늘은 제발 술을 먹지 않기를 기도했다.

　세월이 빨리 흘러서 어른이 되고 싶었다. 돈을 벌고 싶었다. 나이를 먹을수록 아빠에 대한 반항심도 커졌다. 나는 고등학교 2학년, 남동생 상철이는 중학교 2학년. 힘이 세지고 아빠와 대적할 수 있게 되었다. 그날 아빠는 이미 술에 취해있었고, 상철이를 밖으로 쫓아냈다. 현관문을 잠그고 서로 대치하고 있는 상황이었다. 문을 열라고 소리치던 상철이는 유리 창문을 맨주먹으로 쳤다. 손목을 심하게 다쳤다. 피가 철철 흘렀다. 수건으로 감싸고 택시를 탔다. 눈물이 뚝뚝 떨어졌다. 상철이가 피를 많이 흘려 죽을까 봐 무서웠다. 가까운 병원으로 갔다. 응급처치를 하고 의사 선생님이 큰 병원으로 가라고 해서 충남대병원 응급실로 갔다. 수술을 해야 한다고 했다. 의사 선생님 말씀이 신경들이 다 잘려 나가 위로 도망가 있는 상태라고 했다. 수술 후 경과를 지켜봐야겠지만 손을 못 쓸 수 있다는 말에 큰 충격을 받았다.

　제발 손을 쓸 수 있게 해달라고 기도했다. 술이라는 것 때문에 벌어지는 모든 일이 저주스러웠다. 술이 다 없어지면 좋겠다고 생각했다. 상철이를 원망하기도 했다. '조금만 참지, 미친놈.' 원망과 걱정 속에서 수술을 마치고 입원을 했다. 한고비를 넘기니 다른 문제가 기다리고 있었다. 수술비와 입원비가 없어서 걱정이었다. 아빠도 백방으로 돈을 마련하려고 애썼다. 집안 형편은 더 어려워지고 아빠는 매일 술에 취해있었다. 치료를 끝내고 퇴원을 해야 하는데 병원비를 내지 못해서 퇴원을 할 수 없었다. 600만 원이라는 큰돈이 없었다. 이 소식을 전해 들은 큰고모가 어렵게 돈을 마련해서 도와주셨다.

위험한 고비마다 우리를 도와주시는 손길들이 있었다. 육성회비를 낼 수 없는 상황일 때 장학금을 받을 수 있는 기회를 학교에서 마련해 주었다. 중학교를 졸업하고 고등학교에 진학할 때, 교복을 살 돈이 없어 걱정했다. 학교 앞에서 교복 집 전단지를 나누어 주시는 사장님께 사정을 말하고 아르바이트를 할 수 있냐고 물어봤다. 한 달 동안 일을 하고 난 후 교복을 얻을 수 있었다. 상철이가 손목을 다쳤을 때, 큰고모가 도와주신 일. 어렵고 힘든 상황들속에서 동시에 감사할 일도 같이 생겼다. '나는 인복이 참 많은 사람이구나.'를 느낄 수 있었다. 장녀로서 엄마가 없는 빈자리를 대신해 힘든 무게를 버텨낼 힘을 주셨다. 이런 경험들이 어떤 일에도 성실하게 일할 수 있게 만들어 주었다. 책임감을 가질 수 있는 태도를 갖게 해주었다. 맡은 일은 포기하지 않고 끝까지 해내고자 하는 힘을 기를 수 있었다. 지금 당장은 어렵고 힘들더라도 지나가면 좋은 일이 기다리고 있을 것이라는 긍정적인 생각을 가질 수 있었다. 동생들과의 관계 또한 더 돈독하게 만들어 주었다. 그

때도 지금도 서로를 위해서 애쓴다. 지금은 각자 결혼해서 자신의 삶을 묵묵히 살아내고 있다. 서로에 대한 애정과 고마움을 가지고 있다.

어린 시절 돈이 없어서 고생했던 경험들은 돈을 필요한 만큼 벌고 싶다는 욕구가 생기게 했다. 그 욕구를 채우기 위해서는 노력도 함께 행해야 함을 안다. 지금, 이 순간 일하고 있다는 것에 감사한다. 또한 내 일에 책임을 다하기 위해서 오늘도 책을 보며 공부를 한다. 어릴 적 소원은 평범한 가정에서 살고 싶은 것이었다. 아빠와 엄마가 있는 따뜻한 집에서 편안하게 먹고, 잘 수 있는 공간을 갖고 싶었다. 나는 가져보지 못한 경험이지만 내 아이들만큼은 평범한 가정을 만들어 주고 싶었다. 마음속으로 늘 바라면 이루어진다고 했던가! 술 한 잔만 마셔도 얼굴이 새빨개지는 남편을 만났다. 아빠와는 반대로 술과는 거리가 먼 사람을 만난 것이다. 책임감과 성실함의 끝판왕인 남편을 만나 평범한 가정을 이루었다. 어릴 적 소원이 이루어졌다. 초년고생은 황금알 자수성가의 꽃이라는 말이 있다. 어린 시절의 아프고 힘든 일들은 내가 더 성장할 수 있는 밑거름이 되었다.

김효진

시간은 흐르고
마음은 변한다

2021년 가을. 엄마가 집을 나왔다. 처음이다. 맨날 욕 듣고 맞고 우느니, 차라리 이혼하는 게 좋겠다고 엄마에게 말했다. 엄마도 이제는 못 살겠다고 했다. 며칠 지나면 마누라가 집에 들어올 거로 생각하고 있을 아빠에게도 전화했다. 이제 엄마는 집에 들어가지 않을 거라고 말했다. 문득 걱정되었다. 뭐 하나 직접 해본 적 없는 아빠다. 엄마 없이는 통장에 돈도 꺼낼 줄 모르는 바보다. 밥도 하고 빨래도 하고 혼자 살 준비를 하라고 했다. 화를 내는 아빠의 목소리가 듣기 싫었다. 전화를 끊으려는데 사십 평생 묵혀 둔 말이 툭 튀어나왔다. 힘들고 무서웠노라고, 두렵고 지겨웠다고, 우리에게 미안하지도 않으냐고 가슴속 깊이 쌓아둔 말을 했다. 평생 처자식 먹여 살리느라 힘들게 살아온 삶을 아무것도 아니라고 말하는 나에게 네가 뭘 아냐면서 다시는 연락하지 말라고 소리 지른다. "너, 나한테 왜 그래? 나 죽고 나면 얼마나 후회하려고 그렇게 말하는 거여!"

나는 엄마가 영원히 집에 들어가지 않겠다고 할 줄 알았다. 그런데 아니었다.

"미안해. 잘못했다. 앞으로 술 안 먹고 화 안 낼게." 아빠랑 살면서 평생 처음 들어본 '미안해' 한마디로 생각을 바꾸셨다. 동생과 나는 또 술 먹고 취하면 똑같을 거라고 말했지만 엄마는 마음을 바꾸지 않으셨다. 화가 났다. 평생을 겪고 살았으면서도 그런 결정을 했다는 게 이해되지 않았다. 아빠에게 다시는 안 볼 것처럼 독한 말 다 퍼부었는데 들어간다니…… 이제 어떻게 하지? 엄마가 집에 들어가도 나는 못 갈 것 같다고 이야기했지만, 엄마는 한 달 만에 아빠에게 돌아갔다. 언제는 지옥이라며?

엄마가 집에 들어가던 날 전화가 왔다. 친척 동생이 죽었다. 믿기지 않았다. 꿈인가 싶을 때 이모가 걱정됐다. 항상 즐겁고 살갑던 우리 이모다. 아들딸, 둘밖에 모르는 사람인데…… 우리 이모 어떻게 하지? 이모 이제 어떻게 살아? 눈물이 멈추질 않는다. 다음 날 아침, 광주에 갔다. 장례식장에 도착해 보니 이모부는 망

연자실한 표정으로 아들 사진을 바라보고 있다. "이모부……!" "…… 개놈의 자식 쌍놈의 자식." 욕인데 마음이 아렸다. 이모 걱정에 본인 마음 다 내놓지도 못한 채 눈시울만 붉히셨다. 이모를 좀 봐달라면서 장례식장에 딸린 방 안으로 나를 들이미신다.

"아이고 효진아. 이놈의 자식, 결혼식에 누나들을 불러야지, 이 자식이 누나들을 이런 데로 부르고 있어! 효진아, 이놈의 자식이……"

이모는 누운 채 퉁퉁 부은 얼굴로 일어나지도 못하고 같은 말을 반복하셨다. 자리에 주저앉아 이모를 안는다. 달리해줄 수 있는 게 아무것도 없다. 현실이 야속하다. 뭘 먹지를 못한다. 자식을 잃은 부모가 먹고 싶은 마음이 생기겠냐마는, 그래도 조카인 나는 살아있는 이모가 더 애 쓰인다. 억지로 이것저것 들이밀어 보지만 먹는 시늉뿐이다. 조문객 전부 가고 동생의 친구 몇 명과 친척 몇 명 남았다. 술 가져다 놓고 밤새워 마신다. 이야기하면서 동생의 삶을 들여다본다.

이모가 여섯이다. 그중 제일 왕래가 잦다. 내 사정, 엄마 사정 다 안다. 이제 막 아들을 잃은 이모가 내게 말한다.

"다 필요 없다. 이렇게 가버리고 나면 아무것도 아닌데. 세상 일이 아무것도 아니야. 효진아……. 엄마 말로는 아빠가 미안하다고 했데, 효진아! 이런 거 저런 거 다 필요 없다. 아무것도 아니네……"

"……."

"연락해, 먼저."

"…… 이모, 엄마도 아빠도 다 미워. 엄마는 어떻게 자식들이 그렇게 말리는데 다시 들어갈 수가 있지?"

"야, 네 엄마, 아빠 없으면 못 살아. 내가 잡으러 많이 다녔다. 잡아다 놓으면 또 아빠한테 가 있고, 잡아다 놓으면 밤에 자다가 또 가고. 몇 번을 그랬는지 몰라. 근데 어느 날 또 잡으러 갔더니 임신했다고 그러더라. 그 뒤로 잡으러 안 갔지. 못 갔지. 그게 너야. 아무튼 엄마는 아빠밖에 몰라."

"그렇지. 그게 나지. 근데 이모, 그래서 둘이 그렇게 사는 게 내 탓 같더라…"

알고 있었다. 나를 임신해서 결혼했다. 꼭 그 사실이 이 가족이 불행한 이유가 내 탓이라고 말하는 거 같았다. 내내 괴로웠다. 나만 없으면 이런 일이 벌어지지 않았을까? 모든 게 내 탓 같아서, 그렇게 살 수 없어서 아빠에게 독한 말을 퍼부었다. 그저 내가 숨 쉬고 살고 싶어서.

모든 게 내 탓은 아니라는 거 안다. 즐겁고 행복했던 때도 있었다. 모든 일에는 양면성이 있지 않은가. 무엇을 선택할지는 내 마음이다. 태풍이 분다. 밖에서 태풍 구경을 할 것인지, 태풍 안에 들어가 바람에 흔들릴 것인지, 한가운데에서 고요히 있을 것인지 선택할 수 있다. 한 가지 확실한 것은, 태풍은 언젠간 멈추고, 무엇을 택하든지 버텨내기만 하면 영원한 불행은 없다. 괴롭지만 그게 전부는 아니었다. 상처가 사람을 단단하게 만든다.

친척 동생을 보낸 지 몇 달이 되었다. 이모와 이모부는 이사했고, 그런대로 살아지고 있는 것 같다. 그 맘 내가 다 어찌 알랴? 아직도 전화하면 운다. 이모 가슴에 난 상처는 아물기는 하는 걸까?

딩동! 벨이 울린다. 택배다. 뭐 올 게 없는데? 문을 열고 나가보니 큰 상자 네 개가 놓여있다. 무겁다. 끙끙대며 들고 들어와 상자를 열었다. 김치? 많이도 보냈네. 시댁인가? 그제야 상자 위에 주소를 확인해 본다. 친정이다. 어제는 통장에 30만 원이 입금됐다. 엄마 이름이었다. 전화했다. 김치는 뭐고 돈은 뭔데?

"아니~ 아빠가 김장 다 하고 빨리 보내라고 얼마나 잔소리를 하는지 귀가 따가워. 돈은 현아 가방 사줘라. 입학할 때 처음 매는 가방은 할아버지가 사주는 거라고, 꼭 보내라고 신신당부하고 나갔다."

강문순

내 인생의
복덩어리

　　내 동생은 조현병 환자다. 사업을 하다가 사기를 당해 숟가락 하나 못 건지고 알거지가 됐다. 그 상처로 어느 날 갑자기 귀신이 보인다 했다. 아무도 없는 문밖에 누가 왔다고 했다. 혼자서 중얼중얼하며 웃기도 하고 울기도 하며 자꾸만 이상한 소리를 했다. 병원에도 가보고, 귀신을 쫓는다는 유명한 목사님께 안수기도도 받았다. 무당을 찾아가 굿도 했었다. 다 소용없었다. 그 병을 벌써 30년 가까이 앓고 있다. 징글징글하게 낫지 않는 병이다. 입원과 퇴원을 오랜 세월 수십 번 반복했다. 그 바람에 가세는 기울고 친정 아빠마저 뇌경색으로 쓰러져 13년을 누워계시다 돌아가셨다.

조현병의 주요 증상은 환청과 환시다. 내 동생도 병이 재발하면 환청과 환시에 시달렸다. 최근엔 교회 목사님과 사모님의 목소리가 자꾸 들린다고 했다. 그때마다 새벽이건, 늦은 밤이건 시도 때도 없이 교회를 찾아가 어느 날은 문을 다 부숴놓고, 어느 날은 동네 쓰레기들을 교회 현관에 뿌려 놓으며 이상한 짓을 했다. 자신을 욕하며 가족들을 괴롭히고 있다는 망상과 현실을 구분 못한 나머지 그 사람들을 죽이고 싶다며 칼을 가지고 다녔다.

어느 날 전화벨이 울렸다. 교회 사모님의 전화였다. 불안한 마음에 얼른 전화를 받았다.

"내가 실수를 한 것 같아."

"네? 무슨 실수요, 사모님?"

"내가 동생한테 우리 집 주소를 알려줬어."

"네? 절대 안 되는데요! 아, 어떻게요?"

"내가 따뜻한 밥 한 끼 직접 해주고 싶어서……"

큰일이었다.

걱정했던 대로 동생은 매일 목사님 댁을 찾아갔다. 집 앞에서 큰 소리로 욕을 했다. 그것도 모자라 우편함에 찢어진 우산과 각종 오물을 잔뜩 넣어놓았다. 더 무서운 것은 근처에서 지키고 있다가 교회로 향하는 사모님의 뒤를 쫓아가기도 했다. 시간이 없었다. 빨리 입원을 서둘러야 했다. 설마 했던 일이 벌어질지도 모르는 상황이었다.

그러잖아도 계속 입원을 권유하고 있었다. 증상이 심해지면 고집도 엄청나게 세지기 때문에 말로는 안 된다는 것을 알고 있었지만, 스스로 병을 인정하고 입원해 주길 바라며 어르고 달랬다. 소용없었다. 치료를 거부하는 동생을 보호하기 위해 어떻게든 입원시켜야만 했다. 엄마의 불안, 목사님과 사모님의 안전과 더 큰 사고를 방지하기 위해 나는 또 아픈 결단을 내렸다. 병원에 전화해서 입원 여부를 확인한 후 사설 응급 구조대원을 불렀다.

동생을 입원시키고 지친 몸과 상한 마음으로 친정에 도착했다. 우엉 조림하다가 갑자기 병원으로 끌려간 흔적을 보니 기가 막혔다. 멀쩡할 땐 집안 살림도 깔끔하게 잘하고 음식솜씨도 일품인 천생 여자다. 인정 많고 털털한 성격이라 주변 사람들에게 인기도 많았다. 그런 동생이 환청이 들리면 어느 날은 자다가 없어지고, 어느 날은 옥상에 올라가 골목길에 돌을 던졌다. 수많은 병중에 하필이면 정신병인지…… 아픈 자식을 보는 엄마 마음은 오죽할까 싶어 꿀꺽꿀꺽 뜨겁게 올라오는 것을 삼키며 병원 생활에 필요한 물건들을 챙기고 있는데 군에 있는 조카한테 전화가 왔다.

"이모, 엄마 때문에……"
"왜? 무슨 일 있어?"
"내가 매를 맞고 있다고 국방부 민원 콜센터에 신고해서 확인 전화가 왔어요."

　여동생이 또 환시를 보고 국방부에 전화를 했던 것이다. 윗분께 자기 엄마의 병을 알려야 하는 조카의 심정이 어떨지 알기에 그날, 밤을 지새우며 조카를 위해 기도했다. 앞으로 조카가 감당해야 할 삶의 무게가 만만치 않았다. 제발, 동생의 병을 고쳐 달라고 피를 토하는 울부짖음으로 베개를 적셨다.

　오랜 세월 겪고 있는 일이라 이젠 마음에 굳은살이 생길만한데도 이런 일이 생길 때마다 아직도 쓰리고 아프다. 남들은 나보고 너무 혼자 다 해결하려고 애쓰지 말라지만 나를 남편처럼 아들처럼 생각하고 의지하는 엄마를 지켜야 한다. 뇌경색으로 쓰러져 한쪽 팔과 다리를 전혀 쓰지 못하는 아빠의 병간호와 동생의 조현병을 감내한 우리 엄마가, 어느새 많이 늙으셨다. 나밖에 없다.

　평생 재발과 호전을 반복한다는 몹쓸 병 때문에 그동안 힘들었고, 지금도 힘들고, 앞으로도 또 힘들 것이다. 내 인생은 왜 이럴까 싶은 생각을 하니 묵직한 돌덩이 하나가 명치끝을 죄어 왔다. 누구라도 붙잡고 하소연하고 싶어 친정아버지를 모시는 선생님께 전화했다.

　"선생님은 동생이, 저는 아버지가 복덩어리군요."

　정신이 번쩍 들었다. 그 선생님은 치매를 앓고 있는 아버지를 복덩어리라고 표현하셨기 때문이다. 나는 동생을 미워하고 원망하며 내 안에 불평 덩어리만 키우고 살았다. 아주 부끄러웠다. 생각해 보니, 그동안 내 어깨의 짐이라 생각했던 동생의 병 때문에 늘 겸손하고 성실하게 살았다. 아픈 사람들의 고통도 느꼈고 이를 통해 사랑과 용서를 배웠다. 무거운 삶의 무게가 나를 성숙시키고 소소한 행복에 감사할 줄 아는 사람으로 만들어줬다. 그 복 때문에 지금 내 삶이 펼쳐지고 있다는 것을 깨달으며 감사가 넘쳤다. 마음을 짓누르던 덩어리 하나를 복덩어리로 생각을 바꾸니 마음이 가벼워졌다.

누군가가 '행복'의 반대말을 '불행'이 아닌 '불평'이라고 했다. 남과 다른 동생의 병에 가끔은 조금, 가끔은 많이, 불평하며 살아왔을 뿐 이젠 크게 불행하다는 생각을 하지 않기로 했다. 그동안 잘 이겨내며 살았던 것처럼 앞으로도 넉넉히 이기며 살아갈 긍정의 힘이 내게 있기 때문이다. 주어진 운명을 어찌하지는 못하지만 내 마음과 생각을 바꿀 수는 있다.

병원에서 전화가 왔다. 그새 안정을 취하고 많이 좋아진 동생의 전화다.

"언니……"

"그래~ 문숙아, 고생이 많지? 사랑해."

"응, 나도……"

아버지를 닮고 싶지 않았다

금요일 저녁, 보쌈을 시켰다. 두 딸은 저녁거리로, 아내는 맥주, 나는 소주 안주를 겸했다. 고기 몇 점으로 배를 채운 뒤 소주잔을 채웠다. 술이 몸속을 돌수록 기분이 좋아진다. 기분이 좋아지면 말이 많아진다.

"보민아! 그때는 그렇게 말하는 게 아니고, '내 의견은 이러니까 너희들 의견은 어때?'라고 하는 거야. 나와 다르다고 무조건 틀렸다는 건 잘못된 생각이야. 상대방의 의사를 먼저 들어보고 나중에 판단하는 게 맞는 것 같은데, 안 그러니?"

가만히 듣고 있던 보민이 표정에 웃음기가 사라졌다. 퍼뜩 정신이 들었다. '아! 내가 또 말이 많았구나.' 보민이는 내가 하는 말을 이해는 했지만, 평소와 다른 행동이 거슬렸던 것 같다. 나는 술을 안 마시면 말수가 적다. 술만 마시면 그동안 못 했던 말을 아내든 아이에게든 쏟아냈다. 술기운을 빌려 하는 말이니 상대방에게 좋게 들릴 리 없다. 눈치를 주지 않으면 끝을 모르고 했을 것이다. 나도 상대방이 술기운에 한 말 또 하는 주사를 싫어한다. 어릴 적 아버지 때문이었다.

자다 깬 우리는 아버지 앞에 나란히 앉았다. 아버지는 같은 말을 몇 번째 반복 중이다. 또 시작이구나 싶었다. 말리고도 싶었고, 그만하시라고도 말하고 싶었다. 내 생각이 어떤지 알 리 없는 아버지는 쉼 없이 말을 이어갔다. 의미를 알 수 없는 말들은 귀에 들리지 않았다. 머릿속에는 이 상황이 빨리 끝나기만 바라는 마음뿐이었다. 어머니는 술에 취한 아버지를 포기한 건지, 취해도 아버지임을 존중해 주는 건지, 아버지 말이 끝날 때까지 방에 들어오지 않았다. 아버지를 막아 줄 분은 어머니뿐이라고 마음속으로 고함을 쳐 보지만 들릴 리 없다. 잠을 깨운 것도 싫었지만 같은 말을 반복하는 게 더 싫었다. 하지만 아버지는 선을 넘지 않았다. 팍팍한 살림 때문에 어머니와 늘 다투었지만, 그 화살이 우리에게 향한 적은 없었다. 당신의 감정 청소를 위해 우리에게 화를 낸 적도 없었다. 그러니 어쩌다 한 번 술을 이기지 못해 우리를 앉혀놓고 늘어놓는 잔소리를 참고 들었던 것 같다.

아버지는 술과 친구를 좋아하셨다. 어머니는 그런 아버지를 싫어하셨다. 두 분의 싸움은 언제나 술이 시작이었다. 직장을 다닐 때도, 동네에서 장사할 때도 아버지에겐 친구가 먼저였다. 아버지가 왜 친구를 먼저 찾는지 그때는 이해할 수 없었다. 어머니는 가족보다 친구가 먼저이고 술을 마시기 위해 큰돈을 주저 없이 쓰는 아버지를 미워했다. 집 안에 돈이 없는 것도, 쓰러져가는 집에 사는 것도 모두 아버지 탓이라고 어머니는 늘 말했다. 그런 아버지 때문에 어머니는 악착같이 돈을 벌었다. 그렇게 번 돈으로 우리를 챙기는 건 어머니의 몫이었다. 아버지가 일을 안 한 건 아니었다. 운이 없었던 건지, 돈 버는 재주가 없어서였는지 모르겠지만 아버지는 하는 일마다 안 되어 돈을 까먹었다. 어머니는 매번 실패하는 아버지를 봤고 그 원인이 술과 친구 때문이라고 믿었다.

아버지는 서울의 명문고를 다닐 만큼 부유한 집의 장손이셨다. 부족한 것 없이 자랐다고 어머니는 말했다. 우리도 그렇게 믿고 있었다. 어머니는 우리 앞에서 시시때때로 아버지를 깎아내렸다. 술을 마시고 들어오면 주정뱅이라 했고, 사업에 실패하면 무능력하다고 했고, 친구를 만나고 오면 팔자 좋다고 했다. 어머니 입장에선 가족을 위한다면 술은 적당히 마시고, 사업은 시작하기 전 철저히 준비하고, 친구는 꼭 필요할 때만 만나길 바랐다. 어머니의 의도가 어떠하든 자식에게 당신의 잘못이나 실수를 아무렇지 않게 말하는 아내에게 서운했을 수도 있다. 그런 서운함이 쌓여서

인지는 모르겠지만 술을 안 마셔도 어머니와 다투는 횟수가 늘었다. 아내에게도 이해받지 못하는 자신을 굳이 자식에게까지 이해를 바라지 않았을 것 같다. 그런 탓에 우리를 앉혀놓고 넋두리를 늘어놓으셨던 건 아니었을까? 아버지가 술만 마시면 같은 말을 반복하는 이유를 정확히 몰랐다. 아버지의 주사는 내가 대학을 들어간 뒤부터 줄었다. 자식들이 나이 드는 만큼 어머니, 아버지도 서로에게 둔해졌던 것 같다. 20년 넘게 싸웠으면 미운 정이라도 들었을 텐데 아버지는 아니었나 보다. 아버지는 돈을 벌기 위해 최선을 다했지만 뜻대로 되지 않았고, 뜻하지 않은 사고로 한쪽 발에 장애를 갖게 되셨다. 자신의 노력을 이해해 주지 않는 아내 때문에 외로우셨을 것 같다. 가장 가까운 가족에게도 이해받지 못한 자신을 술과 친구에게서 위안을 받았던 건 아니었을까?

금요일 저녁, 아내는 약속이 있어 외출했다. 저녁거리로 두 딸은 떡볶이를, 나는 주꾸미볶음에 소주 한 병을 시켰다. 떡볶이가 먼저 왔고 두 딸은 다 먹고 각자 할 일을 했다. 뒤늦게 도착한 주꾸미볶음과 소주 한 병을 뽀로로가 그려진 유아용 식탁에 차렸다. 내 덩치보다 작은 식탁 앞에 쪼그리고 앉아 TV를 보면서 한 잔씩 따라 마셨다. 먹다 보니 문득 그런 생각이 들었다. '이렇게까지 술을 마셔야 하나?' 술을 마시면 쓸데없는 말만 하고, 술을 마시는 모습을 보여주는 것도 좋지 않고. 나도 자라면서 아버지가 술 마시는 게 싫었다. 술을 먹고 난 뒤 이어지는 주사 때문에 더더욱 싫었다. 그런 모습을 굳이 내가 따라 할 필요가 있을까?

성인이 되고 직장을 다니고 결혼을 하고 아이를 낳아 키운 지금까지 충분히 마실 만큼 마셨다고 생각했다. 보여주지 말아야 할 모습도 이미 다 보여줬다. 이제 선택해야 할 것 같았다. 이대로 습관처럼 술을 마시면 아버지와 다를 게 없었다. 아버지와 다른 삶을 살고 싶다면 아버지와 다른 선택을 하면 된다. 그래서 나는 선택했다. 술을 끊었다. 60일이 지났다. 술을 먹어 왔던 시간에 비하면 보잘것없다. 하지만 온전히 내 의지로 나 자신과 약속했고 지켜내고 있다. 눈 가리고 남들은 속일 수 있어도 적어도 나 자신은 속일 수 없다. 아버지는 아버지의 삶을 살았고, 나는 나의 삶을 살면 된다. '아버지 때문에'라는 변명 뒤에 숨지 말고 스스로 당당해지는 선택을 하면 그만이다. 그게 원치 않는 모습을 닮지 않는 현명한 방법이라 생각한다. 가족을 진심으로 위한다면 맨정신에 못 할 말은 없을 것이다. 그동안 술기운을 빌려 늘어놓았던 말 대신 앞으로는 마른 정신으로 두 눈을 바라보며 하고 싶은 말을 해야겠다.

모르는 것도,
아는 것도
병이다

아이의 울음소리가 들렸다. 작은 생명. 간호
사가 내 곁에 살포시 안겨준다. 똑바로 보고 싶은데, 자꾸만 눈앞
이 흐려졌다. 손가락 열 개, 발가락 열 개…… 아! 전부 다 있다! 잠
시 지냈던 산후조리원에는 초보 엄마를 위한 교양강좌 시간이 있
었다. 육아용품 관련 회사의 영업 전술인 줄 알면서도 솔깃했다.
이제 막 태어난 아기의 교육 문제를 고민하며 덜컥 고가의 교육
전집을 들인 것만 봐도.

집에 돌아온 아기는 엄마의 기대대로 전집을 하나씩 섭렵하여
똑똑한 어린이가 되는 일만 남았다. 동방에서 가장 빛나는 사람
이 되라는 뜻의 동혁이란 이름을 가졌다. 이름을 갖고 집에서 며

칠 지내는 동안 동혁이 얼굴에 하나둘 여드름 같은 게 피었다. 아이가 있는 집이라면 꼭 준비해 놓는다는 육아 서적의 정석인 '삐뽀삐뽀 119 소아과'를 샅샅이 찾아본다. 여드름 같기도 하고 뾰루지 같기도 한 빨갛게 솟아오른 건 태열이라고도 하고, 신생아 여드름이라고도 했다. 태열은 생후 1, 2개월경에 나타나는 흔한 반응이라고 한다. 집안 온습도 조절 잘해주고 피부 보습 잘해주면 몇 개월 이내 사라진다고 쓰였다. 다행이다. 뭐라도 잘못될까 봐 전전긍긍하는 새내기 엄마다.

신생아 예방주사와 정기 검진이 있어 소아청소년과에 갔더니 의사가 피부를 보며 책과 같은 이야기를 한다.

"보습 잘해주세요."

의사가 추천해 준 보습제를 사 들고 와서 얼굴에 발라준다. 그동안 보습제를 제대로 안 발라줘서 그랬던 것처럼 얼굴이 뽀얗고 반들반들 윤이 난다.

그런데 점점 좋아져야 할 얼굴이 며칠 뒤엔 볼 전체가 빨갛게 달아오르고 몇 개 없던 여드름이 더 많아진다.

"왜 이렇지?"

하나부터 열까지 미숙하다. 열심히 보습에 집중했다. 공기 중 습도 조절을 위해 가습기도 부지런히 돌린다. 다음날, 또 다음날이 지나면서 뽀얗게 변하길 바랐던 희망이 슬슬 걱정으로 바뀌기 시작했다. 오톨도톨 볼 전체를 메꾸며 올라온 태열 위에 이제는 진물이 맺히기 시작한다. 아직 자기 마음대로 손과 팔을 가누지도 못한다. 어쩌다 볼을 스치면 진물 위에 피가 나기도 했다.

다시 소아청소년과에 가는 날.

"아이고~ 아토피인 거 모르셨어요? 아주 심한데요. 아토피 진료 볼 수 있게 삼성병원 소아과로 가보시는 게 좋을 것 같네요."

보습만 잘해주면 되는 줄 알았다. 종합병원으로 가란다. 심장이 쿵 하고 내려앉는다. 머리가 핑 돌았다. 아이에 대해 몰라도 너무 몰랐다는 생각이 들었다. 집에 와서 열심히 검색하기 시작한다. 얼핏 들어는 봤지만 나와는 무관할 것 같던 아토피. 아토피는 왜 생기는지, 아토피는 어떻게 하면 좋아지는지, 먹는 음식에는 어떤 걸 조심해야 하는지. 정보를 찾으면 찾을수록 저절로 내가 잘못해서 동혁이가 이렇게 되었다는 자책이 된다. 모유 먹일 때 내가 먹은 음식 때문일까? 온도 조절도 안 되는 중앙난방으로 뜨거웠던 실내 온도 때문이었을까? 집안 습도가 잘 안 맞아서 그런 걸까? 쉴 새 없이 차가 지나다니는 도로 옆에 살아서 그런가? 임신 중에 먹은 음식들 때문일까? 만삭 때까지 다니던 회사에서 스트레스 받아 그런 걸까? 출퇴근길 사람들이 담배 피우며 걸어가기도 했던 그때, 본의 아니게 들이마신 담배 연기 때문은 아닌지까지 끝도 없이 원인을 찾으며 후회되는 일을 생각한다.

몰라서 고생하는 일은 없어야 했다. 종합병원에서 처방해 준 리도맥스라는 스테로이드 연고. 집에 도착해 검색을 시작한다. 제일 먼저 올라온 제목은 《리도맥스의 효과와 사용법, 스테로이드 연고의 부작용 주의》. 읽을수록 효과보다 부작용에 눈길이 간다. 장기간 사용하면 피부 모세혈관 확장 현상이 보일 수 있으며 피부염을 동반한 부작용이 생길 수 있다고 한다. 태어난 지 이제 30일이 지난 동혁이를 바라보며 과연 이 연고를 발라줘도 괜찮을까 의심하기 시작했다. 또 검색. 아기들은 체중에 비해 표면적이 넓어 스테로이드 연고 조금만 발라도 많은 양이 흡수되기 때문에 쉽게 부작용이 우려된다고 한다. 웬만하면 보습해 주고 시원한 온도 유지하면서 자연스럽게 치유될 수 있게 해주는 방법이 가장 좋다는 글이 보인다. '그래, 자연치유가 제일이지. 너무 심한 날만 약을 발라줘야겠다.'

면봉에 약을 살짝만 묻혀 부들부들 떨리는 손으로 발라준다. 약간 나아진 것 같은 날엔 연고 대신 로션을 듬뿍 발라줬다. 며칠이 지나면 다시 아토피가 심해졌다. 급기야 자고 일어날 때 동혁이 위아래 속눈썹 사이에 진물이 노란 거미줄처럼 늘어지며 눈이 떠진다. 면봉으로 살며시 진물을 걷어주면서 울컥 뜨거운 무언가가 밀려 올라온다. 환부를 빨리 호전시켜주는 게 급선무였다. 그러나 여전히 연고의 양은 많이 늘릴 수가 없었다.

"땅에 발이 닿으면 다 낫는다."

볼 때마다 안타까워했던 어르신들이 위로하셨다. 기다렸다. 아장아장 걸으며 아기 피부가 되길. 발이 땅에 닿는 걸 넘어 뛰어다니게 되었는데, 동혁이 뺨은 누가 보더라도 아토피 환아였다. 깨끗한 피부는 멀게만 느껴지고 복직 시간은 날마다 가까워진다. 회사를 그만두어야 할까 고민할 때 시어머니께서 돌봐주시기로 하셨다. 시어머니는 연고에 관해 설명을 들으셨지만, 듬뿍듬뿍 발라주셨다. 내가 연고 한 통을 한 달 반 정도 썼었다면 시어머니는 보름이면 끝났다. 부작용이 생기면 어쩌나 걱정만 커진다. 돌봐주시는 것만도 감사하니 한 걸음 뒤에서 지켜볼 수밖에 없다. 시어머니께서 돌봐주신 지 2년이 지나면서 동혁이는 리도 맥스 한 통을 보름이 아닌, 일 년 내내 쓰게 되었다. 지금 우리 집에서 리도맥스를 쓸 땐 유효기간 지난 건 아닌지 확인해야 한다.

17년이 지난 지금은 안다. 몰라서 방치해도 병이 되고 검색하여 많은 걸 알게 돼도 병이 된다는 것을. 전문가의 조언을 들었다면 우왕좌왕, 이거 했다 저거 했다 하지 말고 조언대로 소신 있게 실천해 나가는 게 가장 좋은 방법인 것을 말이다. 내 인생도 그렇다. 올바른 방향으로 가겠다고 결심했다면 갈피를 못 잡고 흔들거리지 말아야 한다. 햇빛은 한 초점에 모였을 때만 불꽃을 낸다는 사실, 기억해야겠다.

그리운 아버지

아버지가 교통사고를 내셨다. 내가 고등학교 1학년, 겨울이었다. 아버지께서 다급한 목소리로 엄마를 찾으셨다.

우리 가족은 대가족으로 딸 셋, 아들 둘, 일곱 식구다. 아버지의 어깨는 무거웠다. 술 때문에 소란이 잦았다. 일과를 마치고 귀가하신 아버지는 매일 저녁 식사하시면서 소주를 즐겨 드신다. 힘든 하루의 노동으로 지친 육체를 달래고, 그렇게 몸이 부서지듯 열심히 일해도 경제적으로 좋아지는 구석이 보이지 않으니 얼마나, 숨이 막혔을까? 탈출구가 보이지 않는 긴 세월, 지금 생각하니 아버지에게는 술이 유일한 친구였을 테다.

아버지는 손재주가 좋아 맥가이버라는 별칭으로 불리기도 했다. 학교에서 따로 기술을 배우거나 일본어를 배우지는 않았다. 그런데도 아버지는 그 당시 일본 제품이 많았던 기계를 잘 다루셨다. 회사에 들여온 새로운 중장비가 고장이 나 다른 기술자들이 고치지 못할 때, 아버지가 손을 대면 못 고치는 것이 없었다. 아버지는 기술을 즐기며 좋아하셨다. 어릴 적, 집에는 다양한 전자제품이 있었다. 술 때문인지 아버지는 저녁 식사를 끝내고 8시면 주무신다. 그리고 새벽 4시면 일어나신다. 일찍 일어나시니 새벽 운동을 다니신다. 운동하다가 길가에 쓸만한데 버려진 전자제품이 눈에 보이면 그걸 들고 귀가하신다. 이런 아버지 때문에 엄마와 다투시던 때가 생각난다.

"운동이나 하지, 거지같이 남이 버린 걸 왜 들고 와요?"

엄마의 잔소리로 소소한 다툼이 일어났다. 그래도 아버지는 묵묵히 자신이 즐기는 일을 하셨다. 아버지가 고장 난 물건을 수리하고 나면 쓰레기로 버려졌던 전자제품이 새로 만들어진다. 야무지게 기계들을 잘 다루시고 또 기계 다루는 일을 좋아하신 분이셨기 때문이다. 이렇게 새로 탄생한 제품을 주변 분들에게 나눠 주셨다. 거지 같다며 소리 지르시던 엄마는 아버지가 만들어 주신 물건들이 좋다고 행복해하며 쓰셨다. 아직도 어머니는 아버지가 수리해 주신 물건을 사용하고 계신다. 그때마다 아버지를 그리워하며 이야기를 나눈다. 그런데 이렇게 아버지가 잘하시는 일을 뒤로하고, 가족을 위해서 돈을 더 벌어야겠다며, 힘든 운전직으로 이직하셨다.

아버지가 새로운 직업으로 선택한 일은, 큰 탱크로리를 새벽 운전, 야간 운전, 장거리 운전을 해서 시멘트를 운송해 주는 일이었다. 작은 체구의 아버지가 큰 차를 운전했다. 그러다 큰 교통사고가 났다. 사람이 죽었다. 아버지가 사고를 내던 시절은 제4공화국 말인 1980년 8월부터 1981년 1월. 그 당시 국가보위 비상대책위원회 위원장이었던 전두환이 '삼청 계획 5호'에 따라 만든 대표적인 불법 인권유린을 했다. 그때 일명 '삼청교육대'라는 법적으로 무효이자, 헌법과 법치주의를 유린시켰다고 최종 평가된 국가폭력이 진행되었다. 아버지는 주변에서 법 없이 사실 분이라고 했는데, 교도소에 수감됐다. 그리고 이렇게 험악한 훈련이 진행되는 삼청교육대로 이송될까 봐 불안에 떨었다. 나는 오남매 대표로 엄마와 함께 교도소에 면회를 갔다. 면회실 칸막이가 아크릴판이었는지 유리인지 잘 기억나지 않는데, 창 넘어 아버지는 겁이 잔뜩 난 표정으로 엄마에게 부탁한다.

"여보, 미안한데, 빨리 합의 봐서 교도소에서 나갈 수 있게 알아봐."

아버지가 집안 사정을 뻔히 알면서도 이렇게 말씀하실 때는 얼마나 힘드셨고 무서우셨을까? 그 당시 그런 상황들이 그냥 무섭기만 했는데, 지금 생각하니 아빠의 마음이 느껴진다. 엄마 또한 아버지 보살핌 아래만 계셨기에, 이렇게 큰일을 혼자 감당하시려니 얼마나 무섭고 힘드셨을까? 그땐 몰랐다. 내가 부모가 되어 보니 이제야 아버지, 어머니 희생의 무게를 조금이나마 알 수 있게 되었다.

나는 아버지의 모습을 보고, 학교를 그만두고 빨리 취업해야겠다는 생각밖에 없었다. 일곱 식구 대가족이 아버지 보살핌 속에서만 살고 있었는데, 큰 사고를 당하고 나니 나와 가족은 낙동강 오리알 신세가 됐다. 엄마는 그때부터 여기저기 급전을 구하러 다니셨다. 고등학생인 내가 할 수 있는 것은 아무것도 없었다. 아버지의 사고는 내 인생에 아주 큰 불행이었고, 내 삶에 큰 영향을 미쳤다. 아니 나만이 아닌 우리 일곱 식구에게 큰 시련이 되었다. 이렇게 막막한 감정에 내 인생의 나침반이 멈춰 버렸다. 겨우 고등학교 1학년 여자아이가 무엇을 해야 이 상황을 극복할 수 있었을까? 막막한 기분이었다. 방법은 학교를 중도 포기하든지, 아니면 고생하며 이 시간을 보내 졸업하고, 취업하는 길밖에 없었다. 대학 가겠다고 인문계 고등학교를 선택했는데, 진로가 바뀌고 말았다. 앞으로 내가 도착해야 할 목적지의 방향을 잃었다. 거기다 내가 할 수 있는 것이 아무것도 없다는 것이 더 막막했다.

재판 결과, 아버지의 실수가 아니었다. 자전거를 타고 가던 할

아버지가 차 뒤에 자전거를 타다가 스스로 부딪쳐 넘어져 뇌진탕으로 사망하신 것이었다. 아버지의 성품을 알고 계셨던 주변의 지인들이 모여 탄원서도 써 주었다. 재판 결과는 합의로 결정이 났다. 삼청교육대가 운영되고 있어, 겁에 질린 아버지는 한숨 돌릴수 있었다. 하지만 유가족과의 합의금이 엄청난 금액이었다. 아버지의 과실이 적다 하여도, 그 당시는 운전자 과실로 모든 것을 물던 시절이었다. 자녀들은 다들 학생의 신분이고, 엄마 또한 가정에서 살림만 하던 분이었는데, 합의금 마련으로 인한 생활고가 시작되었다. 그래도 아버지 회사에서, 몇십 년을 함께 한 아버지의 성품을 보고 도움을 주셨다.

아버지도 더 좋은 가정환경을 만들려고 안전하게 다니던 직장에서, 힘든 직업으로 바꾸었는데 결과적으로 더 힘든 상황이 되었다. 아버지의 사고로 인해 가정 형편이 나빠졌지만, 아버지와 함께 보금자리에 머물러 지낼 수 있다는 것이 행복이다. 비록 사고를 내셨고, 그 사고로 인하여 우리 가족이 힘든 생활고를 겪었지만, 아버지는 나를 낳아 주시고, 나에게 형제, 자매, 가족이란 울타리를 만들어 주셨다. 힘들지만 아버지의 희생으로 우리 일곱 식구는 행복한 나날을 보냈다. 세상에서 가장 소중한 것을 잃지 않도록, 그리고 험악한 사고를 내신 아버지를 외면하지 않고, 아버지가 빨리 교도소를 나올 수 있도록 도움을 주신 주변 분들에 대한 고마움을 생각해 본다.

아버지는 11년 전 우리 가족의 품을 떠났다. 일찍 아버지와 작별을 해서 그런지 만질 수도 없고, 같이 밥 한 끼 먹을 수 없지만, 내 마음속에 아직도 생생히 아버지의 웃는 모습이 떠오른다. 아버지가 그립다.

박용진

수능 6수를 하고
지방 사립
공과대학 가다

"용진아, 올해 수능 잘 봤어?"

보기는 무슨. 수능 관둔 지 삼 년째다. 11월 셋째 주 대학 수학능력시험 날이면 어김없이 친구들에게 연락이 온다. 수능을 안 본 첫 번째 해에는 나 수능 보지 않았는데 무슨 소리냐고 했다. 두 번째 해에는 그러려니 했다. 세 번째 해도 어김없이 연락이 오자, 이날만 기다리냐 물었다. 평생 놀릴 거란다. 이 정도면 정성이다.

고등학교 졸업 후 5년 동안 수학능력시험을 봤다. 시험 후 나타났다가 사라지길 반복했다. 고등학교 다닐 때 같이 밤늦게까지 놀던 애가 달라졌다. 잘 본 해가 없어서 다시 해야겠다고 마음먹고 통보를 했다. 섭섭하고 걱정되는 것도 한두 번이지, 몇 번 반복하니 이젠 안줏거리가 됐다.

그에 비해 가족은 11월에 여러 매체에서 수능 얘기가 나와도 말이 없다. 서로 많이 힘들었기 때문이다. 집에 돈이 많아서 공부를 시켜준 게 아니다. 돈이 있어도 5번이나 더 시험을 보게 해주는 집이 어디 있을까? 매번 수능이 끝나고 아버지와 나 사이에는 충돌이 있었다. 집안 분위기는 살얼음판을 걷는 듯했다. 실랑이하다가도 결국 부모님이 또 수능 보겠다는 아들 고집에 져주셨다. 물심양면 지원해 주셨지만, 아무 대학이나 좋으니 들어가라는 얘기를 매해 하셨다. 우리는 욕심 없는데, 너는 왜 이렇게 욕심이 크냐고. 그 힘든 과정을 왜 또 하려 드냐고. 그러면 내 대답은 항상 같았다.

"이번 한 번만 더 하면 서울대 갈 수 있어요."

시험 준비가 길어질수록 정신과 몸이 망가져 갔다. 하루하루 세운 계획과 정해놓은 일과. 그러나 계획대로 안 되는 날, 공부가 손에 잡히지 않는 날이 많았다. 엉덩이를 붙이고 앉아 있어야 해, 밖에 나가서 잠시 산책을 하자, 공부 안 되는데 하루 쉬어도 되지 않을까…. 내적 갈등은 하루에 몇 번씩 찾아왔다. 공부하는 데 쏟기에도 모자란 에너지를, 방방 뛰는 마음을 진정시키고 다잡는데 써버렸다.

내적 갈등을 겨우 진정시키면 국어 지문을 읽다가 나도 모르게 필름이 끊겨 잠이 들기 일쑤였다. 그렇게 잤다가 깬 나를 다그쳤다. 정신 차리고 해야지. 지금 자는 게 말이 되냐? 일어나서 공부하자. 서서 신경을 바짝 쓰며 공부를 하다가, 앉아서 공부하면 또 잠들었다. 수험생 끝날 때까지 굴레를 반복했다.

학원에서는 앉아서 잘 때마다 스스로 처벌을 내리기도 했다. 오전에 공부하다 자면 점심을 안 먹고, 오후에 자면 저녁을 안 먹었다. 야식으로 빵, 음료 등 간식이 나왔다. 먹지 않았다. 자버려서 점심 또는 저녁을 먹지 않았을 때, 10분 안에 간단히 요기를 때우려고. 후딱 먹고 식사 시간에 공부하며, 이렇게라도 메꿨다고 안도했다. 일주일에 간식으로 식사를 때우는 날이 대여섯 번. 점심 저녁을 안 먹는 날도 있었다. 7kg이 빠졌다. 낮아진 몸무게에 비해 얼굴 인상은 더 초췌해졌다. 수학능력시험 날이 다가올수록 더 야위고 예민해졌다.

고등학교 졸업 후 5년간 돈과 시간을 쏟았다. 성적은 나오지 않았다. 늘 시험에 질질 끌려다녔다. 시간 내에 풀지 못해 찍는 문제가 있었다. 찍었지만 성적은 잘 나왔으면 했다. 내 실력을 직시하는 건 불편하다. 그래도 훌훌 털고 공부해야 했다. 다음엔 잘 나오겠지, 오르는 중일 거야 자위했다. 겉으로는 멀쩡한 척해도 속이 탔다. 내가 미웠다. 부정적인 마음을 남에게 투사하며 스트레스를 풀었다.

5수, 2018년도 수능 준비를 기숙 학원에서 했다. 재수 학원, 기숙 학원, 독학을 거쳐 다시 기숙 학원에 왔다. 공부에만 전념해야 한다며 혼자 다녔다. 고독해야 한다고 잔뜩 겉멋이 들었다. 나와 달리, 학원에서 친해져 뭉쳐 다니는 이들이 있다. 그 무리를 보며 저렇게 수험생활하면 안 되는데, 어울려 봤자, 수능 끝나면 얼굴 안 볼 텐데 생각했다. 내게 피해를 주진 않지만, 소란을 피우면 속으로 저주를 퍼부었다. '너희들 그러다가 수능 망해.'

모의고사를 보고 나면 어디 대자보를 붙인 것도 아닌데, 그들의 성적이 들려온다. 떠벌리고 다니기 때문이다. 내 성적은 꼴 보기 싫은데, 남 성적 듣고 싶지 않았다. 속으로 욕을 한다. 그러면서도 신경 쓰인다. 괜히 내 성적을 알고 쑥덕거릴 것만 같았다. "저 형은 5수생인데, 성적이 낮네?"

수험생 때는 '공부중독'이었다. 수학능력시험 준비에 늘 진심이지만, 시험 성적을 높이기보다 수업을 듣고 배우는 데 푹 빠져있었다. 틀린 방향으로 마음 가는 대로 공부했다. 치열하게 공부만 하면 성적은 부산물로 따라온다고 믿었다. 참고서를 보고, 강의를 들었으면 문제를 풀어 체화해야 한다. 그 단순한 공부법조차 때가 아니라며 실천하지 않았다. 모르는 게 많고, 이전에 제대로 공부를 안 했으니, 지금은 문제 풀 때가 아니라고 생각했다. 좋다는 인터넷 강의를 찾아 들었다. 책을 추천받으면 바로 사서 눈에 익혔다. 그게 내 공부 방식이었다.

기초 쌓기는 그칠 줄을 몰랐다. 성적은 당연히 안 나왔다. 개념 강의를 듣고 복습하고, 강의에서 풀어주는 문제만 보고 또 봤다. 내 공부법이 틀렸다고 인정하기 싫었다. 강의를 적당히 듣고 문제를 많이 풀며 공부해나가는 이들을 보며, 저러면 안 된다 했다. 결과론적으론 그들 성적은 잘 나왔다. 그걸 보며 내 방식도 맞으나 결과 나올 때가 되지 않았다고 위로했다. 하지만 이상은 꼭대기 서울대인데, 현실은 바닥이었다. 괴리감. 나는 왜 이 정도일까, 아직 때가 안 됐다고 할 수 있어. 하루에 수십 번 감정의 롤러코스터를 탔다. 지쳐 갔다. 막판으로 갈수록 힘이 빠졌다.

수험생활은 늘 호기롭게 시작했다가 끝에는 힘이 빠졌다. 허탈한 마음으로 리셋 버튼을 눌렀다. '리셋 중독'. 한 번만 더 하면 잘할 수 있을 텐데, 다음엔 이렇게 하면 될 텐데. 매번 전력을 다하지 않고 미련을 남겼다. 막바지엔 다시 공부한다면, 어떤 책과 강의를 봐야지 점찍어 두었다. 재수, 3수, 4수, 5수. 어김없이 그런 맘으로 끝냈다. 그런 나를 내려놓고 받아들인 건 6번째 수능을 본 해였다. 완전한 자의는 아니었다. 그전까지 수능 준비로 3천만 원 넘게 썼다. 마지막이란 약속으로 시작했기 때문에 리셋 버튼에서 손을 뗄 수 있었다.

수학능력시험을 보지 않는 지금도 수험생 때 가닥이 남아, 이번엔 다르지 않을까? 완벽하지 않은데 리셋을 할까 하는 맘이 불쑥 튀어나온다. 안테나를 세우지 않으면 무서운 타성, 익숙한 길로 빠져든다. 대학교 과제를 완벽하게 하고 싶은데 뜻대로 되지 않으면, 수강 철회 신청을 하고 다음 학기에 들을까? 3P 바인더 코치과정을 하며 제대로 못 했으니 다음에 재수강할까? 이 꼭지 잘 안 써지는데 다음 꼭지로 넘어갈까? 늘 경계하지 않으면 자연스레 툭 하며 눌러 댄다. 이젠 하도 눌러서 다음에 '다'자만 나와도, 일단 지금 하는 건 어떻게든 매듭짓고 넘어가야 한다고 자동 응답기처럼 되된다.

스스로 늘 정상적, 이성적으로 판단한다고 생각했다. 전혀 아니었다. 망상이었다. 난 남들과 달라, 특별해, 어떤 숨겨진 재능이 있지 않을까 하는 생각은 계속 퍼내도 채워진다. 보통 사람, 일반인이란 걸 인정하고 되새긴다. 예전과 비교해 지금은 나를 과대평가하고, 할 수 없는 일을 떠맡는 횟수가 줄었다. 할 수 있는 정도를 최대한 객관적으로 파악하려 노력하고, 그에 맞게 일을 배치한다. 시작하기 전에 한 계획과 진행하며 달라진 일은 비교하고 수정하려 한다. 한번 결정했다고 그대로 밀고 가는 횟수가 줄었다.

시험공부를 멈춰보니 지금껏 보지 못하고 놓친 게 있단 걸 알게 됐다. 진정으로 나를 응원하는 사람들과 가족들. 늘 그 자리에 있어 그 소중함을 몰랐다. 지금이라도 알게 되어 다행이지만, 수험생활이 없었다면 끈끈함과 애정이 이만큼 커졌을까 싶기도 하다.

왜 그렇게 좁디좁은 수능으로 대입의 관문을 통과하려 했을까? 서울대 가지 못했다고 자위하려는 게 아니다. 5번이나 더 수능을 볼 시간에 대학교에 들어가 편입을 했어도 됐다. 눈이 멀어 수능이 인생의 전부고, 그렇게 대학에 들어가는데 멋지다고 생각했다. 대입이 전부가 아니고, 내가 어떤 성향을 가졌는지, 무엇을 하고 싶은지 질문을 던지고 고민했어야 했다. 한편으론 내가 그 수험생활을 다 하지 않고 멈췄으니 이 생각을 하지, 안 그랬으면 과연 했을까 하는 의문도 있다. 극한의 상황, 스트레스 속에 놓였을 때 그 사람의 본성이 나온다던데, 내가 어떻게 변할 수 있는지 보았다. 그랬기에 사고가 망가지는지는 걸 경계할 수 있게 됐다. 또, 큰일이 생겨도 의연하게 대처하고, 사사로운 인간관계에 신경을 쏟는 일이 줄었다.

이재은

엄마가
된다는 건

"엄마 똥 따떠요."

인생 최대의 위기, 바로 지금이다.

17년, 18년에 출산을 했다. 어느새 5년 차 엄마다. 5년 차인데, 아직도 엄마가 되는 길은 험난하다. 똥이 최대 문제다. 내 똥도 채변 검사할 때나 봤다. 이렇게 매일 똥을 보게 될 줄은 몰랐다. 누구는 똥으로 자신의 건강 상태를 확인한다고 하던데, 나는 아니다. 비위가 상당히 많이 약하다. 이렇게 똥을 많이 보게 될 거라고 아무도 얘기해 주지 않았다. 첫째랑 둘째가 같은 날 몰아서 여러 번 싸는 날에는, 5번 이상 다양한 모양과 다채로운 색깔의 똥을 볼 수 있다. 엉덩이를 닦아 주다 보면 하루가 다 간다. 이제 끝났겠지 생각했는데, 예상은 항상 보기 좋게 비껴간다. 더는 손에 힘도 없고 서 있을 힘도 없을 때 남편을 부른다. 맞아, 똥을 엄마만 치우라는 법은 없다. 왜 내가 다 하려고만 했지? 여보, 도와주시오. 남편은 똥 치우는 게 뭐 대수라고, 다른 엄마들은 아무렇지도 않게 하는 일인데 왜 그렇게 유난을 떠느냐 한다. 엄마 자격이 없단다. 친정엄마에게도 똥 얘기를 하면서 힘들다고 말하면, 별일도 아닌 얘기 한다며 한 소리 듣는다. "언제 철들래?" 위로받으러 왔는데 꾸중이 날아온다.

"내가 만약 외로울 때면~ 누가 날 위로해 주지~"

노래 가사만이 나를 위로해 줄 뿐.

이상한 일들도 매일같이 일어난다. 분명 어제 청소기를 빈틈없이 돌렸다. 깔끔해진 모습으로 주방 문을 닫았다. 분명 먼지 하나 없게 잘 닦았다. 출처를 알 수 없는 부스러기, 약간의 머리카락, 장난감 통에 넣어둔 장난감들이 왜 다시 식탁 아래에 와 있단 말인가? 치우는 건 오래 걸리는데, 어질러지는 건 순식간이다. 식탁 아래를 매일 같이 드나드는 로봇 청소기가 된 것 같다. 집안일은 해도 표가 안 난다는 어른들 말씀이 역시 맞았다. 청소만 하다 끝나는 건 아니겠지, 내 인생?

"넌 공부만 해."

엄마는 집안일은 아무것도 시키지 않으셨다. 시키지 않으셔도 알아서 하는 나이가 되었을 때는 집안일을 알아서 해야 했지만, 철딱서니 없는 딸이었다. 집안일은 나 몰라라 하고 밖으로 놀러만 다녔다. 매일같이 쓸고 닦고 청소하다 보니, 청소할 때마다 엄마가 생각난다. 집에서 청소 좀 많이 할걸. 미안해, 엄마. 후회는 항상 늦다.

주말에는 시간도 빨리 간다. 아침에 일어나서 아이들에게 사과도 주고, 아침도 주고, 뭘 했는지 모르겠는데 시계를 보니 어느새 3시다. 앉은 기억이 없다. 아침부터 오후 3시까지 내내 계속 서 있었던 것인가? 아침 먹고, 고구마 먹고, 점심 먹고, 옥수수 먹고, 어느새 또 저녁 먹을 때다. 하루가 뭐 이렇게 지나간담?

잠은 계속해서 쏟아진다. 자면 피로가 풀려야 하는데, 자면 잘수록 더 자고 싶다. 몸이 고장 난 기분이다. 허리를 꼿꼿이 세우고 앉아 있는 게 이렇게 힘든 일이었나? 소파나 벽, 기댈 것이 있으면 웬만하면 기댄다. 그러다 그냥 누워버린다. 스르르 잠이 든다.

누구보다 체력이 좋다고 자부했다. 타고난 어깨가 넓어서, 수영장 근처에도 가보지 않았지만, 수영했냐는 얘기를 꽤 듣곤 했다. 신혼여행에서 물놀이하려고, 결혼 직전 한 달 동안 수영을 배우러 다녔는데, 아직도 몸이 물에 뜨지 않는다. 이상형은 항상 나보다 어깨 넓은 남자였다. 대학교 1학년 때 좋아하던 남자친구가 있었다. 체육대학을 다니는 동아리 친구였다. 등교하던 중이었는데, 내 뒤에 오고 있었나 보다. 나보고 아침부터 등산하고 왔냐고 물었다. 반바지를 입은 날이었는데, 내가 봐도 종아리 다리근육이 빵빵했다. 밤새 술을 먹고 동아리 방에서 밤을 지새운 건 수도 없이 많다. 귀신 얘기, 진실게임을 하며 다음날 새벽을 지나 아침이 될 때까지 살아남아 있었다. 체력이 좋아 남아있었는지, 진실게임을 하려고 남아있었는지는 모르겠다. 넓은 어깨, 튼튼한 종아리, 활력 넘치는 에너지, 호탕한 웃음소리, 그게 나였다. 그런데 왜 자꾸 픽픽 쓰러지게 되는 건지. 아이 둘을 재우다 나도 모르게 내가 먼저 잠이 든다. 아침에 일어나면 아이들이 먼저 깨어나 있기도 하다.

감정 조절 능력도 고장이 났다. 잠을 충분히 자지 못할 때, 밥을 못 챙겨 먹을 때 평점심을 잃게 된다. 새벽에 깨고 싶지 않다. 쭉 잠들고 싶다. 눈뜨면 아침이었으면 좋겠다. 이불 안에 폭 들어가서 포근하게 자고 있는데 어디선가 희미하게 소리가 들린다. 점점 소리는 커지고, 그제야 알아차린다. 둘째의 울음소리다! 눈을 번쩍 뜨면 옆에서 둘째가 울고 있다. 나도 모르게 한숨이 나온다. 엄마라면 벌떡 일어나야 하는데, 마음에 원망부터 튀어나온다. 그냥 좀 자주라, 제발. 그러다 또 이내 마음을 고쳐먹는다. 언제 엄마 될래? 엄마 맞니? 빨리 일어나서 안아줘. 반성하며 몸을 일으킨다. 그래, 불편한데 혼자 어쩌지도 못하는 네가 힘들겠지. 엄마가 도와줄게!

39개월 둘째는 아직도 새벽 3시면 울면서 깬다. 기저귀를 아직 하고 있고, 새벽에 한 번 정도 오줌을 싼다. 찝찝하니 울며 깨는 거다. 찝찝한 그 느낌 얼마나 싫을까? 이곳저곳 몸이 간지러워 긁다가 깨기도 한다. 건조해진 피부에 로션이나 연고를 살짝 펴 발라주고 다시 재우려 하는 내 맘과 달리, 둘째는 로션이 몸에 닿는 그 느낌이 싫은지 또 운다. 안 바르면 계속 긁을 테니 꼭 발라줘야 한다. 울다가 잠이 깨버리면 어쩔 수 없다. 힘껏 안아서 등을 토닥토닥해주며 달래야 한다. 아이를 안아 올리다 보면, 팔이며 허리며 힘을 주어야 한다. 새벽이라 혼자 설 힘도 없다. 다리가 휘청거린다. 몇 분 정도 지났을까? 이제 좀 괜찮겠지 하고 눕히려 하면, 발버둥을 치며 다시 안아달라고 운다. 미간이 나도 모르게 11자가 된다, 짜증 섞인 말도 튀어나온다. 더는 안을 수가 없어. 힘이 없어. 엄마 좀 도와주라, 제발. 눕힌 상태로 등을 토닥이며 재운다. 최소 100번은 등을 두드려야 다시 잠이 든다. 언제부턴가는 덩덩덕쿵덕, 덩기덕쿵더러러 장단에 맞춰서 등을 두드리기도 한다. 337박수와 '대~한민국 짝짝짝 짝짝' 이 리듬을 사용할 때도 있다. 힘든 와중에도 힘내보려는 내 나름의 방법이다. 운이 좋으면 5분이나 10분 정도 후에 잠이 든다. 계속 잠들지 못하면, 등을 주물러 가며 이곳저곳 몸을 풀어주며 마사지를 해준다. 1시간이 지나고서야 잠든 적도 있다.

어느 날은 오랜만에 먹고 싶었던 돈가스와 떡볶이를 시켰다. 비닐 포장을 벗기고 있는데, 아이들이 물 달라고 아우성을 하다가 물을 한가득 쏟았다. 후! 일단 심호흡을 했다. 물을 닦았다. 배고 프다고 빨리 달라고 여기저기서 외쳐댄다. 돈가스를 후다닥 잘게 잘라 입에 넣어 주었다. 입에 달달한 게 들어오니 기분이 좋은가 보다. 얼굴에 웃음꽃이 피었다. 맛있단다. 식탁 의자에 제대로 앉 히고 앞 접시에 놓아주었다. 맛있게 먹는 모습을 보니 나도 모르 게 입꼬리가 올라간다. 오물오물 먹는 모습이 참 귀엽다. 먹는 건 지 흘리는 건지 바닥에 부스러기가 한가득 떨어져 있다. 밥도 먹 고 싶다고 해서 밥도 가져다주었다. 숟가락, 젓가락, 포크, 다른 반 찬들도 놓아주었다. 그제야 내가 먹을 수 있는 여유가 생겼다. 그 사이 돈가스와 떡볶이는 미지근해졌다. 갓 배달 왔을 때, 따끈한 그때가 제일 맛있는데…… 맛없게 먹고 있으니 표정이 점점 굳어 진다. 그때 결심했다. 내가 나를 잘 챙기자고. 나만이 나를 챙길 수 있다.

똥, 잠, 밥 원초적인 것들과 싸우고 있다. 가끔은 내가 6살 5살 과 싸우고 있는 게 말이 되나 싶다. 그런데 머리와 몸이 따로 논다. 어느새 화를 내고 있다. 그러고는 바로 후회한다. 화를 낸 나 자신 에게 화가 난다. 그러지 말걸, 참을 걸, 혀 깨물고 심호흡 크게 할 것을…… 그 몇 초 찰나를 못 참아서는.

어찌 되었든 엄마니까. 엄마가 되었으니까. 잘해보자 다짐한다. 다짐만 5년째지만. 그래도 5년 동안 비위는 좀 세졌다.

홍혜숙

힘이 들 때면
글쓰기로
이겨내자

"엄마가 꼭 병 낫게 해줄게. 지금 조금만 참으면 좋아질 거야."

2020년 10월 아들이 폐에 기흉이 생겨 흉관 삽입을 했다. 3일 동안 입원했다가 퇴원을 했다. 2021년 6월 8일 화요일 밤 11시쯤 기침을 심하게 했다. 호흡이 곤란하다고 목 뒤쪽 어깨가 아프다고 했다. 기흉이 재발했다. 새벽 6시 신발을 신고 현관문을 열고 시동을 켜고 사무실로 1시간 운전하고 갔다. 왜냐하면 작년에 아들을 병원에 데리고 갔다가 근무를 소홀히 하는 직원으로 오해를 받았기 때문이다. 사무실에서 못다 한 일을 쪽지로 남겨두고 직원들에게 양해도 구했다. 연가를 하루 신청했다. 1시간 운전을 하고 오니 전화 일본어 10분 수업 들어야 했다. 전화가 걸려왔다.

"모시모시!"

"오아요 고자이마스!"

아까웠지만, 수업을 들을 수 없다고 했다. 아들을 데리고 병원을 가서 기흉인지 확인하기로 했다. 번호표를 뽑기 전 코로나 발열 검사를 했다. 호흡이 곤란하다니까 별도로 검사해야 했다. 흉부외과로 올라갔다. 담당 의사가 작년에 오른쪽 흉관 삽입했던 의사였다. 엑스레이 찍고 오라고 했다. 아들과 손을 꼭 잡고 찍으러 갔다. 아들이 계속 아프다고 했다. 결과는 오른쪽 재발도 문제지만 왼쪽이 절반만 펴져 있어 빠르게 흉관을 꽂고 공기를 빼야 한다고 했다. 더 큰 병원으로 가기 위해 의뢰서를 가지고 영상 촬영한 엑스레이 사진을 CD에 담아서 주었다. 병원에 도착했다. 담당 의사가 위험하다고 수술을 권했다. 요즘 코로나19로 수술을 하기 위해서는 코로나 검사 후 음성이 나와야 한다고 했다. 아들과 코로나 검사를 하러 갔다. 암 병동 센터 뒤쪽 흰 천막으로 건물이 나타났다. 그곳은 사람들로 붐볐다. 아들만 코로나 검사실로 들어갔다. 마음이 짠했다. 오후 6시 음성이라고 했다. 6월 9일 수요일 오전 10시부터 병원에서 입원 절차를 신청했다. 병실이 없다고 했다. 1인실이라도 괜찮으니 달라고 했다. 마음이 조급했다. 11시 30분까지 기다리라고 했다. 그때 갑자기 아들이 수술하지 않고 집에 간다고 우격다짐을 했다. 머릿속이 하얘졌다. 책을 읽고 글

쓰기를 하지 않았다면 아마도 울었을 테다. 아들은 씩씩거리며 택시 타는 곳까지 갔다.

"엄마가 꼭 병 낫게 해줄게. 지금 조금만 참으면 좋아질 거야."

알고 있다. 무섭고 긴장되고, 작년에 수술하고 많이 아팠던 기억 때문이란 걸. 안쓰러워 눈이 흐려졌다. 아들 손을 잡았다. 아들은 손톱으로 내 손을 꼬집었다. 애원했다. 병원에서만 고쳐 줄 수 있는 병이라고.

"성민이가 여기서 뛰쳐나가면 엄마는 병을 고쳐 줄 수가 없다."

병실이 배정되었다. 간호사실에 갔다. 입원 동의서 작성을 컴퓨터로 설명했다. 서명했다. 긴장한 아들이 호흡이 곤란하여 기침을 계속했다. 교수님이 오셨다. 아들을 위로했다. 흉관 삽입하고 왼쪽 폐에 공기를 빼고 내일 아침 7시 40분에 수술하면 된다고. 왼쪽에 3개의 구멍과 오른쪽 1개의 구멍을 절제하는 수술이 아니고 묶는 수술을 해서 깔끔한 수술이 되어 아프지 않다고 자세하게 알려주었다. 오른쪽 갈비뼈 옆에 3개의 구멍을 낸다고 하였다. 왼쪽도 오른쪽과 같이 수술한다 했다.

합병증으로 더 큰 위험이 안 생기려면 지금 수술을 해야 했다. 코로나로 간병인 보호자는 단 한 사람. 워킹맘이라 잘 돌봐 주지도 못했는데 가슴이 시려왔다. 수술하고 나면 먹이는 게 걱정이었다. 아들과 친해 보려고 먹고 싶은 음식을 물어보고 음식을 챙겼다. 화가 조금씩 풀렸는지 잘 먹었다. 흉관 삽입한 곳이 아프다고 하면서 잠이 들었다. 숨은 거칠었지만 잠을 자기 시작했다. 오랜만에 아들 얼굴을 자세히 보았다. 많이도 컸다. 입 주위 거뭇한 수염과 짙은 눈썹은 아빠를 쏙 빼닮았다. 아빠랑 딸들은 오고 싶어도 규칙상 보호자 한 명만 출입을 통제하니 올 수가 없었다. 시어머님은 걱정이 되셔서 전화기에서 불이 나도록 전화를 하셨다. 입원 중에 필요한 수건, 수저, 속옷, 겉옷, 세면도구, 간식, 과일 등을 챙겨서 1층 앞까지만 보내 주었다. 유일하게 가족들 상봉하는 곳이었다. 코로나19로 안타까운 일들이 많았다. 다음 날 아침 7시 40분에 수술한다는 압박감에 잠이 오지 않았다. 책을 읽기 시작했다. 아들을 잘 보살피고 싶은 마음에 독서를 하면서 병상 일기를 썼다. 6월 11일 아침 7시 40분 수술실로 들어섰다. 간호사가 큰 소리로 말했다.

"이름이 뭐예요?"

"속옷은 다 벗었죠?"

"렌즈, 보청기, 심장에 핀 박은 거 없죠?"

간호사가 하나하나 물어본다. 옆에 건장한 남자분은 아들을 보고 나이도 어린데 무슨 병이 있어서 수술하러 왔는지 물어본다. 이러는 사이 아들 차례가 되어 들어갔다.

"걱정하지 마! 엄마가 어디 안 가고 여기 꼭 있을게. 마음 편하게 잘하고 와."

아들의 손에 힘이 잔뜩 들어가 있었다. 잡고 있던 손이 내 손에서 빠져나갔다.

수술실 앞에서 갑자기 엄마의 얼굴이 떠올랐다. 나의 고향은 시골로 삼면이 산으로 둘러싸여 있고 한 면은 바다로 이루어져 있는 조용한 집성촌이다. 홍 씨 집안들로만 이루어진 곳으로 22가구가 살고 있었다. 면 소재지에서도 한참 떨어져 '리'도 아닌 수장포 마을이었다. 버스를 타려면 산비탈 오르막길을 2km 걸어가야 했다. 우리 가족은 말씀이 없으시고 술, 담배를 안 하시는 인자하신 아버지, 매일 열심히 사시는 엄마, 3명의 언니, 오빠, 막내딸인 나, 남동생이 함께 살았었다. 막내 남동생은 나랑 허물없이 잘 지냈다. 11살, 어린 시절 엄마가 남동생을 나에게 맡기고 들에 일하러 갔다. 어느 날 남동생이 홍시가 먹고 싶다고 했다. 동생한테 홍시를 따주려고 겁도 없이 감나무 위로 올라갔다. 감나무 밑은 비탈진 길 위에 언덕이 높게 쌓여 있었다. 감나무 위에서 내려다보니까 어질어질했다. 갑자기 무서운 공포가 확 밀려왔다. 그래서 올라가려던 내 몸이 그대로 다리를 밑으로 쭉 뻗었다. 얼마나 힘을 주었던지 발가락 사이로 무엇인가 들어갔는지도 몰랐다. 잘 도착했다고 생각하고 걸음을 걸었다. 감나무 밑에는 신우대가 엇비슷하게 잘려있었다. 감나무를 잘 타려고 검정 고무신을 벗어 놓고 맨발로 올라갔기 때문이다. 오로지 남동생 입에 빨간 감을 넣어 주고 싶다는 생각뿐이었다. 검정 고무신을 신으려고 하는데 신발에 발이 들어가지 않았다.

'어! 뭔 일이지?'

눈물이 폭풍처럼 일어 엄마를 찾았다.

"엄마! 엄마!"

소리쳤다. 그때 엄마가 나를 업고 읍내 병원을 간다고 산비탈을 지나 오르막길을 2km 갈 때 땀을 쪽쪽 흘리면서

"아가, 울지 마라! 엄마가 병원에 데리고 갈게. 아가, 울지 마라!"

하시던 소리가 아직도 귓전에 생생하다. 수술실 앞에서 기도하면서 그때의 엄마가 그리웠다. 이제는 알 것 같다, 엄마의 마음을. 맨날 투정만 한 내가 갑자기 미워졌다. 주말에 건강해진 아들이랑 손잡고 엄마한테 달려가야지. 하루하루 살아간다고 전화도 못 드렸다. 글을 쓰면 내가 무엇을 해야 하는지, 어떻게 살아야 하는지 알게 된다.

힘이 들 때면 글쓰기로 이겨내자.

우주를
잃었다

핵폭탄이 터졌다. 2022년 1월 1일 새벽 2시, 남편의 핸드폰이 울린다. 윗집에 사는 G의 아내다. "G가 배가 아파서 못 견뎌 한다고? 응. 바로 내려갈게요." 남편이 전화를 끊는다. G와 함께 응급실에 가봐야겠다며 남편이 서둘러 나간다. G는 남편과는 형 동생 하는 막역한 사이로 친형제보다 우애가 좋다. 남편이 나간 후 잠을 청했지만 잠이 오지 않는다. 이리저리 뒤척인다. 새벽 4시쯤 남편이 돌아왔다. "G는 좀 어때요?" 내가 묻는다. "검사를 더 해야겠지만 암인 것 같다고 하네. 폐와 위, 간까지 전이된 것 같아. 장이 저지경이면 무척 아팠을 것인데 어떻게 참았는지 모르겠어. 똑똑한 줄 알았는데 헛똑똑이야." 남편이 허공에 대고 말한다. 남편의 눈동자가 흔들린다. G는 2남 1녀의 자녀를 둔 가장이다. 나이 49세. 머릿속이 아득해진다. '암'이라는 단어가 주는 무게를 나는 안다.

엄마도 암으로 돌아가셨다. 2000년 4월에 발병 소식을 들었고, 다음 해 1월 설을 이틀 남기고 돌아가셨다. 엄마 환갑을 불과 열흘 남짓 남겨놓았다. 내가 서울 생활을 접고 제주도에 이주했던 해이기도 하다. 이사하고 적응도 하기 전에 엄마의 암 소식을 들었다. 엄마는 억척같았다. 여기저기 아프다고 하며 병원도 자주 다녔다. 그때마다 '신경성'이라고 한다면서 약봉지를 들고 오셨고, 약을 드셨다. 그래서 그런 줄 알았다. 엄마는 그날도 평소랑 다름없이 언니 채소가게에서 새벽부터 일했다. 바쁜 일을 마무리한 후 오전 10시쯤 병원을 다녀온다며 나갔다. 시간은 그저 무심하게 흘러갔고, 언니와 나는 별걱정 하지 않았다. 병원 다녀온 엄마의 입에서 '신경성이래.' 말할 것이 뻔했기 때문이다.

이번에는 달랐다. 혼자 병원을 다녀온 엄마는 한동안 말이 없다. "무슨 일이야?" 다그치는 두 딸에게 "암이라네." 한마디 툭 던진다. "암?" 언니와 내가 동시에 말한다. 무슨 말이지? 이해가 되지 않았다. 엄마의 입을 빤히 쳐다본다. 다음 말을 숨죽이며 기다린다. 시간이 천천히 흐른다. "간에서 발견되었지만 이미 전이가 된 상태이니 빨리 큰 병원 가보래." 엄마는 낮은 목소리로 읊조리

듯 말했다. 대낮인데, 하늘이 깜깜해진다. '암'이라는 단어에도 무게가 있다는 사실을 처음 알았다. 엄마는 그 소식을 혼자 들었을 때 얼마나 무섭고 두려웠을까?

엄마는 언니 가게 돕는 것을 그만두고 삼성의료원에 입원하기 위해 서울로 혼자 가셨다. 보호자 없이 항암치료를 받았다. 운명의 장난인지 2000년, 의료 파업이 났다. 1차 항암치료를 받고 퇴원한 후 2주 후에 다시 병원에 가서 치료를 받아야 하는데 병원에서 받아주지 않았다. 돈 많은 사람은 해외로 치료하러 떠났다. 엄마는 그럴 수 없었다. 발만 동동 구르고 의료 파업이 끝나길 기다리는 수밖에 없었다. 의료 파업은 시급하게 치료를 받아야 하는 엄마에게는 길었다. 끝내 엄마는 병원으로 돌아가지 못했다. 대신 기도원에 들어갔다. 마땅히 갈 곳이 없던 엄마에게 기도원은 구원과도 같았을 것이다.

기도원은 사람의 영혼을 가지고 장난을 쳤다. 병이 나았다고 입으로 시인을 하면 병이 낫는다고 속인 것이다. 많은 암 환자들이 그 말을 믿고 기도원에 머물며 기도에 매진했다. 평생 불교를 믿었던 엄마였지만, 지푸라기라도 잡는 마음으로 기도에 매달렸다. 그러나 엄마의 병은 엄마의 바람과는 달리 시간이 지날수록 깊어졌다. 가끔 엄마는 기도원에서 우리에게 전화했다. 언니와 나는 의료 파업도 끝났으니 병원에 입원해야 한다고 이야기했다. 엄마는 병이 나아 퇴원하는 사람이 있으니 더 있겠다고 말했다. 엄마도 알았다. 전화 통화를 할 때마다 목소리에 힘이 빠지고 기운이 없었다. 엄마는 한사코 괜찮다고 했다. 결국 막내 남동생이 엄마를 기도원에서 모시고 나왔다. 당장 기도원을 고발이라도 하고 싶은 마음 간절했다. 엄마가 만류했다. 그래도 엄마가 힘들 때 의지했던 곳이다 생각이 들었고, 그곳을 쫓아다닐 만한 여력이 없었다. 지금도 속고 있을 사람들을 생각하면 화난다.

10월이다. 엄마가 4월에 서울에 갔으니 6개월 만이다. 엄마를 모시러 남동생 집에 갔다. 엄마는 온몸에 식은땀을 흘리며 이불을 뒤집어쓰고 누워 있었다. 땀은 비 오듯 흘리는데 춥다고 한다. 봄에 올라갔을 때와는 사뭇 다른 모습이다. 엄마와 다시 제주도에 왔다. 엄마는 병원에 입원했다. 진통제를 맞으면서 하루하루 견뎠다. 병간호는 내 몫이었다. 시간을 낼 수 있었기 때문이다. 나는 엄마 옆에서, 엄마가 통증이 올 때마다 주무르기도 하고 성경도 읽어주었다. 역부족이었다. 병원의 공기는 수면제를 뿌려놓은 것 같다. 계속 잠이 왔고 무기력하게 엄마 옆에서 잠을 잤다. 3개월쯤 병원에 있었다. 병원에서는 더 치료할 게 없다고 해서 퇴원했다. 엄마가 병원에 있는 동안 언니도 채소 가게를 접었다. 언니와 내가 엄마 옆에 있었지만, 통증은 온전히 엄마의 몫이었다. 겨울 새벽, 엄마는 설을 3일 앞두고 혼수상태에 빠졌다. 혼수상태가 되니 자는 것처럼 얼굴이 편안해 보인다. 하룻밤을 중환자실에 있었다. 서울에서 동생들이 도착할 때까지 기다리시는 듯하다. 자녀들이 모두 모였을 때 모닥불이 잦아드는 것 같이 엄마 숨결도 잦아들었다.

그날이 아직도 생생한데, 어느덧 20년이 지났다. 50이 넘은 나이에도 응석 부리고 받아주는 엄마가 있었으면 좋겠다. 마음이 고플 때, 엄마가 해준 밥 먹고 싶다. 엄마 생신이나 명절 때, 엄마에게 선물 주고 용돈도 챙겨드리고 싶다. 재혼해서 잘 사는 모습 보여드리고 싶다. 나이 든 부모에게 효도하는 모습을 보면 부럽다. 엄마가 없는 삶은 20년이 넘어도 적응이 어렵다.

부모는 우주다. 아이들에게는 세상 전부다. 부모를 잃는다는 것은 우주를 잃는 것이고, 땅이 흔들리는 것 같은 공포다. 부모는 공기와 같다. 항상 곁에 있지만, 존재를 잊고 살아간다. 잃어봐야 비로소 안다. 우주가 사라지고 흔들리는 땅 위에 서 있는 것이 얼마나 무섭고 두려운지.

회한만 남는다. 엄마에게 얼마나 불효했는지 새록새록 생각난다. 엄마는 자식이 없는 것도 아닌데 혼자 아픔을 견뎠다. 항암 치료는 얼마나 고통스러웠을까? 미루어 짐작조차 되지 않는다. 눈을 감으면 엄마의 마지막 모습이 선하다. 엄마랑 더 많은 이야기 할걸. 엄마에게 사랑한다고 더 말해 줄걸. 엄마의 딸로 태어나게 해줘서 고맙다고 말할걸. 소중한 존재일수록 '있을 때 잘해'라는 평범한 진리를 잊고 산다.

엄마는 죽어서도 엄마다. 창밖 하늘을 본다. 엄마 목소리가 들리는 듯하다. "내 딸, 잘하고 있어. 사랑해."

"아프지 마요. 오래오래 내 곁에 있어줘요." G의 암 소식에 나보다 더 놀랐을 남편이 영양제를 건네주며 말한다. 남편도 어렸을 때 엄마를 잃었다. 우리 부부는 G의 일을 통해 부모의 소중함을 새삼 느낀다. 이제 우리가 부모다. 우리를 위해서, 자녀들 생각해서 건강하게 살기로 약속한다. 신체 건강을 위해서는 맛난 음식 먹고, 건강 보조 식품 챙겨 먹고, 운동하고, 평소 몸에 관심 가지고 살펴보려 한다. 정신 건강을 위해서 긍정적인 말, 서로에게 힘이 되는 말을 많이 하기로 한다. 우리는 자녀들에게 우주니까.

제2장

전부 실패는 아니었다 * 작은 성공

박상림

제2의
직업을 향한
도전

　　2015년 그림책 공부를 시작했다. 주혁이와 주하에게 좋은 그림책을 읽어주고 싶었다. 대전 시민대학 평생교육원에서 '책 놀이 지도사' 과정을 배웠다. 그림책을 배우기 전에는 주로 인터넷을 검색하여 추천해 주는 전집류를 사서 읽어 주었다. 그림책에 대해서 배울수록 단행본의 매력에 빠지게 되었다. 한 달 동안 산 단행본의 그림책 값이 50만 원이 넘었다. 그림책에 대해서 알아가면서 그림책을 왜 읽어야 하는지, 아이들에게 그림책은 어떤 의미인지를 알 수 있었다. 밤에 자기 전에 아이들이 원하는 그림책을 읽어주는 습관이 만들어졌다. 읽어주고 난 후 그림책 속의 주인공에 대한 생각을 나누고, '만약에 나라면 어떨까?'

라는 질문과 답을 해보았다. 그림책 속의 상황과 등장인물의 마음을 살펴보면서 대화를 주고받았다. 그림책을 읽어주고 끝내는 것이 아니라 읽고 난 후 독서 대화를 하면서 아이의 마음을 들여다볼 수 있었다. 아이와 함께 그림책을 읽는 시간이 많아질수록 소통하고 공감할 수 있는 부분이 만들어졌다. 내 생각이 바뀌고 아이와의 관계도 좋아지는 것이 그림책 덕분이라는 생각이 들었다. '그림책의 힘'을 다른 사람들에게 전하고 싶다는 꿈이 생겼다. 제2의 직업으로 그림책 놀이 지도사가 되고 싶었다. 배워나가는 과정 속에서 지금까지 취득한 그림책, 독서 논술 관련 자격증만 20개가 넘는다.

직업으로 연결하기 위해서 채용공고를 찾아보았다. 자격 조건을 살펴보니 교육법에 의한 교원의 자격을 소지한 자. 4년제 정규대학 이상의 관련 학과 졸업자로 해당 관련 분야에서 1년 이상의 교육 훈련 경력 또는 실무 경력이 있는 자. 고등학교 졸업자로서 해당 관련 분야에서 3년 이상 교육 훈련 경력 또는 실무 경력이 있는 자. 해당 관련 분야에서 연구 또는 근무 경력 등이 5년 이상인 자로서 해당 관련 분야 자격증 소지자 또는 전문가로 인정되는 자로 나와 있었다. 자격 조건에 해당하는 것이 한 가지도 없었다. 한 가지씩 만들어가기로 했다. 첫 번째로 한국방송통신대학교육학과에 지원해서 배움을 이어나갔다. 두 번째는 도서관에서 재능 기부로 경력을 만들어나갔다. 독서 지도사 자격 과정에서 만난 선생님과 그림책 공부도 병행했다. 초등학생 대상으로 책 놀이 수업 1시간 프로그램을 만들었다. 그림책 선정과 독후 활동으로 만들기, 그림 그리기, 글쓰기 등 다양한 수업을 구성하였다. 수업을 진행하면서 아이들도 즐겁고 나도 신나는 수업이었다. 함께 공부할 수 있는 선생님들이 있어 감사했다. 채용 공고를 보고 '도대체 어떻게 경력을 만들어?', '초보자는 일하지 말라는 건가?'라는 생각만 하고 원망했었는데 재능기부로 경력이 1년이 쌓이고 2년 쌓이니까 자격 조건이 채워져 갔다.

도서관과 대전 평생교육 진흥원에서 진행하는 독서 논술 분야의 모집 공고를 보고 지원을 했다. 1차 서류 심사와 2차 면접을 거친 후 합격을 했다. 1시간에 3만 원. 돈을 받고 도서관과 지역 아동 센터에서 수업을 진행했다. 좋아하는 그림책으로 수업을 진행한 후 돈을 번 것이다. 그림책 놀이 강사라는 직업을 갖게 되었다. 그림책과 독서 논술 분야의 공부는 계속되었다. 독서 심리 상담사 지도 강사님의 제안으로 꿈다락 토요문화학교 프로그램에서 보조 강사로 일할 수 있었다. 4년 동안 진행했다. 도서관, 배달 강사, 꿈다락 보조 강사를 거치고 난 후 2019년 방과후 학교에 지원하게 되었다. 안정적이면서 학생들과 오래 만날 기회를 갖기 위해서였다. 도서관이나 지역 아동 센터에서 만나는 친구들은 짧게는 3

개월, 길어야 6개월이었다. 방과후 학교는 1년 단위로 계약을 한다. 인연이 계속된다면 초등학교 졸업할 때까지도 이어갈 수 있다.

대전광역시 교육청 홈페이지에 들어가서 독서 논술부 공고가 난 학교를 찾아보았다. 40개가 넘는 학교에 이력서와 자기소개서, 연간 프로그램 운영 제안서 등 기타 서류를 작성해서 직접 학교에 제출하였다. 25개의 학교에서 1차 서류 합격이라는 연락을 받았다. 2차 면접을 준비하면서 예상 질문과 답을 적어서 연습했다. '방과후 학교 면접 잘하는 방법' 유튜브에 올라온 동영상을 보고 요점을 파악했다. 거울을 보고 웃는 연습부터 발성 연습까지 내가 할 수 있는 건 다 해 보았다.

학교에 면접을 보러 갔다. 20분 일찍 도착하여 차 안에서 예상 질문을 보면서 연습하였다. 면접 대기실에 몇 명이 와서 기다리고 있었다. 1차 서류 합격에서는 부서별로 2배수, 3배수를 뽑았다. 호명되면 면접실로 갔다. 호명될 때마다 가슴은 쿵쾅거렸다. 진정이 되지 않았다. 떨렸다. 긴장되었다. 내 차례다. 3명의 선생님들과 같이 면접실에 들어갔다. 5명의 면접관들이 앞에 앉아계셨다. "자기소개 부탁드립니다."라는 말씀에 한 명씩 돌아가면서 답변을 했다. 내가 제일 처음 답변을 해야 했다. 분명 예상 질문을 뽑아서 연습했는데 긴장이 되어 답이 생각이 나지 않았다. 온통 뿌옇게 변했다. 식은땀이 흘렀다. 겨우겨우 대답했다. 다음 선생님이 답을 하시는데 물 흐르듯 자연스러웠다. 다른 학교에서 일하신 경력도 5년이 넘었다. 청산유수처럼 말을 잘하는 것을 보고 '떨어졌구나.' 라는 생각이 들었다. 다음 질문은 이어졌고 어떻게 시간이 흘러갔는지. 다음날 연락이 없었다. 첫 면접에서 떨어졌다.

2차 면접을 계속 보았다. 두 번째 학교, 세 번째 학교, 네 번째 학교. 계속 떨어지니 자존감이 점점 바닥으로 곤두박질쳤다. '도대체 왜 자꾸 떨어질까? 학교와 맞지 않는 걸까? 학교 경력이 전무해서 그런 건가?'라는 생각들이 들었다. 15개의 학교에서 면접을 보고 떨어지니 나에 대한 신뢰가 점점 사라지고 나 자신이 싫어졌다. 한심했다. '그냥 원래대로 살까? 그거 하나 제대로 못 해서 계속 떨어지나?' 하면서 자책했다. 함께 준비하는 상상누리 독서논술 선생님들의 합격 소식이 들려왔다. 합격한 선생님들은 학교가 정해지고 더 이상 면접을 보지 않는다는 것이 부러웠다. 면접을 보면 볼수록 무서워졌다. 자존감이 바닥이었다. 그럼에도 불구하고 포기하고 싶지 않았다. 2차 면접에 오라는 학교는 다 가서 끝까지, 될 때까지 하기로 마음을 먹었다.

면접을 본 곳만 20곳이었다. 이제 채용 공고도 뜨문뜨문 나오기 시작했다. 3월이면 개강을 하기 때문에 재공고가 나오는 몇 개의 학교만 있었다. 1월 24일. 한 학교에서 문자가 왔다. '2차 운영 능력 심사 결과 계약 대상자로 선정되셨습니다. 축하드립니다.' 합격 문자다. "꺅~! 감사합니다!"라고 외치고 옆에 있는 주하에게 "엄마 합격했어!"라고 말했다. 좋아서 웃음이 절로 나왔다. 기뻤다. 그동안 마음고생 한 것이 한순간에 뻥하고 날아가는 기분이었다. 공중에 붕 떠있는 것 같았다. 면접 전후로 '제발 합격하게 해주세요.'를 반복해서 외쳤다. 합격이다. 한 학교만 붙어도 경력을 만들 수 있으니 내년에 또 도전하면 된다고 생각했다. 그런데 연이어서 2곳의 학교에서 합격 문자가 왔다. 자존감이 미친 듯이 솟아올랐다. 싫고 미웠던 내가 자랑스러워졌다. '포기하지 않으니 되는구나. 될 때까지, 끝까지 하니까 진짜 되는구나.'라는 생각이 들었다.

새벽녘이 가장 어둡다고 한다. 면접에서 계속 떨어질 때 새까맣게 변해가는 내 모습에 암담했는데 포기하지 않고 계속 면접에 도전하니까 나도 모르는 사이 조금씩 더 나아지고 있었나 보다. 우리의 인생도 오늘보다는 더 나은 내일이 기다리고 있다.

김효진

뜻이 있는 곳에
길이 만들어진다

70kg. 체중계 숫자만 보였다. 임신했을 때 몸무게다. 다이어트를 해야겠다.

아홉 시. 아이 학교 보내고 핸드폰으로 장을 본다. 두부, 양배추. 방울토마토, 두유, 닭가슴살을 장바구니에 넣고 결제를 했다. 유튜브를 틀고 다이어트 댄스를 검색한다. 오, 세상에! 2주에 10kg 빠지는 춤이라니! 엉거주춤 일어나 따라 해본다. 영상에 허우적거리는 웃긴 남자보다 내가 더 못 춘다는 사실에 주춤. 다음! 다이어트 요가도 따라 해본다. 뼈 마디마디가 두둑두둑 비명을 질러댔다. 저 요가 소년과 나의 차이는 뭐지? 아! 요가 매트를 구매하고 의욕 충만한 마음으로 다시 소파에 앉아 리모컨을 눌러

TV를 켠다.

세 시. 배달이 왔다. 식탁에 식자재를 펼쳐 놓는다. 양배추는 반 잘라 랩으로 싸서 넣고, 두부랑 두유는 냉장실로, 방울토마토는 지금 먹을까? 저녁에 먹을 닭가슴살 하나 남기고 냉동실에 넣는 다. 방울토마토 열 개 씻어 접시에 담아 사진 찍는다. 빨간 방울토 마토가 예쁘다. 하나 입에 넣고 깨물어본다. 툭 터져 시큼함이 입 에 가득 찬다. "방울토마토 맛있네!" 아침 커피 한잔 먹은 게 전부 다. 맛이 없을 리가. 순식간에 한 접시 다 먹고 나니 알람이 울린 다. 둘째 하원 시키러 나간다.

놀이터에서 한 시간을 끌려다녔다. 점점 손이 떨리고 진땀이 난다. 기운이 떨어져 간식 먹자며 현아를 데리고 집에 들어온다. 핫도그를 데워서 케첩을 쭉 짜준다. 입 주위에 빨갛게 묻히고 오 물오물 먹는 입만 보인다. 한 입만 달라니 순순히 주는 예쁜 딸이 다. 입을 벌려 한입 물려는 찰나, 70, 70, 70, 빨간불이 켜지며 경 고음이 울린다. "아~ 맞다. 엄마 이제 다이어트할 거야. 너 먹어." 바들바들 떨리는 손을 멈추고 냉장고에 넣어둔 두유를 단숨에 마 신다. 차가워서 머리가 찡하다. 기운이 없어 소파에 눕는다.

'맛있는 거 먹고 싶다.'

여여섯 시 삼십 분. 저녁에 애들이랑 소고기 먹으러 가자는 남 편의 퇴근길 전화다. 하늘에 맹세코 단 일 초의 망설임도 없이 그 러자고 대답했다.

"사장님, 여기 갈빗살 사 인분, 육회 하나, 공깃밥 두 개랑 된장찌개, 그리고 소주 하나, 맥주 하나 주세요." 갈빗살 삼 인분에 살치살 이 인분을 더 먹고 코스처럼 빠질 수 없는 된장 국수에 음료수까지 먹고 집에 왔다. 배를 통통 두드리며 소파에 앉는다. 후식은 방울토마토.

다이어트? 작심삼일만 가도 성공이라 하겠다. 몇 번이나 다이어트하겠다고 마음먹은 당일 실패를 했는지 모르겠다. 매번 음식의 유혹에서 벗어날 수 없었다. 왜 그럴까? 단지 살을 빼야겠다는 스치는 생각만으로 시작했다. 자신을 과대평가했다. 마음 하나면 될 줄 알았다. 의욕은 충만했으나 의지박약 그 자체였다. 나를 몰라도 너무 몰랐다.

158cm, 아무리 생각해도 내 키에 70kg은 심하다. 이렇게 세상을 굴러다닐 수는 없어. 남들의 눈이 아닌 내 건강을 위해서도 체중 감량은 필요했다. 목표는 -10kg. 게으른 내가 움직이려면 와! 하고 소리가 날만 한 보상과 할 수밖에 없는 환경을 만들어야 했다. 나는 돈을 좋아한다. 그것도 신랑이 주는 돈을 사랑한다. 회식하고 술에 취한 신랑에게 콧소리로 말한다.

"자기야~ 나 살 많이 찐 것 같지? 다이어트하고 싶은데 의욕이 잘 안 생겨. 자기가 좀 도와주면 좋겠다. 나 지금부터 1월 1일까지 10kg 빠지면 백만 원만 주라. 대신 못 하면 내가 20만 원 줄게."

"나는 백만 원이고 너는 20만 원이야?"

"돈 관리 전부 자기가 하고, 나는 돈이 없잖아. 20만 원도 큰데…… 무릎도 아프고, 이번에 진짜 살 빼고 싶은데 자기만 오케이 하면 열심히 할 수 있을 것 같아! 으응~? 자기야~!" 애교가 통한 건지 술김인지 성공이다.

아파트에서 조금만 걸어가면 산이 있다. 깔딱 고개 두 번 지나 산 중간쯤 운동 기구 있는 곳까지 갔다가 집으로 오면 한 시간이 채 걸리지 않는다. 다이어트를 해야 한다고 말하던 앞 동 엽이 엄마에게 말했다. "언니, 다이어트하고 싶다며? 나랑 같이 등산하자. 105동 어떤 엄마가 등산하고 살 많이 빠졌다고 그러더라. 옷을 다 바꿨다던데? 애들 유치원 등원시키고 바로 올라갔다가 내려오면 열 시도 안 돼!" "그래? 그럼 채원 엄마도 같이 가자." 내가 먼저 운을 뗐으니 등산에 빠질 수 없다.

특별한 일이 없는 한 매일 등산했다. 한동안은 다리 근육통에 힘들었다. 아이를 등원시키고 곧장 집으로 들어가 눕고 싶은 마음이 들 때가 한두 번이 아니었다. 그때마다 흰 봉투에 신권으로 담긴, 세기도 빳빳한 백만 원을 생각했다. 한 번 더 할 수 있는 힘이 생겼다. 시간이 지나 근육이 조금 생기자 조금 수월해졌다. 여유가 생겼다. 나무도 보이고 하늘도 보였다. 특히 산 냄새가 좋았다. 입던 옷이 헐렁해졌다. 확인해 보니 4kg이나 빠졌다.

곧 정체기가 왔다. 등산을 해도 해도 그대로였다. 오히려 근육으로 무게가 더 나가는 건 아닌가 걱정이다. 어떻게 하면 되지? 고민하고 생각했다. 그러다 아파트 현관에서 예준 엄마를 만났다. 애들 다니는 태권도장에서 엄마들 대상으로 운동시켜주는 프로그램이 있다고 했다. 일일 체험 있으니 한번 같이 가자고 했다. 며칠 뒤 도장에서 일곱 명의 엄마들과 춤을 췄다. 뮤타라는 다이어트 댄스다. 춤춰본 적 없다. 손과 발이 자기 맘대로 움직였다. 어색하고 요령이 없다. 몸치다. 몸에 힘이 들어가서인지 살이 다시 빠지기 시작했다. 날씨가 추워서 두 번 등산하고, 세 번 도장에 갔다. 겨울에는 추워서 등산은 그만두었다. 저녁 식단을 바꿨다. 탄수화물은 적게, 단백질과 식이섬유를 많이 먹었다.

옷을 입으면 품이 남았다. 밥 조금만 먹어도 배가 불렀다. 야식을 끊으니 다음날 일어나면 상쾌했다. 피부가 좋아졌고 자존감이 올라갔다. 무엇이든 할 수 있다는 자신감은 덤이다. 사는 게 신이 났다. 거울 앞에 서는 시간이 늘었다. 익숙함을 포기하지 못했더라면 얻을 수 없었다. 내 문제를 인정하고 받아들이니 변할 수 있는 여지가 생겼다. 어떻게 해결할 것인가 고민하면 우연을 가장한 기회가 찾아왔다. 하늘은 스스로 돕는 자를 도와준다는 말이 사실이었다.

1월 1일 목표까지 -2kg. '국민은행으로 800,000원이 입금되었습니다.'

최고다,
미스 강!

마지막 출근하고 퇴근한다는 친구의 문자를 받았다. 33년 은행원 생활을 마무리하는 입행 동기의 짧은 문자를 보니 괜스레 마음이 먹먹해졌다. 퇴직하는 친구의 시원섭섭한 마음이 다가왔기 때문이다.

'고생했다. 내 친구!'

88년 서울 올림픽이 열리던 그해에 나는 은행원이 되었다. 대학에 들어가 음악을 공부하고 싶었지만, 집안 형편이 어려워 선택한 다른 길이었다. 나쁘지 않았다. 남들이 부러워하는 직장이었기 때문이다. 친구보다 먼저 퇴직했지만 나도 한때 괜찮은 은행원이었다.

벌써 30년 전의 일이다. 수심이 가득한 남자 손님이 창구로 다가왔다.

"아가씨, 제 아내가 집을 나갔는데 아내에게 연락할 길이 없을까요? 제 아내 좀 찾아주세요."

뜬금없는 말에 어리둥절한 표정을 지었다. 너무 힘들어 보이는 손님을 보면서 다시 표정을 가다듬고 무슨 사연이 있는지 여쭤보았다.

"제가 맨날 술만 먹고 속을 좀 썩였더니 아내가 아이들을 두고 집을 나갔어요. 아이들이 매일 울고 있어요. 제발 집으로 다시 돌아와 준다면 정신 차리고 열심히 살아 볼 테니 제발 도와주세요. 아가씨~~"

"어디에 계신 줄도 모르는데 제가 어떻게 도와드릴 수 있을까요?"

"아내가 통장을 가지고 있습니다. 생활비를 조금씩 찾아 쓰고 있어서 아내를 위해 입금하러 왔다가 혹시나 은행에선 방법이 있지 않을까 해서 아가씨에게 부탁 좀 드립니다."

도와드리고 싶었다. 집 나간 아내를 위해 계속 입금해 주고 있다는 말에 마음이 움직였다. 연락처도 주소도 알지 못하는 상황에서 어떻게라도 도와 드릴 방법이 없을까 잠시 고민했다.

"손님, 아내에게 하고 싶은 말씀을 간단하게 써 주시겠어요? 제가 손님의 글이 통장에 찍힐 수 있게 도와드리겠습니다."

무통장으로 입금할 때 입금 의뢰인 기재 란에 여섯 글자까지 입력할 수 있다. 그것을 이용해 손님의 아내가 통장 정리할 때 남편의 글을 읽을 수 있도록 계획을 세웠다. 금융실명제가 시작되기 전이라 가능한 일이었다.

「 입금 10,000원- 여보미안해

입금 10,000원- 제발돌아와줘

입금 10,000원- 아이들이많이

입금 10,000원- 울고있소

입금 10,000원- 돌아와만주면

입금 10,000원- 다시는

입금 10,000원- 안그럴께요 」

손님이 써온 글을 여섯 글자씩 쪼개고 금액을 나누어 입금했다. 언젠가 그 아내가 통장에 찍힌 남편의 글을 보고 감동하여 아이들 곁으로 돌아와 주길 바라는 간절한 마음도 보탰다. 어느 날, 말끔해진 그 남자 고객이 수줍게 고개 숙인 여자와 함께 창구로 다가왔다.

"어머, 안녕하세요? 혹시 사모님께 연락이 왔었어요?

"보시다시피⋯⋯"

천하를 다 얻은 듯 밝은 표정으로 자랑스럽게 옆에 계신 분을 보며 환하게 웃었다.

"어머나, 세상에! 정말 잘 됐어요. 통장 정리해 보고 많이 놀라셨죠?"

"네. 그날 바로 집으로 돌아왔어요. 고맙습니다."

"잘하셨습니다. 아이들이 무척 좋아했겠어요. 아이……, 정말 잘 됐다!"

뛸 듯이 좋아하는 나를 보며 손님의 아내는 눈물을 훔치고 연신 허리를 굽혀 90도 인사를 했다.

"고맙습니다. 정말 고맙습니다."

뒤에 계신 담당 대리님과 옆에 있는 직원들이 무슨 일인가 궁금해 하다가 이 사연을 듣고 함께 박수를 보내주었다. 담당 대리님은 가지고 있던 영화 상품권을 선물로 주며 좋은 시간 보내시라고 함박웃음을 덤으로 선물했다. 멀리서 이 상황을 보고 계신 지점장님이 슬쩍 다가와 미소를 지으며 칭찬해 주셨다.

"최고다. 미스 강! 대단해!"

유니폼만 입으면 나는 다른 사람이 되었다. 상냥한 목소리와 밝은 표정은 어느새 몸에 배었고 신속하고 정확한 손놀림으로 고객을 만족시키는 베테랑 직원으로 20년을 일했다. 생각해 보니 그때 그날, 나의 도움으로 다시 화목해진 부부의 모습은 나이가 들어도 뿌듯한 기억으로 남아 나를 전국 3위 CS 우수 직원으로 이끌었던 것 같다.

남을 도우려는 마음이 나에게 더 큰 행운으로 되돌아왔다. 누가 알아주든 말든 나의 작은 수고와 정성이 누군가에게 기쁨이 되고, 누군가에게 희망이 된다면 그것만큼 행복하고, 그것만큼 성공한 인생은 없는 것 같다. 은행을 퇴직하고 다시 찾은 직업이 행복 웃음 강사이고 글을 쓰는 작가인 것도 그 이유이다. 더 많은 사람에게 행복과 웃음을 나누어 주며, 좌절에 빠진 사람에게 용기와 희망을 주는 일이라면 앞으로도 나의 작은 수고와 정성은 계속될 것이다.

생각만 해도 기분 좋은 이야기를 오랜 친구의 퇴직 소식에 소환해 보았다. 그때 지점장님께서 나에게 해주셨던 말 '최고다, 미스 강!' 지금 행복한 나에게 다시 말해 준다.

'최고다, 강문순!'

김형준

그래,
이 정도면
나쁘지 않아

고등학교 졸업하면서 다시 성남으로 돌아가게 되었다. 여전히 집은 없었지만, 골목 안, 작은 슈퍼 하나를 얻었다. 부모님 두 분은 슈퍼에 딸린 방에서, 우리는 옆집 반지하 방 두 개짜리 집에서 살았다. 월세를 냈지만 쫓겨날 걱정은 없었다. 아버지는 낮에 가게 일을 도왔고 야간에는 거래처에 맥주와 담배를 꾸준히 납품했다. 어머니는 식당을 하는 동안 망가졌던 몸을 그제야 돌볼 수 있게 되었다. 매일 재료 준비부터 음식을 만들고 손님을 맞이하고 뒷정리까지 하며 몸이 남아나질 않았다. 십수 년 노동으로 몸은 망가져 있었다. 슈퍼는 몸 쓸 일이 적었다. 가게 안 진열장은 납품업체들이 알아서 채워줬다. 어머니는 손님이 찾는 물건을 찾아주고 계산하고 진열장이 비면 채우면 됐다. 식당 일에 비할 게 아니었다. 수입이 안정되고 몸도 조금씩 나아지면서 어머니의 웃는 횟수가 늘었던 것 같다. 낮 동안 아버지와 함께 있었지만 다투는 일도 줄었던 것 같다. 두 분은 이 작은 가게 하나를 갖기 위해 15년을 돌아왔다.

맨땅에 헤딩이었다. 내가 5살 때, 두 분은 10년간의 부산 생활을 정리하고 가진 것 없이 성남으로 올라왔다. 살 집도 없었다. 겨우 구한 집은 집이 아니었다. 어머니 말로는 지붕도 벽도 없이 등만 댈 수 있는 시장 한 켠의 평상이었다고 한다. 그곳에서 다섯 식구가 생활했다. 평상을 벗어나는 데 오래 걸리지 않았다. 생활 터전이었던 시장에서 평상보다 작은 공간을 빌려 장사를 시작했고 노력에 운이 더해져 벽과 지붕이 있는 집으로 이사할 수 있었다. 어머니는 부산에서도 음식을 팔았다. 시장에서 번 돈으로 이번에는 분식집을 내게 되었다. 그때 분식집이 두 분이 함께 장사했던 처음이자 마지막이었다. 아버지도 제 역할을 해내기 위해 노력했다. 새벽 시장에서 재료를 사다 손질하고 만들고 손님에게 팔기까지 손발을 맞췄다. 그때는 제법 장사가 잘 된 거로 기억한다. 장사를 시작한 지 얼마 안 돼 입소문이 났고 살림도 조금씩 나아지는 것을 7살이던 나도 느낄 수 있었다. 부산에서 직장만 다녔던 아버지에게 장사는 낯선 경험이었다. 넉넉한 살림에서 양질의 교육을 받고 자란 아버지가 만두 하나를 빚기 위해 양파를 썰고 고기를 다지고 밀가루 반죽을 했다. 내가 직장을 다니면서 깨달은 게 하나 있다. 하고 싶은 일보다 해야 할 일을 하는 게 직장인이라는 것이다. 아버지에겐 만두를 빚는 게 하고 싶은 일이기보다 해야 할 일이었던 것 같다. 맛있는 분식집으로 소문이 났지만, 유명세는 오래가지 못했다. 11살 때 알 수 없는 이유로 가게 문을 닫고 서울로 전학을 갔다.

내 기억에 서울 생활은 좋은 일보다 나쁜 일이 많았다. 두 분의 잦은 별거, 아버지의 추락 사고, 해마다 이사를 했던 기억. 생계는 어머니의 몫이었고 당신이 할 수 있는 건 장사가 최선이라 생각했던 것 같다. 장사를 못 하게 되면 파출부, 공장을 다니며 돈을 벌었다. 그러나 아버지는 달랐다. 어머니와 함께하기보다 스스로 무언가를 계속 시도만 했다. 직장을 다닌 건 아니다. 남의 밑에서 월급을 받기에는 나이도 많았고 특별한 기술도 없었다. 그러니 그때 할 수 있는 건 사업이었다. 여러 번 시도했지만 결과적으로 성공이라고 할 수 있는 건 없었다. 매번 우리에게 자상하게 설명한 적은 없었지만 두 분의 대화를 엿듣고 짐작했다. 아버지는 어떤 물건을 어디엔가 납품했지만 실패하셨다. 또, 미장 기술자 몇 명을 모아 공사를 맡아 했지만 얼마 못 가서 추락 사고를 당하면서 그만두시게 되었다. 그 사고로 오른발에 장애 판정을 받고 할 수 있는 일은 더 줄었다. 그 뒤 어머니 지인의 소개로 강남 유흥업소의 야간 경비를 겸한 주차장 관리원을 시작했다. 성실히 일한 덕분인지 몇몇 업소에서 소량으로 맥주와 담배를 납품해보지 않겠냐는 제안을 받았다. 덕분에 고정수입이 늘어났다. 밤낮이 바뀐 생활이었지만 시간이 갈수록 살림은 안정되어갔다. 아버지의 고정수입 덕분에 어머니가 버는 돈으로는 또 다른 미래를 준비할 수 있었다.

세 아들이 초등학교에 다닐 땐 육성회비도 제때 못 냈었다. 작은형과 나는 회비를 안 냈다고 몇 시간씩 복도에 서 있기도 했었다. 분기에 한 번 회비를 낼 때면 복도는 우리 형제가 차지했었다. 부모님은 우리가 굳이 말하지 않아도 어떤 창피를 당할지 짐작했을 테다. 그래서 어머니는 온종일 손에 물 마를 새 없이, 음식을 만들고 손님을 맞고, 그릇을 치우고, 설거지하며 악착같이 일했을 터이다. 아버지는 남들이 퇴근하는 시간 출근을 했고, 한쪽 다리를 절면서도 맥주 상자 두세 짝은 거뜬히 옮겼을 터이다. 어머니는 종일 서 있었던 탓에 잘 때면 시시때때로 다리에 쥐가 났고, 아버지는 밤새 이어진 배달에 새벽이면 쏟아지는 졸음을 버텨냈다.

우리 주변에는 수백억을 가진 부자도 있고, 하루 한 끼 못 먹는 이들도 있다. 하는 일마다 성공만 하는 사람도 있고, 하는 일마다 실패하는 이도 있다. 힘들면 힘들다고 투정만 부리는 사람이 있고, 힘듦을 내색하지 않고 끝까지 버텨내는 이도 있다. 성공의 기준은 저마다 다르기 마련이다. 남들이 부러워할 만큼 많은 재산을 가지면 여유로운 삶을 살 수 있겠지만 모두에게 기회가 주어지는 건 아닐 것이다. 우리 부모님도 매번 성공을 바라고 여러 시도를 했다. 하지만 경험이 부족해서, 불의 사고를 당해서, 운이 안 따라서 바라는 걸 얻지 못했다. 그래도 주어진 상황을 피하기보다 실패해도 다시 도전했고, 힘들어도 불평 대신 제 역할을 해내며 포기하지 않았다. 15년 동안 부모님이 경험한 실패는 당신들이 무가치했다는 의미가 아니다. 두 분이 세운 목표를 이루기 위해 끊임없이 새로운 경로를 찾았던 거로 생각한다. 그 덕분에 세 아들을 대학까지 공부시켰고 어머니가 바라던 슈퍼까지 장만할 수 있었다.

나도 결혼 전 포기가 익숙했던 때가 있었다. 내가 선택한 일은 뭐 하나 제대로 된 적이 없었다. 사업을 한다며 4년을 매달렸지만 사장의 야반도주로 빚만 남았고, 대학교도 제때 졸업 못 했고, 다니던 직장도 버티지 못하고 스스로 뛰쳐나오기 일쑤였다. 결혼 후에도 안정된 직장을 구하지 못해 여러 곳을 전전했었다. 그때는 왜 나한테만 이런 일이 생기는지 불만만 가득했다. 스스로 바꿔보려고 노력하지 않았다. 13년 동안 9번의 이직을 경험하고 뒤늦게 나를 바꿀 기회를 가지게 되었다. 4년 전부터 매일 책을 읽고 글을 쓰면서 조금씩 나를 바꿔가고 있다. 책을 읽고 글을 쓰면서 알게 된 진리 중 대부분은 이미 나의 부모님이 갖고 있던 것들이었다. 주어진 역할에 책임을 다하는 노력과 끈기, 언제나 그걸 잊지 않았기에 바라는 걸 이룰 수 있었다고 생각한다. 동네 슈퍼. 많은 돈을 벌지는 못했지만 그 정도면 나쁘지 않았던 것 같다.

김현주

작은 성공이
나의 삶 전부

　　　　　　새해가 밝았다. 새로운 계획을 세우고 실천하겠다고 다짐하는 사람이 온라인상에 붐볐다. 연말부터 들썩였다. 일 년 동안 했던 일의 성과를 축하하며 꾸준히 움직였다고 증명하는 글이 SNS에 속속 올라온다. 앞으로의 계획도 화려하다. 멋지다. 보고 있으니 나는 번듯하게 증명할 게 왜 이렇게 없는 것 같은지. 나름대로 열심히 살았다고 생각했는데 초라해 보였다. 하다만 것들만 생각난다. 해보겠노라고 결심하며 부르짖던 외침이, 속삭임도 안되는 소리 같았다.

　　블로그에 매일 포스팅하겠다는 마음도, 가계부를 빠짐없이 작성하여 절약하겠다는 작심도, 날마다 새벽에 기상하겠다는 의지도 다 어디 간 걸까? 아예 하지 않은 건 아니라고 위안 삼아보려 하지만 마음 한구석에선 SNS의 성공했다는 사람들을 생각하며, '해내지 못했다'라는 비교의식이 자리 잡는다. 착잡한 기분에 세수나 해야겠다고 생각하며 일어나 허리를 펴는데, 허리가 살짝 뻐근하다.

3년 전 그날. 허리에 다른 때와 다르게 힘이 들어가는 날이 며칠 이어졌다. 이러다 괜찮겠지 하면서 충청도 산골 작은 교회에 여름 성경학교 행사를 진행해 주는 봉사를 떠났다. 아이들과 신나게 레크리에이션을 하며 추억의 게임인 '신문지 위에 올라서기'를 했다. 신문지 면적이 좁아지면서 팀원 모두 살아남기 위해 몸무게 적은 사람을 안아주거나 업어주거나 목말을 태워야 하는 그 게임. 7살 유치원 아이를 등에 업고 일어섰다. 우지끈!

시골 구석구석을 돌아다니며 정형외과를 찾았다. 침도 맞고 물리치료도 받았지만 계속 누워있어야 하는 신세였다. 봉사하러 가서는 되레 짐만 되었다. 서울에 올라와서 동네 정형외과를 다니며 물리치료를 받아도 점점 더 심해지기만 했다. 누워있으면 그나마 괜찮았던 상태가 누워서 다리를 펼 수도 없는 지경까지 이르렀다. 오른쪽 허리부터 발목까지 신경이 눌려 찌릿하고 아픈 통증이 계속되었다. 통증이 멈추지 않고 하루 24시간 계속된다는 게 표현할 수 없을 정도로 고통스러운 것인 줄 그때 처음 알았다. 정형외과 간판에 '통증 클리닉'이 왜 그렇게 크게 쓰여 있었는지 깨닫게 되는 순간이기도 하다. 지푸라기라도 잡고 일어나야 했다. 살아야 한다는 마음으로 주섬주섬 옷을 걸쳐 입었다. 펴지지 않는 허리와 무릎. 사십 대인데 여든을 훌쩍 넘긴 꼬부랑 할머니 모습이다. 가까스로 허리 디스크 전문 병원에 도착했다. CT를 찍으러 들어간다. 똑바로 누워 움직이지 않아야 CT 결과를 볼 수 있다고 한다. 반듯하게 다리를 뻗을 수가 없어서 병원을 찾아온 사람에게 바르게 누워 움직이지 말라니. 통 속에 들어가 있던 15분이 15시간인 것 같았다. 제대로 찍어야 한다. 눈에선 눈물이 흐르고 입술은 꽉 깨물어 터질 것 같다.

진단은 요추 4, 5번 추간판 탈출증. 흔히 말하는 허리 디스크 진단이 내려졌다. 시술이나 수술이 필요한 상황이다. 집에서 남편과 의논해 본 후 연락하겠다 하고 집으로 돌아왔다. 시술하지 않고도 반듯하게 허리를 펴고 걸을 수만 있다면, 세면대에서 자연스럽게 허리를 굽히고 세수할 수만 있다면, 바지를 한 발씩 들어 입고 벗을 수만 있다면, 식구들 음식을 만들어줄 수만 있다면, 너저분해진 집을 마음껏 치울 수만 있다면 세상 바랄 것이 없겠다고 생각했다. 매일 블로그 포스팅하거나 가계부를 꾸준히 쓴다거나, 새벽에 기상하고 싶다는 목표는 깨알만큼도 없었다.

다음날부터 이를 악물고 걷기 시작한다. 물리치료 받으러 병원에도 빠짐없이 간다. 허리를 펼 수 없고 무릎도 펴지지 않으니 천천히 한 걸음씩 뗐다. 마음은 앞서 빠르게 걷는 저 사람처럼 걷고 싶은데 몸은 여전히 꼬부랑 할머니다. 이렇게 굳은 채로 살아가게 되는 건 아닌지 걱정이 앞선다. 다음 날 또 걸었다. 그다음 날도. 비가 오면 거실에서라도 걸었다. 사람이 네 발이 아닌 두 발로 걷는다는 게 얼마나 큰 축복인지. 축복을 다시 받고 싶다 기도하며 걸음을 내디딘다. 매일 꾸준히 걸었다. 6개월 뒤, 나는 두 팔을 힘 있게 휘두르며 허리를 꼿꼿하게 펴고 정면을 바라보며 '파워워킹'으로 걷는다. 자연스럽게 구부리며 세수하고, 편하게 서서 바지를 입고 벗었다. 식구들 음식을 즐겁게 해주고 어수선해졌던 집이 말끔해진다. 가장 바랐던 일들이 이루어졌다.

세면대에서 거울을 보며 생각한다. '성공'이란 게 내가 목적한 바를 이루는 것이라면, 나는 대단한 성공을 이룬 것이다. 괜히 남의 떡 바라보며 미련을 가질 필요 없었다. 건강해진 허리 덕분에 많은 사람을 만날 수 있고, 강의도 하러 갈 수 있고, 식구들과 행복한 시간을 보낼 수 있고 집을 마음껏 치울 수 있다. 교회에서 2년 동안 진행된 훈련도 무사히 마칠 수 있었다. 걷는 일 하나 잘했을 뿐인데, 작은 성공이 나의 삶을 윤택하게 하는 순간이다.

'이렇게 성공한 게 많네.'

작은 성공을 익숙하게 해냈기에 다른 일도 할 수 있게 된 거다. 자기계발을 위한 공부도 하고, 블로그도 쓰고, 책도 쓰고…… 사소해 보이는 성공이라도 성공이 차곡차곡 쌓인 사람은 무슨 목표든 이룰 수 있다는 자신감이 생긴다. 자고 난 침대가 가지런히 정리되어 있다면, 옷이 깨끗하게 빨려져 있다면, 밥을 잘 챙겨 먹었다면 분명히 더 큰 목표를 이룰 수 있다는 증거다.

흐뭇해하며 저녁을 하러 주방으로 간다. 네이버로 미리 찾아놨던 백종원의 장칼국수를 만든다. 신나게 고기부터 볶고 양념을 정량대로 딱 맞춰가며 넣는다. 물도 720㎖ 정확하게 붓는다. 조리법 순서대로 갖은양념과 채소 넣은 물이 펄펄 끓는다. 이제 '칼국수'를 넣으라고 쓰여 있어 두 뭉치 넣을까 하다가 세 뭉치를 넣었다. 세 명이 넉넉히 먹을 수 있도록. 넣고 보니 국물이 너무 적은 느낌이다.

'이거 몇 인분짜리지?'

스마트폰 화면을 바쁘게 끌어내리며 위쪽으로 가본다. 재료 준비. 칼국수 면 1개.

"엄마, 배고파요. 오늘 저녁은 뭐예요?"

놀다 들어온 둘째, 방에 있던 셋째가 음식 냄새 맡고 주방으로 모여든다.

"으응? 오늘은 볶음 칼국수……"

실패는 성공의 어머니라 했던가? 다음번 장칼국수는 꿀맛 보장이다!

실패는
또 다른 시작이다

1층 상가 월세를 얻었다. 부동산이라고 하면 내 집이 없을 때 전세 얻고, 내 집 마련을 위해 아파트 청약하는 것만 해보았다. 그것도 남편과 함께였다. 그런 내가 남편과 상의도 없이 내 명의로 월세 계약서를 썼다.

2013년 2월 경기도에 신도시가 들어섰다. '앗' 기회다. '쇠뿔도 단김에 빼라' 이 속담이 그때는 왜 그렇게 나의 뇌리에 팍 꽂혔는지! 누구의 도움도 받지 않고 내가 원하는, 어린이집 설립 인가를 받고 싶었다. 그리고 예쁘게 꾸며 아이들이 행복한 어린이집을 만들어 볼까? 남편의 도움 없이 내 마음대로 한번 해 볼까? 어디서 그런 용기가 생겼는지, 나는 일을 저지르고 말았다. 보증금 3천만 원에 월세 백이십만 원 계약서에 도장을 '쾅' 찍었다. 두 달에 걸쳐 인테리어를 하고, 집기 비품을 준비해 어린이집을 개원했다. 한 달, 두 달이 지나 입학 시즌 3월이 되었건만 입소하는 원아가 없다. 없는 형편에 저지른 일에 겁이 났다. 광고지를 만들었다. 신문에 광고지를 넣어 보려고 했는데 지역이 광범위하고 값이 비싸 포기했다. 직접 주변 동네와 아파트가 있는 지역에 광고지를 일주일 동안 천 장을 붙이고 우편함에 넣었다. 어떤 아파트에서는 광고지를 수거하라는 연락이 왔다. 결론은 아파트에서 광고비를 받을 목적이었다. 광고비 오만 원을 관리사무소에 지불하고 해결했다.

한참을 기다렸다. 광고비와 광고지 붙이는 수고에 대한 결과는 달랑 2명, 입소 문의가 왔다. 눈물이 났다. 무모하게 덤벼, 그동안 모아 둔 돈이 다 날아가게 생겼으니 말이다. 생각보다 어린이집 운영하기가 여간 힘들지 않았다. 그리고 어린이집 주변에는 아파트가 없고, 단층 주택만 있었다. 부동산 보는 눈이 '쾅'이었다. 그러니 누가 이 허허벌판 먼 곳에 아이들을 보내겠는가? 당연히 아이들을 데리고 오려면 차량을 운행해야만 했다. 생전 처음으로 12인승 노란 버스를 구입하고 버스 운전을 했다. 아이들의 생명을 책임져야 하는 그 무게감이 말도 못 했다. 버스가 길어 코너를 돌 때 감각이 둔해 모퉁이에 부딪히는 일이 생기고, 보험 처리로 새 차를 여러 번 수리했다. 그로 인해 아직도 난 자동차 보험을 비싸

게 지불하고 있다. 그 당시 내 얼굴을 보면 불쌍해 보이고, 하나도 행복하지 않았다. 그냥 치열하게 살았던 시절이었다. 그때부터 슈퍼우먼이 되어야만 했다.

어느 날 학교에서 돌아온 중학생 딸이 커다란 가방을 메고 들어왔다.

"어디 다녀와?"

"응, 엄마, 나 저기 아파트에 광고지 붙이고 왔어."

"뭐? 그 힘든걸? 무거울 텐데. 광고지 붙이다 친구라도 만나면 어쩌려고?"

눈물이 핑 돌았다. 딸이 보기에도 엄마가 얼마나 안 되었으면 여학생이 광고지를 들고나갔을까? 미안하고 대견했다. 1주일이 지나자 전화 문의와 입학 상담 전화가 왔다. 그래 이제 할 수 있어! 나는 최선을 다해 아이들이 오고 싶은 어린이집을 만들기로 했다. 아이들이 오지 않는 어린이집을 살려야 한다는 생각으로 내 몰골이 엉망이어도 신경을 쓸 여유가 없었다. 목표는 오직 원아 모집이었다. 목표를 재정립하고 어떻게 해야 할지 생각했다.

우선 주변의 잘 되는 어린이집을 탐색했다. 똑같은 방법으로 어린이집을 운영한다면 살아남을 수 없다는 것을 알았다. 새로운 운영계획을 세워야 했다. 어머님들이 아이들을 어린이집에 보낼 때 제일 중요하게 생각하는 것이 무엇일까? 어떤 프로그램을 원하는 걸까? 고민해 보고 결론을 얻고 실행했다. 열린 어린이집을 운영하고, 먹거리와 아이들과 놀이를, 특색 프로그램을 운영해야 겠다는 계획을 세웠다. 마침 어린이집 주변에 주택 단지를 개발하고 있었다. 개발 전이라 넓은 공터가 많았다. 이 공터를 이용하여, 텃밭을 만들어 감자도 심고, 고구마, 무를 심고, 수확하면서 부모님과 함께 하는 자연 친화 어린이집을 운영했다. 개원하고 4개월이 되면서 정원을 다 채웠다.

지금 생각해도 그 과정에서 나는 슈퍼우먼이었다. 아침 7시 30분에 어린이집 문을 열었다. 오전 간식을 만들었다. 그리고 먼 거리에서 아이들을 등원시켜야 해서 노란 미니버스를 몰고 운전기사가 되었다. 아침 1시간 30분 오후 1시간 30분 어린이집 주변을 돌면서 아이들 등·하원 시키는 차량 기사가 되었다. 저녁 6시 30분이 돼서야 어린이집 하루가 끝났다. 매일 다람쥐 쳇바퀴 도는 시간을 3년을 하였다. 어린이집을 운영하면서 이렇게 일하면, 여자인 내게 어떤 일이든 닥치면 다 할 수 있을 것 같았다. 아이들을 태우느라 동네 여기저기 골목길을 운전하고 다니니 택시 기사도 할 수 있고, 어린이집 아이들과 교사들을 위하여 오전, 점심, 오후 요리를 하니, 조리사도 할 수 있었다. 바로 내가 남들이 말하는 슈퍼우먼이 되고 있었다.

주변 공터에 집이 하나, 둘씩 들어섰다. 이렇게 애써 만들어 놓은 어린이집을 운영한 지 딱 3년이 되던 시점이다. 갑자기 주인이 계약 해지를 통보한다. 이유는 어린이집 앞 넓은 공터, 텃밭을 사용하던 곳에 지식 산업 센터가 설립되기 때문이다. 주인은 시세차익을 위해 어린이집을 내보내고 다른 상가를 입주시키겠다고 한다. 어린이집을 처음 내 손으로 인테리어 하고 교재교구를 준비하고, 원아 한 명, 한 명을 모아, 꿈이 있고, 아이들이 있어 행복한 터를 만들었는데, 꿈꾸며 만들어 놓은 어린이집을 그대로 원상 복귀를 해야 하고 아이들을 다 다른 곳으로 보내야 하는 상황이 벌어졌다. 손해가 이만저만이 아니었다. 나에게는 그야말로 청천벽력이었다. 이제 조금 숨을 돌리나 했는데 투자한 돈도 건지지 못하고 그대로 정리해야 했다.

나는 우리 부모님의 선한 인성에 영향을 받아 세상을 살았다. 그러다 보니 남에게 베풀며 살았고, 봉사도 열심히 하고, 교육자로 발전할 수 있도록 나를 개발하는 것에 게으르지 않았다. 나의 이익만을 위해 살지 않았다. 이렇게 살아온 삶 덕분인지, 때마침 지인의 소개로 현 상태로 인수하겠다는 분이 있었다. 원상 복귀하지 않아도 되었다. 손해를 조금 줄여 아쉽게 어린이집을 정리했다. 아이들 또한 주변에 큰 어린이집으로 모두 함께 이동할 수 있었다. 내가 월급 원장으로 어린이집을 운영해 주는 조건이었다. 다른 조건은 중요하지 않았다. 내가 조금은 힘들고, 손해를 보더라도 우리 아이들을 내가 졸업시키고 낯선 곳에 보내지 않아도 된다는 것이 중요했다. 주인이 아니었지만 이만하면 다행이었다. 겁 없이 무작정 덤벼들어 벌어진 일들로 인해 고생은 많이 했다. 경제적 손실도 컸다. 하지만 전부 실패라고 생각하지 않는다. 이번 경험으로 나에게 무한한 가능성이 있음을 알게 되었고 필사적인 노력이 보여준 작은 성공이라 생각한다.

아이들을 사랑하고 내가 제일 잘하고 좋아하는 일에 강한 신념이 있었기에 지금의 내가 있다고 생각한다. 실패가 있었기에 그 경험은 나에게 작은 성공이었고, 또 다른 일을 시작하는 원동력이 되었다.

절판 도서,
구하자는 것을 넘어
만들자

책, 관심 없었다. 읽으면 좋지. 필요성과 중요성을 추상적으로 알았다. 3수, 2016년도 수능 준비할 때 기숙 학원에서 박세니 선생님을 만났다. 지금은 유튜브를 하고, 일반인을 대상으로 강의도 하신다. 그땐 수험생 대상으로 성공심리학 강의만 했다. 인생의 진리들, 한국인으로서 알아야 할 영웅들, 수험생 정신력 관리법을 중점으로 배웠다. 예를 들면 인생은 고도의 집중과 몰입이다. 두려움은 집중하지 못한 사람들이 만들어낸 허접한 망상이다. 충무공 이순신, 최배달 등. 나아가 수험생 이후 어떤 마음으로 인생을 살아야 할지 청사진도 손에 넣었다. 독서를 왜 해야 하는지, 성공하려면 어떻게 해야 하는지, 성공한 분들에게 어떻게 들이대야 하는지…… 이때 책의 가치를 알았다. 이후 수학능력시험 준비를 다시 시작하기 전에 수업 시간에 추천받은 책을 한권, 두 권씩 사 봤다. 수업 내용과 받은 자료가 책을 만나니, 독서에 재미가 붙었다. 다른 책을 읽고 받아들일 기반이 생겼다.

2017년 여름. 입시학원에서 성공심리학 수업을 들은 학생들을 대상으로 평생 제자 과정을 개설한다는 소식을 들었다. 여름방학, 겨울방학 기간에 8주간 박세니 마인드 코칭 센터에서 일주일에 한 번, 6시간씩 인생에 필요한 지식을 내면화하는 과정이다. 수능 시험을 친 이후에 꼭 들어야지 생각했다.

5수가 끝난 겨울은 추웠다. 수학능력시험을 또 망쳤다. 서울대는커녕 대학에 갈 수 있을까? 수능 6교시 원서 영역이 두려웠다. 시험을 잘 봤으면 당당하기라도 할 텐데, 그렇지 못하니 부모님께 성적을 알리는 것조차 버거웠다. 한두 번도 아니고 매번 결과가 좋지 않아 고개를 못 들 지경이었다. 시험 친 날부터 성적이 나올 때까지가 그나마 편할 수 있는 기간이었다. 안다. 현실도피다. 하지만 내겐 수험생활과 공부의 흔적을 쳐다보지 않을 유일한 3주였다. 이때 평생 제자 과정에 등록했다.

수업 때 발표도 하고 수강생과 질의응답도 했다. 수업 내용도 같이 정리하고, 강의에서 언급된 책과 내용도 찾아보았다. 추천받은 책을 다 샀다. 절판 도서가 여러 권 있었지만, 집요하게 파고들어 손에 넣었다. 그 과정에서 《세이노의 가르침》을 알게 됐다. 성공한 사업가의 삶을 바라보는 관점과 투자 철학을 엮은 책. 그 책 뒤에는 추천 도서가 있었는데, 그중에는 절판된 도서들이 있었다. 박세니 선생님 추천 도서를 사보며 절판된 도서의 가치를 알았기에 하나둘 사보기 시작했다.

이때부터 책 수집과 책 구매의 경계가 모호해졌다. 갖고 싶은 도서를 어떻게든 구했다. 웃돈을 주고 사기도 하고, 서울 어디 중고 서점에 있단 걸 알면 일부러 가서 사 오기도 했다. 품을 많이 들여 손에 넣은 책은 소유했단 기분에 취해 잘 보지 않았다. 그렇다고 사 모으기를 그만두진 않았다. 오히려 공을 들여 절판 도서를 구하는 맛에 중독됐다. 시중에 유명하지만 절판된 책이 뭐가 있는지 찾아봤다. 덩달아 절판되지 않은 책을 구매하는 빈도도 높아졌다. 한 달에 10~20만 원은 우습게 썼다. 칼럼니스트 이동진이 읽는 속도보다 사는 속도가 빠르고, 같은 책을 2권씩 사기도 한다는데, 왜 그렇게 되는지 알겠다.

책을 갖고 싶다고 다 살 수 없었다. 성에 차진 않았지만 때로는 도서관에서 빌려보고, 지인이 책을 가지고 있다면 제본했다. 사람은 한정판과 동난 상품에 더 끌린다. 평소 합리적이고 이성적으로 구매하는 이도, 그런 문구를 보면 갖고 싶은 욕망이 차오른다.

내 나름 괜찮은 구매자라 생각했는데, 제대로 오기가 발동한 일이 생겼다. 이름하여 장바구니 사건. 평소 추천받거나 좋다고 소문난 책은, 인터넷 서점 장바구니에 담아 둔다. 그러다 좋은 가격으로 중고 책 매물이 올라오거나 새 책이라도 사서 봐야겠단 생각이 들면 구매한다. 2018년 겨울에 장바구니에 넣어뒀던 한 책이 '절판'으로 바뀌었다. 《조인트 사고》 분명 며칠 전까지 분명 재고가 있었는데, 절판이라니. 다른 인터넷 서점에 들어가도 마찬가지였다. 오기가 발동했다. 어떻게든 손에 넣고 만다. 발 빠른 중고 책 상인들은 원가의 몇 배로 중고 책 장터에 책을 등록했다. 그 값 주고 사줄 생각은 추호도 없다. 재고가 있을 때 그때 샀으면 원가에 사는 건데.

온라인에서 오프라인으로 눈을 돌렸다. 전화와 온라인으로 오프라인 매장 재고 조회가 가능한 교보문고, 영풍문고, 반디앤루니스에 전화했다. "그 책은 재고가 없습니다. 절판됐습니다." 단한 곳도 없었다.

그렇다면 인터넷 판매는 하지 않지만, 지역 서점은 어떨까. 그런 서점이 어디에 있나 검색을 했다. 홍익문고, 남포문고, 진주문고…… 지역 번화가에 위치하고 규모가 생각보다 컸다. 20곳 가까이 전화를 돌렸다. 여섯 곳에 책이 있었다. 나 혼자 볼 거면 책 한 권이면 충분할 텐데, 이미 한 권 살 생각은 지워버렸다. 절판된, 남들은 갖지 못하는 책을 한 권도 아니고 여러 권 손에 넣는다. 얼마가 짜릿한 일인가! 품을 들여서 절판된 도서를 기어코 구해냈단 기쁨에 있는 대로 구매를 했다. 총 9권을 구했다.

《조인트 사고》가 절판된 이유가 궁금했다. 그 당시 유튜버, 인플루언서의 추천이 여럿 있었다. 내가 놓친 다른 이유가 있진 않을까 의심이 들었다. 갑작스럽게 절판이 됐단 느낌 때문이다. 궁금했다. 장바구니에 담아둔 책이 사라지고 절판되는 사태를 또 겪고 싶지 않았다. 내 궁금증을 책 만든 출판사가 해결해 주지 않을까?

책을 만든 매일경제 출판사에 전화를 걸었다. 전에 나 말고 다른 이들이 전화했는지, 자연스레 관계자 번호를 알려주었다. 매일경제신문의 임프린트사인 두드림 미디어 사장님의 연락처였다. 임프린트는 대형 출판사와 계약해 전략적 제휴를 맺은 출판사이다. 투자를 받아 책을 만들고 책 수익의 일부를 공유한다. 자회사, 모회사와는 다르고, 출판사 아래 브랜드와는 또 다른 모델이다. 출판사 판매 시스템과 《조인트 사고》의 이야기를 들었다. 출판사에는 책이 없었다. 출판사는 책을 만드는 곳이다. 재고를 쌓아두지 않는다. 일반적으로 제작 후 출판사에서 직접 판매하지 않고 유통 업체로 넘기거나, 인터넷 서점에 물류로 유통해 판매하기 때문이다.

이 책은 출간 후 판매가 시원찮았다. 베스트셀러인지 아닌지는, 출간 3개월 내로 몇 부가 팔렸는가로 판단한다. 이 책은 그 부분에서 탈락이었다. 1년 동안 꾸준히 팔려 초판 1쇄가 모두 판매됐다. 어디서 추천을 했거나 입소문을 탔나보다 하고 넘겼다. 다음에 얼마나 팔릴지 예상되지 않아 절판을 시키자고 결정했다. 출판

계에선 대형 출판사가 아닌 이상, 잘 팔리지도 않을 책을 더 찍는 경우는 드물다. 그러던 어느 날 사장님에게 전화가 왔다. 김승호 회장 사장학 수업 관계자였다.

"책을 다시 찍어주세요."

"안 됩니다. 책을 다시 찍기 위한 초기 비용이 확보된다면 모를까. 만약 돈이 모이면 중쇄해서 유통할게요."

비용은 순식간에 모였다. 사장학 독서 모임에서 이 책을 추천했기 때문이다. 사업하는 사람이 읽고 싶은 책을 위해 기꺼이 돈을 냈다. 그렇게 다시 책을 찍었다. 독서 모임 하는 곳의 사장님도 가서 사진도 찍고 했단다. 인터넷 서점에 재고가 잡히기 시작했다. 단희쌤, 김유라TV 등 유튜브에서 추천 영상을 올렸다. 그렇게 찍은 책이 다 팔려, 이젠 살 사람 다 사겠지 하며 절판시킨 거라 했다. 출판사 경영자 입장에는 옳은 판단이었다. 괜히 돈 들여 찍었다가 안 팔리면 돈도 묶이고, 재고가 그 보관 비용도 계속 나간다.

나는 책을 이미 여러 권 구했다. 더 갖고 싶단 맘은 없었다. 책, 자기 계발, 창업 관련 카카오톡 오픈 채팅방에 읽고 싶은데 절판됐다는 아우성이 들렸다. 수요가 많은데, 몰라서 상품을 못 파네. 안타까웠다. 책을 제본해서 팔면 저작권법 위반이다. 책을 찍어서 필요한 사람들에게 팔면? 팔릴 수밖에 없다. 몇 명인지 알 수는 없었다. 하지만 책 구하는 사람들이 많단 게 느껴졌다. 그들이 책을 찾고 구하는데 에너지를 쏟는 게 보였다. 1,000부 사면 전부 판매할 수 있지 않을까? 마침 아파트 청약이 돼, 판매한 돈이 있었다. 500만 원.

"1,000부를 제가 판매해 보겠습니다." "책 1,000부의 공급가 900만 원을 가져오면 책을 찍어줄게요."

부모님께 돈 400만 원을 빌렸다. 1,000부를 구매했다. 각종 오픈 채팅방과 독서 모임 커뮤니티에 판매 글을 올렸다(물론 방장과 커뮤니티장에게 허락을 구했다). 일주일 만에 다 팔았다. 처음 팔 수 있을지 의심하셨던 사장님도 놀라셨다. 절판도서를 다시 만들어 팔면 돈이 되겠는데? 출판업을 해보면 좋겠다고 생각했다.

이재은

나를
알아가는 시간

　　　덜컥 두 아이의 엄마가 되었다. 엄마라니, 내가 엄마라니. 겁이 났다. 잘 키우고 싶은데 잘 못할까 봐. 혼자 살 때는 내 맘대로 결정해도 괜찮았다. 실수하면 다시 또 해보면 되고, 아니다 싶으면 그만하면 되니까. 첫 번째 다녔던 대학이 마음에 안 들어서 내 마음대로 재수하기로 '선택'했다. 다시 본 수능시험 결과가 내 마음에 쏙 드는 건 아니었지만, 만족했다. 아쉽지만 나의 선택과 노력의 결과니 받아들일 수 있었다. 육아는 달랐다. 잘해야만 할 것 같았다. 잘 키울 수 있을 거라는 자신감도 있었다. 교육심리학을 전공하기도 했고, 가르치는 일들을 여러 해 동안 해왔다. 학부모님들과 상담도 많이 했다. 그동안 해왔던 일이 나의 육아를 수월하게 해줄 거라는 믿음이 있었다. 그러나 이론과 실전은 다르다는 걸 알게 되는 데 오래 걸리지 않았다.

육아서를 찾아 읽기 시작했다. 제대로 된 책 한 권을 읽어본 게 언제였던가. 김용택 시인의 《아가야, 너는 나의 햇살이야》를 태교 책으로 정하고 필사할 때만 해도 평화로웠다. 그때가 그리웠다. 제일 처음에 알게 된 책은 《똑게육아》였다. '똑똑하고 게으르게' 육아하자는 메시지가 담겨있었다. 말만 들어도 설렜다. 《전투 육아》 책 제목은 전쟁을 앞둔 병사의 비장함까지 느껴졌다. 핀란드 육아, 스칸디나비아 육아, 프랑스 육아 등등 다양한 나라별 육아서도 있었다. 《엄마, 나는 자라고 있어요》는 귀여운 아기의 그림이 그려진 책도 유명하다고 해서, 묻지도 따지지도 않고 샀다. 육아의 답이 분명 책에 있을 거라 생각했다.

수많은 육아 베스트셀러가 있었다. 처음에는 무조건 샀다. 이 책도 좋아 보이고 저 책도 좋아 보였다. 책장이 순식간에 꽉 찼다. 더는 책을 꽂을 자리가 없었다. 그런데도 계속 육아에 관련된 책들을 샀다. 책들이 바닥에 쌓여갔다. 나중에 깨달았다. 육아하다 보면 육아서를 읽을 시간이 없다는걸.

혼자 24시간도 모자란 나였다. 아이를 돌보느라 내 시간이 사라지는 게 괜히 억울했다. 아이가 둘이 되다 보니 내 시간은 점점 줄어들었다. 첫째가 하원해서 집에 오면, 그때부터 본격 육아가 시작된다. 첫째에게 저녁을 주고 좀 쉬려 하면 둘째가 어느 샌가 똥을 싼다. 엉덩이를 깨끗하게 씻기고 개운해진 상태가 채 가시기도 전에, 첫째도 어쩜 기다렸다는 듯 똥을 싼다. 배고파진 아이들은 밥을 더 달란다. 두 번의 밥상을 차리고, 이제 좀 쉬어도 되겠지 누우려 하면 '딩동' 벨이 울린다. 남편이다. 힘들게 일하고 돌아왔으니, 밥을 혼자 챙겨 먹으라 하기가 괜히 또 미안하다. 밥을 푸고, 국을 뜨고, 반찬을 꺼내는 일이 어렵지도 않은 일인데, 주걱으로 밥을 푸는 내 손에는 힘이 꽉 들어가 있다. 분노의 주걱질 마냥. 이제 진짜 누워 쉬려고 하는데, 첫째가 달려온다. 장난감이 소파 뒤에 들어갔다며 꺼내달란다. "제발 소파 뒤로 떨어뜨리지 좀 마!" 소리를 질러버렸다. 화낼 일이 아니었는데.

내 안에 불을 내뿜는 공룡이 살고 있었다. 쌓였던 감정들이 자꾸만 들쭉날쭉 튀어나왔다. 어떤 날은 이유도 없이 화가 치솟았다. 낯선 내 모습에 나도 적응이 되지 않았다. 혼자 있을 때만이라도 소리를 시원하게 내지르고 싶을 때가 한두 번이 아니었다. 바다를 보며 소리 지르면 좀 나을 것 같았다. 눈앞에 바다가 아른거렸다.

잠은 설치고, 체력은 매일 소진되었다. 이 세상에서 내가 제일 힘든 사람인 것만 같았다. 아이들이 새벽에 깨는 통에 잠을 못 자는 날이면, 다음 날 하루를 거의 침대에 누워 지냈다. 잠은 잠을 부르고, 자도 자도 피곤했다.

유튜브에 '육아', '엄마' 등으로 검색을 하기 시작했다. 매일매일 고민이 되는 것들도 찾아보았다. 다양한 영상들이 있었다. 하나하나 찾아서 듣기 시작했다. 엄마의 감정에 관련된 책들도 알게 되었다. 법륜 스님 영상도 있었다. 듣기만 했는데도 위로가 되었다. 나만 힘든 게 아니었다. 조금씩 기운을 차려가기 시작했다.

"여보, 나 블루투스 이어폰 살 건데, 여보 것도 같이 살까?"

음악을 사랑한다. 외출할 때마다 이어폰은 꼭 들고 나간다. 따로 담는 통도 없이 항상 돌돌 말고 다녀서 자주 엉켜 있었다. 에어팟이 나오고 다들 무선 이어폰을 쓰기 시작했다. 에어팟 가격이 내 기준에서는 비쌌다. 유선 이어폰은 잘 엉켜서 푸는 게 귀찮긴 했지만, 굳이 무선이 필요하지도 않았다. 남편이 사준 건, 3만 원대로 가성비가 좋았다. 검색왕 남편 말로는 검색에 검색을 해서 고르고 고른 거라 했다.

블루투스 무선 이어폰이 생기자, 유튜브 영상들을 더 자주 찾아 듣게 되었다. 어느 순간부터는 음악보다 북튜버 채널을 더 자주 들었다. 무선 이어폰은, 이동하면서 들을 수 있다는 엄청난 장점이 있었다, 귀에 꽂고, 집안일도 같이 할 수 있었다. 쌀을 씻을 때도, 찌개를 만들 때도, 청소기를 돌릴 때도, 설거지할 때도, 빨래를 개고 정리할 때도 언제든 들을 수 있었다. 신세계였다. 엄마 역할에 지친 나에게 최고의 친구가 되어 주었다. 온종일 귀에 꽂고 다녔다. 읽고 싶었던 책도 오디오북으로 들을 수 있었다. 밀리의 서재, 윌라, 다양한 유튜브 채널, 북튜버들의 영상들. 귀로도 책을 읽을 수 있었다.

육아, 감정, 마음공부, 감사, 자기 사랑, 행복 관련된 책들이 진짜 많다. 마음이 허하거나 울적해질 때, 참 많은 위로와 용기를 준다. 다양한 책의 저자들과 북튜버들에게 참 감사하다!

유튜브 채널을 하나 만들었다. 북튜버들에게 도움을 받았으니 내 채널도 누군가에게 도움이 되지 않을까 해서 용기 내어 만들어보았다. 책 한 권씩 천천히 올리는 중이다. 여러 책을 귀로 들으며 작가들도 많이 알게 되었고, 좋아하는 작가들이 생겼다, 책에서 용기를 얻었기에, 나도 누군가에게 전하고 싶다는 마음이 생겼다. 그리고 지금 이렇게 글을 쓰고 있다. 글을 쓰다 보면 화나고 복잡했던 마음도 조금씩 정리가 된다. 아직은 서툴지만, 조금씩 글을 써나가는 게 좋다. 나의 경험들이 책이 되어 누군가를 도울 수 있다면 좋겠다.

엄마가 되지 않았다면, 블루투스 이어폰이 없었다면, 책과 절대 친해지지 못했을 거다. 숨겨져 있던 내 감정들도 평생 몰랐을 거다. 엄마가 되고, 나를 더 알아가고 있다.

홍혜숙

하루 10분,
나를 사랑하는
시간

　　누군가와 대화를 하고 싶었다. 우울한 마음을 극복하기 위해서. 매일 10분 작은 습관으로 정상적인 삶을 살고 싶었다. 2021년 3월부터 12월까지. 일주일 5회 매일 아침 10분 일본어 회화를 공부했다. 사무실에서 화요일, 목요일 무료로 신청하면 뽑아서 배정해 주었다. 2021년 3월부터 분기마다 지원 신청하면 추첨을 통해서 배정해 주는 프로그램이었다. 신규 가입자를 우선으로 지원해 주는데 기존 신청자인 나는 행운을 얻어 두 번 당첨이 되었다. 지금 그 행운을 얻어서 수, 목, 금은 개인 회비로 등록하였다. 우울증 극복을 위해 작은 습관을 이어 나아가기 위함이었다. 강사는 미욘 강사였다. 회화가 초급이라서 많이 떨렸다. 미욘 강사의 배려와 친절함에 반했다. 잘하기 위해서 노력을 했다.

"조즈데스네~!"

칭찬의 말을 듣고 싶어서 더욱더 노력했다. 일본어 회화로 미욘 강사님과 회화를 하면서 일상을 대화 표현하여 즉석에서 배우고 익혔다. 어떤 날은 아침 수업 시간에 갑자기 소나기가 내렸다. 빗소리가 요란했다.

"아메(비)가 내립니다. 갑자기 내리는 소나기를 일본어로 뭐라고 하나요?"

"유다찌(소나기)라고 합니다."

"아, 소데스네(그렇군요)~."

"홍 상, 좋아하는 색깔이 뭐예요?"

"보라색을 좋아합니다."

"보라색은 무라사키 이로라고 합니다."

홍 상 한 번 따라 해보세요.

"무라사키 이로 노 노가"

내가 따라 했다.

"무라사키 이로 노 노가"

이렇게 나와 대화해 주는 강사님이 너무나도 고마웠다. 점심을 먹고 나면 12시 20분쯤 되었다. 12시 20분에 양치질을 하고 12

시 30분부터 10분간 일본어 복습을 했다. 오늘 배운 내용을 대화로 녹음하여 카톡으로 알려주었다. 다시 듣기를 하고 일본어 당고를 적어 나아갔다. 확언하기 '나는 나를 사랑하고 무엇이든지 해낼 자신이 있다. 그 누가 뭐라고 해도 무너지지 않는다.' 생각하면서 확언하기를 계속하였다. 어떤 날은 점심시간에 《작은 습관, 빵빵한 자존감》을 읽고 확언하기를 따라 했다. 자신에 대한 믿음과 사랑을 갖게 되니, 하루하루가 즐거웠다. 사무실 다니면서 자투리 시간 중 아침 시간 10분, 점심시간 10분을 가치 있게 사용하여 하고 싶은 공부를 하면 작은 습관으로 자리매김하여 내가 원하는 목표와 꿈에 다가갈 수 있었다. 나의 최고의 목표는 행복이다. 행복은 누워서 상상하는 것이 아니라 몸소 실천해야 나의 것으로 만들 수가 있다. 글 한 편을 쓰고 나니 그래도 점심시간 10분이 남았다.

휴직하고 병원에 가는 날 빼고는 아침부터 오후 6시 반까지 침대에서 아무것도 하지 않고 잠만 잤다. 아무것도 하기 싫고 의욕이 모두 사라졌다. 열정적으로 살다가 갑자기 바닥으로 곤두박질쳤다. 머릿속에서 천사와 악마가 싸우고 있었다.

'꿈을 목표로 삼고 달려야지.'

'아이고! 뭐 하러. 아무리 해도 너는 아무도 안 알아줘!'

포기하지 말자. 멘토를 찾고 싶었다. 누군가의 조언을 듣고 싶었다. 나의 멘토를 책에서 찾자 싶어 도서관으로 발길을 돌렸다. 문을 열고 나서는데 겁이 났다. 용기를 내자. 차에 시동을 켜고 도로를 질주하니 대낮에 운전하는 내가 낯설었다. 텅 빈 도서관 앞에 주차했다. 차에서 내려 주춤거렸다. 사람들이 지나가면 괜스레 고개를 돌렸다. 도서관에서 안내 직원이 도서를 빌리려면 카드를 신청하라고 했다. 컴퓨터에서 회원가입을 하고 카드를 받았다. 책들을 탐닉했다. 그날부터 도서관은 유일한 나의 안식처가 되었다. 나의 멘토인 분의 책 한 권을 만났다. 그것은 바로 이은대 작가님의 《강안독서》였다. 작가님은 앞과 뒤가 똑같은 분이었다. 밤마다 그 책을 품에 안고 글쓰기를 시작했다. 머릿속에서 지워지지 않는 일들을 손글씨로 일기처럼 쓰기 시작했다. 속상했던 지난날을 돌이키면서 부정적인 욕도 쓰고 오만가지 생각을 적었다. 그 글을 읽어보고 내가 무엇을 잘못했는지 알게 되었다. 나에게 문제가 있었다. 겸손해지자. 멀티태스킹으로 살아온 내 삶의 다양한 일들을 조금씩 정리하자. 내가 모든 일을 해내려고 오지랖을 떨고 다녔다. 이제 그렇게 살지 말자. 누군가가 도와 달라고 하면 도와주자. 무엇이든지 내가 먼저 나서지 말자. 나를 진심으로 사랑하는 법이 뭘까? 열심히 일하고 책도 읽고 궁금한 것은 공부하자. 그렇게 마음을 먹고 다시 용기를 내어 직장에 복귀하였다.

작년 한 해. 자존감 회복을 위해서 매일 10분 일본어를 배우겠다는 희망이 나를 예전의 열정적인 나로 되돌려 주었다. 사무실에서 열심히 일하고 집으로 돌아오면. 목요일 밤 9시부터 문장 수업 강의를 듣고 알게 된 내용을 문장 수업 후기로 적었다. 매주 토요일 아침 7시부터 2시간은 책 쓰기 수업을 들었다. 하루 일상을 문장과 마주하는 글을 적고 보니 충실하게 살았다는 마음에 미소가 지어졌다. 어느 날은 예스24에서 주문한 책이 도착하여 밤 10시 40분에 《하브루타 그림책 치유법》을 읽었다. 들어가는 글을 읽기 시작했다.

'내 안의 나를 찾기 위해 천천히 조금씩 꾸준히 양파를 까고 있습니다.'

아이 둘을 낳은 작가님은, 아이들에게 뭐든지 잘해 주고 싶어서 열심히 살다가 오히려 처음의 순수했던 열정이 없어지고, 자기 자신도 없어지는 것을 느꼈다. 자꾸만 악마가 되어가는 자신을 보고 후회하면서

'나 자신이 바로 서야 아이들도 바로 선다.'

라는 생각으로 자신을 찾기 위해 시작하게 된 것이 하브루타였다고 했다. 하브루타 식을 그림으로 표현하여 자신을 찾아 그 여정을 그림으로 그려 진정한 자신의 행복을 찾는다는 내용으로 독자들에게 경청을 듣고 함께 하자고 하는 책이었다. 늦은 밤 하루의 일상을 문장으로 써려갔다.

하루 10분. 나를 사랑하는 시간을 만들었다. 전화 일본어 대화로 작은 습관이 자리를 잡았다. 일본어 회화를 유창하게 할 수는 없지만 매일 노력한 나를 칭찬하고 사랑한다. 하루를 충실히! 내 입가는 벌써 행복한 웃음꽃이 피어난다.

공부에
길을 묻다

새벽 5시. 알람 소리 요란하다. 잠결에 소리를 듣는다. 나는 다행히 잠귀가 밝다. 눈을 번쩍 뜬다. 더 잘 것인가? 일어날 것인가? 잠시 망설인다. 과감하게 이불을 걷고 일어선다. 졸린 눈 비비며 양치질을 한다. 잠을 깨운다. 정수기에서 따뜻한 물 한 잔을 받은 후 책상에 앉는다. 글을 쓰기도 하고, 책을 읽기도 하고, 필사하기도 한다. 대체로 남편이 일어나는 시간인 7시까지 이어진다. 새벽에 공부하고 나면 하루가 개운하다. 숙제를 미리 한 기분이다. 하루가 여유롭다. 공부가 주는 풍요로움이다. 힘들지만, 세상의 이치를 하나하나 깨달아가는 재미가 쏠쏠하다.

IMF, 외환위기. 우리나라가 휘청거렸다. 출판사가 문을 닫았다. 그 여파로 대본소 위주의 만화방이 도미노처럼 무너졌고, 만화를 업으로 삼은 사람들이 실직했다. 발 빠른 만화가는 웹툰 작가로 변신했다. 만화가 어시스트로 업을 이어가는 나는 그 변화를 따라가지 못했다. 만화가라는 목표를 향해 달려가다가 정신을 차려보니 막다른 골목이었다. 지금까지 배운 게 만화인데, 앞으로 무엇을 하며 살지 막막했다. 무작정 언니랑 엄마가 있는 제주도로 내려갔다. 잠시 비만 피하겠다는 심정이었다. 이삿짐을 정리한 후, 취업이나 이사 관련 일을 취급하는 '오일장 신문'을 펼친다. 꼼꼼히 구직란을 손가락으로 밑줄 그어가며 훑는다. 고졸이 취업할 곳이 없다. 다시 봐도 학력 조건이 전문대 이상이다. 물론 식당처럼 몸을 움직여서 하는 일자리는 있지만, 평생 할 자신이 없다. 행복하지 않을 것은 불을 보듯 뻔하다. 언니가 운영하는 채소 가게에서 아르바이트를 하며 '한국방송통신대학교'에 입학했다. 당장 대학 졸업장이 필요하다. 나이 36세였다.

한국방송통신대학교를 선택한 것은 신의 한 수였다. 다양한 분야에서 일하고 있는 사람들을 만났다. 연령층도 다양해서 나보다 나이 든 사람도 있고, 나보다 어린 사람도 있다. 내가 중간이었다. 마음에 맞는 사람들이 모여 '장미 스터디' 공부 모임을 만들었다. 한국방송통신대학교는 원격 대학이다. 컴퓨터 활용은 필수다. 컴퓨터도 잘 모르고 리포트도 처음 써본다. 스스로 찾아서 공부해야 한다. 막히면 무작정 학교로 뛰어갔다. 먼저 어려움을 겪었던 선배들의 전폭적인 도움을 받을 수 있었다. 서로를 의지하며 1년을 보냈다. 1년이 4년처럼 길게 느껴졌지만 1년을 마친 후의 뿌듯함을 잊을 수 없다. '나도 할 수 있다'라는 자신감이 생겼다. 시스템을 알고 학우들과 함께하니 졸업까지는 쉬웠다. 1학년 오리엔테이션, 졸업한 선배가 축사한다. 다른 말은 기억 저편으로 사라졌다. "공부하면 향기가 달라집니다." 말만 귀에 대롱대롱 매달려 있다.

대학 졸업장으로 끝날 줄 알았던 공부가 얼떨결에 대학원까지 이어졌다. 상담 공부 현장에 열심히 참여한 나를 눈여겨본 B의 권유 덕분이다. 대학원은 상담 심리를 전공했다. 대학원만 나오면 될 줄 알았다. 그러나 심리 상담 공부는 끝이 없다. 고구마 줄기처럼 공부할 것이 줄줄이 이어진다. 공부를 계속하자니 밑 빠진 독에 물 붓기. 공부하는 데 돈도 많이 들어간다. 포기하자니 지금까지 공부한 것이 아깝다. 이러지도 저러지도 못하고 갈등한다.

운명의 장난인지, 큰아들 유상이가 등교를 거부하고 있다. 6개월째다. 당장 아들의 문제를 해결해야 했다. 유상이 덕분에 더 간절한 마음으로 공부했다. 직장 다니고 방송통신대 다니느라 유상이가 힘들어하는 줄 몰랐다. 내가 열심히 살면 유상이도 열심히 살아줄 줄 알았다. 내 바람과는 달리, 아들의 우울은 깊어졌고, 게

임 세계로 빠져들었다. 처음에는 늦잠을 잤다. "일어나. 내가 너를 어떻게 키웠는데? 네가 이럴 수 없지." 유상이의 마음을 알아주었어야 했는데 다그쳤다. 급기야 아들은 급격히 난폭하게 변해갔다. 절박했다. 다행히 상담하는 H 학우가 심리상담소를 소개해 주었다.

유상의 상담을 의뢰하러 갔다가 내가 내담자가 되었다. 상담을 받으며 아들에게 바로 적용했다. 나는 정상이고 유상의 문제라고 생각했다. 그러나 내 안에 상처가 많았다. 10여 년 동안 상담을 받았다. 과거의 나와 화해했고, 아버지를 이해하게 되었다. 위로받았고 마음의 평안을 얻었다. 내 문제를 해결하면서 아들의 상처가 보였다. 유상의 힘듦이 이해되었다. 용기를 내어 아들에게 진심을 담아 사과했다. 서서히 유상이가 마음의 문을 열었다. 아들도 엄마와의 화해를 누구보다 원하고 있었다. 우리는 화해했고, 깊은 대화를 통해 관계가 회복되었다. 지금은 누구보다 사회생활도 잘하고 대인관계도 원만하다. 재혼할 때도 기꺼이 축복해 주었다. 든든하고 대견하다. 그 여정은 힘들었지만 큰 시련이 나에게 삶의 방향성을 제시해 주었다. 내가 상담자로서 어떤 자세를 가지고 내담자를 어떻게 대해야 하는지도 알려주었다. 인생 공부를 제대로 한 셈이다.

2018년, L의 소개로 '그림책 만들기' 수업에 참여했다. 박연철 작가가 진행한다. 제주도 초등학교 선생님들 위주의 수업이다. 교사가 아닌 사람이 나를 포함 두 명이다. 7월 여름, 일단 참여해 보고 결정하라면서 청강을 허락해 준 덕분에 참여하게 되었다. 중간에 끼어든 것이다. 학교 현장에서 그림책을 활용한 다양한 활동이 이루어진다는 것을 알았다. 그림책 수업을 듣고 그림책의 매력에 푹 빠져 버렸다. 그림책 만들기를 제대로 공부하고 싶었다. 공부하는 과정에 갑자기 나의 재혼이 이루어졌다. 20년 넘게 혼자 살았는데 선 자리가 들어왔다. 전북 김제 남자였다. 맞선부터 결혼 준비까지 일사천리로 진행되었다. 결혼을 준비하며 그림책 공부를 병행했다. 경황이 없었다. 그림책은 3월까지 '더미 북'을 만들고, 4월 한라도서관 전시실을 빌려 전시하는 것으로 마무리되는 일정이었다.

2019년 1월에 결혼하고 3월까지는 격주로 그림책 수업을 받으러 제주를 오고 갔다. '더미 북'을 만들고 전시를 했지만 아쉬움이 많다. 그래서일까? 코로나19로 세계가 멈춰 서고, 일상이 멈춰 1년을 보내고 나니 뭔가 내 안에서 꿈틀거렸다. 그림책을 제대로 만들어보고 싶다는 생각이 올라온다. 무작정 《아티스트 웨이》에서 소개한 모닝 페이지를 쓰기 시작했다. 초등학교 이후 일기도 쓰지 않던 나였다. 글이 써질 리가 없었다. 그래도 썼다. 그러다 보니 조금씩 선명해졌다. 마음속에 꿈이 싹트면 우주가 움직인다. 끌어당김의 법칙을 이야기하지 않아도, 싹을 틔우기 위해 인연을 만든다. 이은대 작가 특강을 한 번 듣고 등록했다. 글쓰기 공부가 시작되었다.

글을 쓰면서 알았다. 코로나19로 인해 세상이 멈춘 줄 알았는데, 온라인에서는 다른 세계가 펼쳐지고 있다. 오픈 채팅방에서는 강의가 끝없이 이어지고, 자신의 브랜드를 만들어 활동하는 사람이 많다. 놀라운 발견이었다. 새로운 공간으로 들어왔다. 그들과 함께 꿈을 꾼다. 오늘 한 점을 찍으면 그 점들이 모여 선을 이루고 그 선이 나를 꿈으로 인도할 것이다. 감사하게도 자이언트 공저 프로젝트에 1기로 참여하게 되었다. 공부의 끈을 놓지 않았기에 여기까지 온 것이다. 책 한 권 출간이 목표가 아니라 평생 글쓰는 삶을 지향한다. 글을 쓴다는 것은 책 읽고 필사해서 지식을 쌓고 필력을 키우는 것만이 아니다. 마음공부도 함께 해야 한다. 만화를 그렸던 시간이, 방송통신대학교를 다녔던 경험이, 심리 상담 공부하며 흘렸던 수많은 눈물이, 그림책 공부하며 즐거웠던 기억들이 모여 나의 '공부력'이 되었다. 공부는 나를 설레게 하고 하루를 충만하게 한다. 가슴 뛰는 곳으로 안내한다. 호호 할머니가 되어도 나는 '공부하는 사람'이고 싶다. '공부'에게 길을 묻기 위해 오늘도 새벽, 졸린 눈을 비비며 일어난다.

제3장

그날은 아직도 선명하다 * 행복

투룸 신혼집에서
26평 아파트
내 집 마련

1년 8개월 동안의 연애 기간을 마치고 결혼을 결심했다. 어릴 적 소원이었던 평범한 가정을 이루게 된 것이다. 양가 부모님들께 인사를 드리고 결혼 날짜를 잡았다. 절차에 맞추어서 진행되었다. 예식장을 선택하고, 한복을 맞추고, 웨딩 사진, 여행지를 선택했다. 그 과정에서 싸우기도 하고 '결혼하는 것이 맞나? 다시 생각해야 하나?' 여러 가지 생각이 왔다 갔다 했다. 가장 중요한 신혼집을 알아보는데 광희 씨가 일정이 맞지 않아서 큰 아주버니와 집을 보러 다녔다. 어렵고 불편했다. 3,500만 원 범위 내에서 원하는 집을 구하는 것이 쉽지 않았다. 버스 정류장하고는 가까우면 좋겠고, 집이 밝고 햇빛이 잘 들어오면 좋겠다.

물이 시원하게 나오면 좋겠다. 이런 조건에 맞는 집이 없었다. 집을 보면 볼수록 욕심이 생겼다. 버스를 타고 20분 정도를 가면 회사에 도착하는 집을 보게 됐다. 버스 정류장에서 5분 거리인 4층 빌라의 투 룸이었다. 계약했다. 안방에 침대와 텔레비전을 놓고, 다른 방에는 컴퓨터와 옷을 보관할 수 있게 행거 수납을 하였다. 거실 겸 부엌에는 냉장고와 가스레인지를 설치하였다. 투룸에서 신혼 생활이 시작됐다. 둘이 살기에는 불편함이 없었다.

첫째를 임신하고 배가 불러오기 시작하면서 둘이 살 때는 문제 될 것이 없던 것들이 불편해지기 시작했다. 임신 8개월이 되면서 몸은 점점 무거워졌다. 3층 계단을 오르내리는 것이 힘들었다. 첫째 주혁이가 태어났고 커갈수록 계단은 더 힘들었다. 주혁이를 챙기면서 유모차, 아이 세발자전거를 이동하려니 정신이 없었다. 몸이 바빴다. 주혁이 혼자 두는 것도 불안했다. 다칠까 봐 걱정이었다. 엘리베이터가 있는 아파트로 이사를 가면 좋겠다는 욕구가 생겼다. 임대 아파트를 알아보기 시작했다. LH 한국토지주택공사 홈페이지에 들어가서 임대 아파트 청약 조건을 알아보고 보증금, 월세 등을 살펴보았다. 관심 없을 때는 이런 제도가 있었는지도 몰랐다. 새로운 세상이었다. 임대주택도 국민임대, 공공임대, 영구임대, 장기 전세로 종류가 다양하다는 걸 알았다. 5년(10년)의 임대 기간 종료 후 입주자에게 우선 분양전환하는 주택인 공공임대를 살펴보았다. 공공 임대 양 가이드에 소개, 임대 절차, 입주 자격, 임대 조건, 제출 서류 등이 자세히 나와 있었다. 입주자 조건에 신혼부부 특별공급과 생애 최초 특별공급이 우리 조건과 잘 맞았다. 2개의 서류를 준비해서 청약에 넣어야겠다고 생각했다.

나하고는 먼 이야기라고 생각했던 내 집 마련이 절실하게 다가왔다. 관심을 갖고 찾아보니 보이기 시작했다. 5년 공공 임대 분양 입주자를 모집하는 것과 일반분양을 모집하는 것 중 하나를 선택해야 했다. 일반분양에 청약을 넣기로 했다. 청약에 당첨되면 분기별로 목돈이 들어가야 해서 부담스러웠지만 어떻게든 마련할 수 있으리라 생각했다. 청약 가점제로 당첨자를 뽑았다. 청약 제도와 점수를 따져봤다. 어떻게 해야 당첨될 확률을 높일 수 있는지 찾아보았다. 블로그와 카페에 들어가서 정보를 찾아보기 시작했다. 현재 내 상황에서 신혼부부 특별공급과 생애 최초 특별공급 둘 다 해당하는 조건이었다. 신혼부부 특별 공급과 일반분양을 둘 다 넣기로 했다. 1순위에 청약을 넣고 기다렸다. 당첨자 발표 날 신혼부부 특별 공급으로 당첨되었다는 문자를 받았다. 얼굴에 자동 미소가 지어진다. 옆에 있던 과장님에게 '저 당첨됐어요.'라고 소리쳤다. 내 집 마련의 첫 관문을 통과하고 계약 서류를 준비하면서 웃음이 절로 나왔다. 남편 이름으로 분양을 받았는데 계약할 때 공동명의로 해야 하나, 남편 이름으로 해야 하나 고민했다. 이런 고민도 행복했다. 분양이 완료되고 공사가 시작되었다. 예비 입주자 카페도 만들어졌다. 가입해서 아파트 주민이 될 분들과 소통했다. 가전 공동구매, 중문, 몰딩 등 다양한 정보가 올라왔다. 공사 진행 상황, 사전점검일 등을 확인할 수 있었다. 회사 일하면서 틈틈이 들어가서 올라오는 글들을 보았다.

아파트가 지어지는 동안 첫째 주혁이는 네 살이 되었고, 둘째 주하 임신 8개월이었다. 준공일이 다가오고 사전 점검하는 날이 왔다. 101동 13층 맨 꼭대기 집이었다. 우리 집 아래층에 어떤 분이 사실까, 옆집에는 누가 살까 궁금했다. 집에 들어가서 거실 창으로 보이는 서대전 네거리와 공원이 한눈에 들어왔다. 모든 것이 깨끗하고 예뻐 보였다. 화장실에 욕조를 바라보니 웃음이 절로 나온다. 욕조에서 반신욕 하는 것을 상상했다. 주혁이에게 마음껏 물놀이를 해줄 수 있다. 화장실이 2개라는 것이 제일 마음에 들었다. 아침에 한 명이 화장실에 들어간 순간 불변의 법칙처럼 왜 그때 신호가 오는지 참을 수 없는 고통이 밀려왔다. 그동안의 참았던 고통들이 없어지는 것 같다. 주방, 안방, 작은방, 현관 앞에 있는 방 구석구석 다 들어가 보고 창문을 열고 밖을 내다보았다. 다 마음에 들었다. 생애 최초 내 집을 갖는다는 것이 이 세상을 다 가진 것처럼 행복했다.

사전 점검이니만큼 이곳저곳을 살펴보면서 하자가 있는지 불을 켜고 찾아보았다. 바닥에 흠집은 없는지 물은 잘 내려가는지, 벽지에 상처는 나지 않았는지, 문은 괜찮은지를 보고 있었다. 어떤 할머니가 올라오셨다. 아래층에 사실 분이었다. 누가 사는지 궁금해서 올라오셨다고 한다. 할머니와 할아버지 두 분이 사신다고 했다. "저희 집은 네 살 남자아이와 앞으로 태어날 여자아이, 그리고 남편과 저, 네 식구가 살아요."라고 말씀드렸다. "잘 부탁드립니다." 여러 번 인사를 했다. '평생 이 집에서 살아야 하는데 아래층에 살고 계시는 분과 큰 마찰 없이 잘 지내야 할 텐데'라는 걱정이 됐다. 혹시 예민한 분이라서 사전 점검하는데 올라오신 것은 아닐까 하는 생각이 들었다.

2012년 5월 입주가 시작되었다. 이삿짐센터를 불러서 하는 이사였기 때문에 큰 무리는 없었다. 주방 정리를 맡으신 아주머니가 하나씩 어디에 무엇을 놓았는지 알려주셨다. 투룸에서 26평 아파트로 이사를 하니 짐이 별로 없을 거로 생각했는데 큰 오산이었다. 견적 낼 때보다 짐이 많아서 놀랐다고 했다. 새벽부터 시작된 이사가 끝나고 정리를 어느 정도 마치고 난 후 저녁으로 자장면을 시켜 먹었다. 어찌나 맛있는지……. 내 집에서 먹는 자장면은 또 달랐다. 평생 기억될 맛이었다. 주혁이도 좋아하고 맛있게 먹었다. 남편도 뿌듯하고 감사하다고 했다. 배 속에 있는 둘째도 좋다고 발로 콩콩 찬다. 내 집을 갖는다는 것. 나만의 공간을 갖는 다는 것. 생각하지 않았을 때는 저 멀리 있는 것 같았다. 생각하고 간절히 바라고 그것을 어떻게 하면 이룰 수 있을지 알아보고 행동 하니까 온 우주도 그것을 이루어 주려고 애써 준 것 같다. 내 집을 갖기까지의 모든 경험과 순간이 감사하다.

김효진

사랑만 주기에도
짧은 시간

"야 김윤아! 동생하고 놀랬더니 왜 울려?"

"엄마는 왜 맨날 나한테만 뭐라고 해!"

억울한지 코가 빨개지고 눈물이 뚝뚝 떨어진다.

초등학교 3학년, 동생은 일곱 살. 동생이랑 노는 게 시시한가 보다. 요리조리 피할 궁리만 한다. 이것도 안 되고 저것도 안 된다고 한다. 아무것도 못 하게 된 동생이 분통이 터져 울며 다가온다. 방학이라 온종일 아이들과 있다 보니 잔소리가 끊이지 않는다. 날이 추워 놀이터에 나가라고 할 수도 없다. 점심 준비할 때라도 둘이 좀 놀아주면 안 되겠니?

2009년 4월. 스물아홉에 결혼했다. 둘 다 건강에 문제는 없었기에 금방 임신할 수 있다고 생각했다. 그런데 일 년이 지나도 소식이 없자 부모님들은 전화 너머로 부담을 주기 시작했다. 병원에 다녔다. 먹는 음식을 바꾸기도 하고, 난포 터지는 주사를 맞고 아이를 가지려고 노력했다. 새벽 정해진 시간에 일어나 잠자는 남편을 깨워 거사(?)를 치르기도 했다. 임신에 촉각을 곤두세웠다. 한껏 예민해진 몸과 마음으로 첫 임신을 했지만, 유산이 되고 말았다. 마음이 아팠다. 나만 마음 아픈 것 같아서 남편을 미워하고 원망했다. 남편은 그런 나의 마음을 전부 받아주었다. 시간이 지나 다시 몸의 변화가 느껴졌다. 으슬으슬 춥고 속이 별로다. 두 번째 임신 테스트기를 샀다. 두 줄. 일주일이 지나고 신랑에게 말했다. "자기야 산부인과 가자." 신랑이 운전하는 차를 타고 서울대입구역에 있는 산부인과로 향했다. 예민하다. 신호에 걸려 자동차 브레이크 밟는 것조차도 신경에 거슬렸다. 심장 소리조차 듣지 못했던 첫 임신의 아픈 기억 때문이다. "자기야 조금만 천천히 가자."를 입에 붙인 채 병원에 도착했다. 임산부들이 많았다. 차례가 되어 진료실로 들어갔다. "이번에는 빨리 안 왔네요?" 처음 두 줄을 보자마자 병원에 갔던 탓이다. 멋쩍은 웃음이 나왔다. 긴장을 풀어주려고 하는 말인가? 누워서 모니터를 본다. 작은 아기집이 보이고 뭔가 동그란 게 보인다. 모니터에 보이는 커서를 가까이 가져다 대니 소리가 들렸다.

콩닥콩닥콩닥콩닥······

모니터의 규칙적인 심장 박동이 온몸으로 다가왔다. 온몸에 소름이 돋았다. 심장이 부풀어 올라 터질 것만 같았다. 나도 모르게 눈물이 흘렀다. "으허허허헝, 선생님 감사합니다. 엉엉" 남들은 임신하면 쉽게만 듣는 그 심장 소리가 나에게는 이렇게 온 마음을 다 쏟아부어야 들을 수 있는 거야? 야속한 마음 잠깐 들었지만, 이내 감사함으로 가득 찼다.

끝인 줄 알았다. 아이를 바라기만 했지, 임신하면 어떻게 되는지 알지 못했다. 생각하지 못한 복병, 입덧이 시작됐다. 콧속으로 들어오는 모든 냄새가 역겨웠다. 입안으로 들어오는 물조차 흙냄새가 나서 마실 수가 없었다. 임신하면 밥하는 냄새가 싫다더니 내가 그랬다. 밥솥을 베란다에 두었다. 신랑이 밖에만 나갔다 오면 별 이상한 냄새가 다 났다. 흙냄새. 비릿한 냄새. 담배 냄새. 비가 오려고 끄물끄물한 날씨엔 진짜 물 냄새도 났다. 온종일 사랑하는 남편이 오기만을 바랐는데, 오기만 하면 내쫓고 싶었다.

"너만 임신하냐? 참 유별나기도 하지." 누군가에게서 들은 그 말 서운했다. 나라고 그걸 바랐겠냐 말이지. 임신하면 남편이 사다 주는 세상 맛있는 음식 먹으며 태교할 줄 알았다. 유별나다고? 내 말이. 더 심각한 것은 입덧이 최고조에 달하자 신랑 밥 먹는 꼴도 못 보았다. "방에 들어가 있으면 내가 먹고 빨리 치우께." 신랑이 말했다. 밥 다 먹고 환기를 시켰는데 바깥에서 들어오는 냄새가 역했다. 신랑은 베란다에서 한동안 밥을 먹어야 했다. 입덧하다가 애가 어떻게 될까 봐 배에 힘도 못 줬다. 지키지 못할까 봐 무서웠다. 살이 빠졌다. 간신히 먹을 수 있는 것은 과일, 탄산수, 아! 매운 짬뽕.

신길동에 가면 매운 짬뽕이 있다. 원래 매운 것을 좋아해서 신랑과 자주 가는데, 국물까지 다 마시면 매워서 토하는 사람도 있을 정도다. 한창 입덧 중인데 매운 짬뽕이 생각났다. 배가 볼록해서 갔더니 사장님이 안 된다면서 쫓아내려고 했다. "사장님~ 저입덧하느라고 밥도 못 먹고 음료수하고 과일밖에 못 먹는데 매운짬뽕이 너무너무 먹고 싶어서 왔어요. 이러다 굶어 죽게 생겼다니까요. 진짜 국물 안 먹고 면만 먹을게요! 제발~" 사장님은 우동 한그릇, 매운 짬뽕 한 그릇을 주시면서 번갈아 가며 먹으라고 했다. 나도 걱정이 되어 우동 국물에 살짝 담가서 먹었다. 오랜만에 먹은 매운 짬뽕은 그야말로 환상이었다. 종종 매운 짬뽕 먹다 보니출산 예정일까지 한 달도 안 남았을 때 즈음 입덧이 끝났다. 그리고 '먹덧'이 시작됐다. 뭘 먹는 생각만 해도 웩웩거리더니, 이제는위가 비워지면 속이 울렁거렸다. 고기만 생각났다. 애가 나올 때까지 '고기 무한리필'하는 식당을 내 집처럼 들락거렸다.

배가 아팠다. 며칠 남았는데…… 진통 주기 확인 앱을 깔고 시간을 재어보니 병원에 가라고 한다. 부랴부랴 미리 챙겨둔 짐을 차에 싣고 병원에 갔다. 밤 11시쯤이었다. 진통 체크하고 내진을 하더니 아직 멀었단다. 초산이라 자궁이 2센티만 열렸고 아이는 아직 내려올 준비도 안 됐다고. 아프다고 하니 무통 주사를 놔준다. 신랑은 옆에서 코를 골고 잔다. 잠이 들었다 깨는 걸 반복하다 보니 아침이 왔다. 이를 악물고 소리 지르는 걸 보고 간호사가 말했다. "산모님, 그렇게 목에 힘주고 소리 지르면 나중에 목소리 안 나와요." 아이가 나오는지도 모르고 힘 못 주면 안 된다고 무통 주사를 뺐다. 지르고 싶어서 지르는 소리가 아니다. 진짜 아프다. 아침 11시가 다 되었을까? 주변이 분주해진다. 누워있던 침대가 착착 올리고 내리더니 트랜스포머처럼 변신했다.

"자, 이제 힘주기 몇 번 연습할 거예요. 숨을 들이마셨다가 똥 싸듯이, 머리에 힘주면 눈에 실핏줄 다 터진다. 아래에 힘주고~ 옳지 잘한다. 한 번 더 들이마시고~ 멈췄다가 힘주고. 잘한다. 이제 선생님 금방 오니까 그전에 힘주면 안 돼요." '몸이 알아서 힘을 주고 풀어지는데요.' 말하고 싶은데 힘주고 숨 쉬느라 말도 못 한다. 담당 선생님이 들어왔다. 아까부터 계속 힘주는 걸 선생님 올 때까지 참으라고 해서 참았다. 안도감에 갑자기 힘이 풀린다. 까딱하면 정신을 놓칠 것 같이 아득하다. "어어, 산모님 그렇게 힘 빼면 아가가 힘들어요. 자, 정신 차리고~ 괜찮아! 할 수 있어요." 애가 힘들다는 소리에 정신이 번쩍 든다. 침대 어딘가 있는 손잡이를 잡고 온몸으로 힘을 준다. 논둑이 터져 빗물 쏟아져 나오듯 아이가 나왔다. 정신이 아득해졌다. 소리가 들린 것도 같은데 기억이 잘 나지 않는다.

"산모님, 여기, 산모님 아기."

가슴에 안겨진 아이. 뜨거운 온기가 가슴을 타고 온몸으로 흐르던 그날의 기억이 아직도 선명하다. 만날 수 있어서 다행이라고 생각했던 마음은 어디 가고 잔소리만 하는 걸까? 사랑해 주자. 사랑만 주기에도 모자란 시간이다.

강문순

파리의 연인

파리 여행을 계획했다. 남편이 해외 장기 프로젝트를 잘 마쳐서 받는 포상 휴가였다. 나는 불어를 할 줄 모른다. 그런데도 자유여행을 계획했다. 모험이고 도전이었다. 온종일 파리 여행 정보를 수집했다. 철저한 여행 정보가 필요했기 때문이다. 국내 여행사를 통해 뮤지엄 패스와 파리 교통권 까르네도 미리 준비했다. 치안이 걱정되어 숙소 정하는 데 시간이 오래 걸렸다. 교통 좋고 역사 깊은 예쁜 호텔로 정했다. 4박 5일간의 여행 스케줄을 빡빡하게 짜는 재미로 나의 프랑스 여행은 이미 시작되었다.

파리 행 비행기로 갈아타기 위하여 터키 이스탄불 아타튀르크 공항에 남편보다 1시간 먼저 도착했다. 나는 서울에서 출발하고 남편은 아부다비에서 출발했기 때문이다. 파리 행 출발 장 앞에 앉아 자꾸만 주위를 두리번거렸다. 멀리서 뛰어오는 남편이 보였다. 출발 시간이 아직 남았는데도 숨을 헐떡이며 뛰어와 나를 찾는 모습에 잠시 감동의 물결이 흘렀다. 얼른 일어나 손짓했다. 드디어 파리로 함께 출발이다.

샤를 드골 국제공항에 도착해서 파리 시내로 들어가는 공항버스를 타야 했다. 블로그 보고 미리 공부한 덕분에 그 위치를 금방 찾을 수 있었다. 버스비를 현지 현찰로 딱 준비해 놓은 나를 보며 남편은 자랑스러운 듯 미소를 지었다. 자꾸만 새어 나오는 웃음을 감출 수가 없었다. 미리 구매한 티켓을 봉투에서 꺼내 전철로 갈아탔다. 우리나라와는 다르게 전철 타기가 쉽지 않았다. 길고, 높은 계단을 커다란 캐리어를 들고 오르내려야 했다. 오래된 전철역은 어둡고 꼬불꼬불한 동굴 속 미로 같았다. 화장실이 제일 문제였다. 시내 중간마다 있는 특이한 공중화장실은 한 줄로 서서 기다리는 데 시간이 오래 걸렸다. 하는 수 없이 식당의 화장실을 이용해야만 했다. 유럽이라고 다 좋은 건 아니었다.

구글 맵을 켜고 숙소를 찾는데 방향 잡기가 쉽지 않았다. 몇 번을 돌고 돌아 사진에서 보았던 그 숙소에 드디어 도착했다. 생각보다 낡고 좁은 호텔이었다. 짐을 풀고 시차 적응이 안 돼 피곤했지만, 파리의 에펠탑이 궁금해 빨리 가보기로 했다. 미리 준비해온 지도를 참고해 시내 근처까지 다시 전철을 타고 갔다. 샹젤리제 거리를 지나 개선문까지 걸어갔다. 개선문을 바라보며 거리에서 핫도그를 사 먹었다. 파리 입성 후 처음 먹는 음식이었다. 멀리 에펠탑도 보였다. 그곳을 향해 걸어가는데 소나기가 내렸다. 남편은 얼른 얇은 잠바를 벗어 내 머리에 덮어줬다. 잠시 낯선 건물 1층에서 비를 피하기로 했다. 남편의 젖은 팔이 따뜻했다.

드디어 에펠탑. 카메라 셔터를 계속 누르며 에펠탑의 추억을 사진 속에 담았다. 정신이 몽롱해졌다. 우리나라와 낮과 밤이 전혀 반대인 나라이다 보니 나는 거의 24시간을 못 잔 셈이다. 잠시 벤치에 남편의 다리를 베고 누워 쉬기로 했다. 에펠탑과 어울리지 않은 똥파리가 단잠을 깨웠다.

파리의 중심을 흐르는 센강은 한강처럼 크지 않았다. 다리를 건너 걸어 다닐 수 있는 예쁜 강이었다. 강물을 따라 프랑스의 역사와 전통이 흐르고 강가마다 둘러앉은 연인들의 사랑도 함께 흘렀다. 밤에 빛나는 황금빛 에펠탑은 장관이었다. 정시마다 반짝거리는 빛이 파리 시내를 노랗게 물들이며 잔잔한 축제의 장으로 만드는 것 같았다. 유람선을 타고 샴페인 병을 잔도 없이 서로 주고받으며 둘만의 축배를 즐겼다. 우리 부부의 최고의 날을 노트르담 성당의 불빛이 함께 축하해 주었다.

소설에 많이 나오는 몽마르트르 언덕이 궁금했었다. 생각보다 평범한 오르막길을 따라 올라갔더니 웅장한 사크레쾨르 성당이 딱 버티고 있을 뿐 특별한 그 무엇도 눈에 띄지 않았다. 성당 앞 계단에 사람들이 많이 앉아 있었다. 우리도 잠시 그곳에 앉아 쉬기로 했다. 파리의 가장 높은 언덕이라더니 시내가 한눈에 들어왔다. 사람들이 하나둘 더 모이고, 무명 가수인 듯 보이는 가수의 노래가 시작되었다. 누구나 알만한 팝송이었다. 그의 기타 소리는 그곳에 모인 사람들의 마음을 하나로 묶어 함께 노래하게 했다. 남편도 함께 흥얼거렸다. 가사는 자세히 몰라도 그 리듬만은 알기에 나도 몸을 살짝 흔들며 어깨춤을 추었다. 사람들이 점점 많아지고 여기저기 맥주를 파는 흑 형들이 보였다. 너도나도 자기 나라말로 맥주를 달라고 했다. 신기하게 알아듣는 그 형들 중 한 명이 우리에게도 다가왔다.

"한 캔 할까?"

"당연하지. 이런 곳에선 마셔줘야지."

시원한 맥주 한 모금으로 목을 적시며 바라본 하늘에 노을이 물들고 파리 시내를 배경으로 축구공을 가지고 노는 한 남자의 묘기가 놀라웠다. 위험해 보였지만 노련한 그의 몸놀림은 최고였다. 그 언덕을 지금도 유명하게 만드는 인물이다. 통기타 가수들의 부드럽고 힘찬 선율을 들으며 한껏 분위기에 들떠있는데 옆에 앉은 외국 사람이 말을 걸어왔다.

"어디서 왔나요?

"서울 코리아."

"오우~ 박 지성 코리아?"

나는 반가운 마음에 고개를 크게 흔들었다. 그날 박지성은 나랑 아주 친한 사람이 되었다. 처음 보는 외국 사람이 알아주는 박지성이 자랑스러워 흥분한 나머지, 그만 발밑에 세워둔 맥주 한 캔을 쓰러트렸다. 앞에 앉은 여성의 옷을 적시는 사고가 발생한 것이다. 나는 "쏘리!"를 외치며 가방에서 휴지와 손수건을 꺼내 사고를 수습했다. 너무 미안해서 안절부절못하던 나를, 오히려 위로해 주던 그 여성은 다음 차례에 노래 부를 가수였다. 노래도 잘 부르고 맘씨도 좋은 가수의 노래를 들으며 남편과 함께 바라보는 파리 시내는 서로 그리워했던 우리 부부의 마음을 달래주는 낭만이었고 우리의 꿈이었다.

어릴 적에 읽었던 《캔디 캔디》라는 만화책에 나왔던 베르사유 궁전에도 가봤다. 웅장하고 화려한 멋진 곳이었지만 더 기억에 남는 것은 궁전 뒤 호수에서 남편과 함께 배를 타고 서로 마주 봤던 그 순간이다. 사랑이 싹트는 연인처럼 쑥스러워하며 찬찬히 노를 저어주는 남편이 믿음직스러웠다. 〈하울의 움직이는 성〉의 모티브로 삼은 몽쉘 미셸, 모나리자가 있는 루브르박물관, 사랑과 낭만이 흘렀던 센강과 노트르담 성당, 그 풍경 모두 잊지 못할 파리의 추억이지만 유독 몽마르트르 언덕의 그날은 아직도 선명하다. 오랜 기간 떨어져 살아오다가 파리의 가장 높은 언덕에서 같은 곳을 바라봤던 우리의 감격이 출렁거렸던 곳이다. 몸은 떨어져 있지만 마음만은 늘 함께하며 각자 맡은 일에 충실했던 우리 부부였다. 남편은 가족들과 떨어져 사는 외로움을 이겨냈고 나는 두 아이를 홀로 키우며 가정을 지켰다. 서로 수고했고, 감사했고, 소중했다. 그 언덕에 우리 부부는 서로의 사랑과 감사, 그리고 소망을 심고 왔다.

"사랑은 마주 보는 것이 아니라 함께 같은 곳을 바라보는 거야."

생텍쥐페리의 《어린 왕자》에 나오는 구절이다. 우리 부부도 계속 같은 곳을 바라보며 나이가 들어도 늘 푸른 파리의 연인처럼 살아갈 수 있을 것 같다. 아직도 선명한 그리운 파리의 추억을 먹으며 말이다.

행복을 선택했다면
어땠을까?

「모차르트 모멘텀 1785」, 8개월째 매일 듣는 피아노 협주곡 앨범이다. 곡마다 차이가 있지만 20~30여 개의 악기가 내는 다양한 음을 들으며 글을 쓴다. 어떤 곡에서는 악기 소리를 뽐내기 위해 경쟁하듯 몰아치는 부분도 있고, 어떤 곡에서는 피아노 소리에 집중하라며 다른 악기는 숨죽인다. 2시간 남짓 곡마다 다양한 풍경을 그려낸다. 글에 가 있던 생각이 멈추는 순간 음악이 자리를 채운다. 악기 하나하나에 집중해 듣다 보면 매번 다른 느낌이 든다. 매일 아침, 같은 시간 글을 쓰며 앨범을 듣지만 '나'는 단 한 순간도 같은 생각, 같은 감정을 가진 적이 없었다. 피아노 소리에 손가락을 까딱거려보고, 눈을 감고 바이올린 음에 집중해보고, 북소리에 맞춰 무릎도 두드려 본다. 놓치고 지나칠 수 있는 찰나의 순간을 이렇게 느끼는 게 요즘 나의 행복이다.

성남으로 이사 와 슈퍼를 시작하면서 우리 가족도 안정을 찾아가는 것 같았다. 나는 대학 1년을 마치고 군대 갈 준비를 했고, 작은형은 대학생, 큰형은 직장을 다니고 있었다. 부모님도 안정된 수입 덕분에 더는 자식들에게 미안해할 일도, 남에게 아쉬운 부탁 할 일도 없어졌다. 가게 안에는 먹을 수 있는 게 넘쳐났다. 먹고 싶은 게 있으면 눈치 보지 않고 먹을 수 있었다. 다행인지 성장기를 지난 우리 형제는 지나칠 정도로 먹성을 드러내지는 않았다. 그래도 보험을 들어놓은 것처럼 마음 한구석은 든든했다. 세 아들 먹을거리 걱정은 안 해도 된다는 것이 두 분에게도 마음의 여유를 준 것 같다. 어머니는 세 아들이 집에 있는 시간이 줄면서 자연히 밥 차릴 수고도 줄었다. 다 같이 모여 밥 먹는 횟수는 줄었지만 그만큼 어머니의 손이 고와졌다. 낮 동안 함께 지내는 두 분의 식사만 책임지면 되었다. 그때도 아버지는 야간 납품을 이어갔다. 한 가지 달라진 게 있다면 아버지도 자기만의 시간을 갖기 시작했다. 매주 일요일 아침은 등산을 하러 다니셨다. 살갑지 못한 삼 형제는 아버지를 따라나서지 않았다. 어머니도 아버지의 산행을 말리지 않았다. 산행을 즐긴 아버지는 활기 있어 보였다. 등산 덕분인지 가게 일을 도우며 다투는 일도 줄었다. 그동안 세 아들을 키우기 위해 포기하고 있던 것들을 하나씩 꺼내놓는 것 같았다. 자식 뒷바라지 부담을 던 어머니, 밤낮이 바뀐 생활이지만 일주일에 한 번 산행을 즐기게 된 아버지, 조금씩 늘어나는 수입 덕분에 안정을 찾아가는 살림, 부산을 떠나 15년 동안 거친 돌길을 달려온 부모님에게도 조금씩 고운 모래가 깔린 길이 펼쳐지는 것 같았다. 이게 행복이지 싶었다.

행복한 모습은 고만고만하다. 음악을 들을 때, 맛있는 밥 한 끼 먹을 때, 휴일에 여유롭게 산행을 즐길 때, 통장에 잔고가 조금씩 늘어갈 때…… 지극히 일상적인 모습이지만 그 안에서 행복을 느끼는 건 자신의 선택 때문이다. 별것 아닌 행동이지만 행복을 느끼겠다고 선택하면 그 순간부터 행복해진다. 이 말은 행복의 기준이 사람마다 다를 수 있다는 의미이다. 남들이 보기에 불행해 보이는 상황도 나에게 행복한 순간일 수 있다. 우리 가족이 슈퍼를 처음 시작했던 몇 년은 그때까지 경험해보지 못했던 평범한 일상이었다. 먹고 자고 입는 기본적인 문제들이 더 이상 문제가 안 됐다. 부모님도 싸움의 횟수가 줄면서 긴 시간 서로를 미워하던 감정도 조금씩 옅어지는 것 같았다.

행복은 그리 오래가지 않았다. 성남으로 이사 오고 4년 뒤 두 분은 이혼했다. 행복한 모습 뒤에는 그동안의 불행했던 순간이 곪아 있었던 것 같다. 두 분은 서로를 미워하고 상처 주고 괴롭혔던 시간을 결국 극복하지 못했다. 한편으론 이혼이 두 분에게 또 다른 시작이길 바랐다. 서로에게서 벗어나 각자 바라는 진정한 행복을 찾았으면 했다. 이혼 이후 아버지가 어떻게 살았는지 알 수 없었다. 대신 우리 형제는 어머니 곁을 지켰다. 어머니는 시간이 갈수록 슈퍼 운영이 버거웠고, 결국 가게를 정리했다. 다행히 그때까지 모은 돈으로 어머니 명의의 집을 장만했다. 32년 만이었다. 두 분이 함께 살 때도 집을 살 기회는 있었지만 아버지의 반대로 포기했었다. 혼자 된 어머니는 당신을 위해서라기보다 세 아들에게 나눠줄 마음으로 집을 샀다. 이혼을 결심하고 가게를 정리하고 집을 마련하며 오롯이 홀로 섰다. 그제야 아버지의 주사, 무능함, 폭력으로부터 자유를 누리게 되었다. 온종일 전등을 켜야 했지만 내 집이라 든든하다고 했다. 비 오면 욕실 바닥에 물이 찼고, 벽에는 곰팡이가 피어 있어도 내 집이라 행복하다 했다. 명절이면 세 아들과 마음 놓고 모일 수 있어 다행이라 했다. 더 이상 집세와 이삿짐 쌀 걱정 없는 집이었다. 이혼 이후 지금까지 당신이 어떤 심정으로 살아왔는지 헤아리진 못한다. 그 사이 큰형은 지병을 이기지 못하고 48살에 먼저 세상을 떠났다. 어머니는 원했던 행복을 얻었지만 자식을 먼저 보낸 불행을 겪었고 평생 그 안에서 빠져나오지 못할 것 같다. 아버지 없이 홀가분했던 어머니의 미래에 큰형의 죽음은 없었다. 아픈 아들을 끝까지 지켜내는 게 당신의 의무이고, 그렇게라도 함께 사는 게 당신이 꿈꾸는 행복이라고 했다.

행복은 이유가 없지만 불행은 저마다 이유가 있다고 한다. 남 탓, 비교, 불만, 시기, 질투, 증오. 상대방이 존재해야 만들어지는 감정들이다. 불행한 감정들은 피아노 건반을 두드려야 소리는 나는 것처럼 원인에 따른 결과로 나타난다. 특히 결혼 생활은 어느 한 쪽만 잘한다고 원만한 관계로 이어지지는 않는다. 오히려 결혼 전 좋았던 감정도 상대방의 말과 행동에 의해 서로를 원치 않는 모습으로 만들게 된다. 시간이 갈수록 서로에게 불만이 쌓이고 증오하고 비교하게 된다. 자신의 잘못은 잊고 상대방 탓으로 불행해 졌다고 여긴다. 두 분의 결혼 생활도 그랬던 것 같다. 잘못을 감싸 주기보다 서로를 탓했고, 실패를 응원하기보다 서로를 무시했다. 어쩌면 서로를 향했던 행동과 말투 때문에 불행이 끊이지 않았던 게 아니었을까?

돈이 없어서 다툼이 잦았던 건지, 서로의 다름을 인정하지 못해 싸움이 끊이지 않았던 건지 정확하지 않다. 그래도 두 분은 슈퍼를 운영하며 뒤늦게나마 다툼 없는 시간을 보냈다. 만약 조금 더 일찍 마음의 여유를 갖게 됐다면 어땠을까? 행복은 선택이라고 했다. 두 분이 조금 일찍 행복을 선택했다면 지금과는 다른 결말을 써 내려가고 있지 않을까 짐작해본다.

김현주

더 행복한
여행이 있다

"엄마, 우리는 왜 안 놀러 가요?"

"쉬는 날인데 우리도 여행 가면 좋겠어요!"

친구들이 휴가 갔다는 이야기만 들리면, 어김없이 불평이 나온다. 여행을 가고 싶은 건 아이들만은 아니다. 코로나19라는 특이사항도 있고, 첫째가 중학생이 되면서 많아진 학원 스케줄 때문에도 그렇고, 주말도 없이 바쁘게 일하는 남편을 봐서도 쉽게 움직여지지 않았다. 그래서 그런지 엄마인 나도 주변에서 여행 갔다는 소리를 들으면 그렇게 가고 싶다. '여행' 말만 들어도 설렌다. 김포공항 쪽으로 지나가다 낮게 나는 비행기만 봐도 좋다. 여행은 누구에게든지 들뜨게 하고 기분 좋게 하는 말이 아닐까?

생각만으로도 신나는 여행이 늘 순탄했던 것은 아니다. 한 번은 제주도로 3박 4일 일정으로 출발했다. 둘째가 막 돌이 되고 셋째가 배 속에 있을 때였다. 아기를 데리고 가는 일정이라 오전 비행기는 새벽부터 준비해서 나가야 하니 불가능하다고, 오후 1시 출발 비행기를 탔다. 제주도는 비행기가 뜨자마자 내린다고 느낄 정도로 비행시간이 짧다. 아이가 보채더라도 잠깐 버티면 도착하니 마음의 부담이 없다. 좁고 조용한 공간에서 아기가 우는 소리는 부모라도 듣기 싫은데, 주변 손님들은 어떨까 생각에 괜히 조심하게 된다. 장거리 여행 중에 울기 시작하면 자동으로 좌불안석이다. 등줄기에는 땀이 흐르고 얼굴은 벌게지고 머리는 산발되기 일쑤다. 그래서 선택한 제주도였다. 가까우니 마음이 가볍다. 그런데 그날은 생각보다 오래간다. '어, 이 정도면 도착할 때가 되지 않았나?' 돌쟁이랑 있으니 신경 쓰여서 짧은 시간이 길게 느껴진다고 생각했다. '뭔가 이상한데…. 나만 그런 건가?' 옆에 있는 남편을 바라보니 평소 말이 없는 남편도 의아해하고 있는 표정이다.

시계를 보니 3시가 되어간다. '제주도가 2시간 가까이 걸려?' 궁금해하고 있을 때 비행기가 움직이는 듯하다. 하강 느낌이다. '곧 도착이구나'라고 생각하는데 뭔가 소리가 또 느려진다. 시간은 자꾸 흐르고 돌쟁이는 점점 인내심을 잃어가고 있다. 걱정되기 시작했다. 불안한 기운이 비행기 안을 가득 채울 때 조종사가 직접 방송한다.

"승객 여러분, 지금 제주도 공항 해무로 인해 착륙이 지연되고 있습니다. 여러분의 안전을 최우선으로 생각하며 착륙하겠습니다. 잠시만 기내에서 더 기다려주시기 바랍니다."

조종사는 시간을 두면서 안전하게 몇 번 더 착륙을 시도했지만, 번번이 하늘 위로 올라와야 했다. 점차 참을성을 잃은 아기들이 울기 시작했다. 우리 집 둘째도 그에 합류하며 목청껏 운다. 우리 집 아기만 우는 건 아니라서 그나마 괜찮았다. 승무원이 바쁘게 오가며 주스와 음료를 나눠준다.

'제발, 도착만 했으면…' 온몸이 쑤신다.

4시가 넘자 조종사는 우리 모두의 안전을 위해 서울로 회항하기로 했다며 방송한다. 비행기 머리는 바로 서울로 향했다. 어이없고, 허무했다. 김포공항에 도착해 짐 찾아 간단히 저녁 먹고 집으로 오니 한밤중이다. 집에 오는 길에 내일 아침 7시 비행기로 제주도 출발할 수 있다는 메시지가 도착했다. 돌쟁이 데리고는 도저히 아침 출발은 무리라고 했던 시간보다도 더 빠른 시간이었다. 다음 날 새벽, 눈은 번쩍 떠지고 아기 챙기는 몸놀림이 날쌔다. 불가능해 보이는 상황은 내 마음이 만들어낸 거구나 깨닫는 시간이었다.

셋째가 5살 되었을 때 여름휴가를 여유 있게 다녀오겠다고 9월 초로 잡았다. 목적지는 사이판이다. 사이판에 도착하니 우리네 시골보다 더 시골스럽고 낡은 풍경이 눈에 들어온다. 그래도 리조트는 쾌적하고 화려하다. 방에 짐을 풀자마자 남편은 피곤하다고 누워버리고 나만 세 아이 데리고 리조트 주변을 산책하러 간다. 주변에 즐비한 야자나무 사이로 해가 지고 있었다. 어둑해지는 하늘에 펼쳐진 붉은 석양과 그림자처럼 드리워진 야자나무는 말 그대로 그림 같았다. 여행 참 잘 왔다며, 오늘부터 일주일 동안 이렇게 멋진 풍경을 매일 볼 수 있다는 생각에 마음이 들떴다. 아이들 사진 위주로 몇 컷 대충 찍고 저녁 먹으러 들어온다. 리조트 안에서 저녁 시간을 보내고 반가운 내일을 맞이하기 위해 잠자리에 들었다. 다음날 수영하는데 비가 내린다. 더운 지방에서 자주 만나는 스콜이다. 갑자기 비가 내렸다가 언제 그랬냐는 듯이 해가 쨍쨍하게 내리쬐기를 몇 번씩 한다.

'역시 열대기후군.' 이렇게 가볍게 생각하기엔 저녁부터 비가 그치지 않고 내리기 시작한다. 이상하다. 외부 활동이 어려워 리조트 내에서 비를 피하며 지낸다. 텔레비전 뉴스에서 태풍이 만들어지고 있다고 했다. 생각보다 큰 태풍이 될 것 같다고 한다. 만들어지는 데 며칠 걸린다고. 리조트에 있는 내내 비를 맞는다. 열대지방인데 추워서 물놀이를 제대로 못 한다.

집에 돌아오는 날은 강력하게 커진 태풍으로 비행기가 뜨느냐 마느냐 갈림길에 섰다. 공항에서 뜬눈으로 지새워야 했다. 다행히 비행기가 출발한다. 감사했다. 인천공항에 도착하니 비가 내린다.

그래도 태풍에서 벗어났다는 안도감이 밀려왔다. 다음 날 아침 뉴스에서 기상 캐스터가 이렇게 이야기한다.

"태평양에서 시작된 태풍이 일본 오키나와 부근 해양에서 제주 서귀포 방향으로 이동하고 있습니다. 내일 새벽 동해상으로 태풍이 지나갈 예정입니다. 각 가정에서는 태풍 대비를 철저히 하셔야겠습니다."

온전히 태풍과 함께한 휴가였다. 사이판의 아름다운 석양을 잠깐이라도 본 게 어디였냐며 대충 찍은 사진을 보고 또 본다. 오늘 하루, 내일로 미루지 말고 집중해서 살아야 하는 이유를 뼛속 깊게 새긴다.

여행은 많은 일을 기억하게 만든다. 잘 못 먹고 배탈이 나서 응급실에 입원했던 일, 맛집이라고 고르고 골라서 간 식당의 형편없는 음식 맛에 다 남겨야 했던 일. 우아하게 유람선 타고 뱃멀미에 사정없이 이미지 구겨졌던 일 등.

편한 잠자리에 맑은 날씨 그리고 맛있는 음식을 먹으며 만족한 여행은 행복하다. 그러나 순탄하지 않아 불편하고 어려웠던 여행은 더 행복하다. 추운 겨울을 지나 만나게 되는 봄이 더 아름다운 것처럼. 두고두고 이야기할 수 있는 인생이 된다.

멈추지
않았습니다

다람쥐 쳇바퀴 도는 일상이지만 멈출 수 없다. 아침 5시 30분 알람이 울린다. 오전 7시 30분 출근해서 퇴근 오후 6시 30분. 퇴근이면 일과도 끝이어야 하는데, 간단히 허기를 채우고, 강의 시간에 늦지 않도록 서두른다. 학교 수업은 오후 10시 30분에 끝난다. 집에 귀가하면 11시, 이제 나의 긴 하루는 끝이다.

"합격 축하합니다."
학과장 전화를 받았다. 두근두근 합격 통지 받은 순간이 아직도 선명하게 떠오른다. 그 순간 행복했다. 늦은 나이 다시 공부를 시작하기로 계획하고 교육대학원 석사 과정에 도전했다. 어린이집을 운영하면서, 많은 일을 감당하기에는 육체적 정신적으로 힘든 시간이었다. 하지만 아이들, 교사, 부모에게 훌륭한 원장, 지도자가 되고 싶었다. 영유아 시기의 발달단계에 맞는, 유아교육에 관련한 내용을 체계적으로 배워, 교사나, 아이들에게 전해주고 싶었다. 그냥 경험으로 알고 있는 유아 교육보다 더 전문적인 교육이 필요하다고 느꼈다. 인생의 새로운 도전이 시작됐다. 가정, 어린이집, 학교 하루 24시간이 모자랐다. 그때부터 매 순간을 쉼 없이 노력하지만, 나를 사랑하지 않는 나쁜 습관이 생겼다.

"왜 그렇게 살아?"

"뭘 위해서 그렇게 달달 볶으면서 살아?"

"이제 그만해!"

쉼이 없는 나를 보며 주변에서 이야기한다. 공부하던 때 나의 얼굴은 생기가 없었다. 반짝반짝 빛나야 하는 얼굴은 푸석푸석, 남들이 그런 말을 하는 이유가 다 있었다. 살아감에 있어, 열심히 살고 건강을 위해 잠시라도 쉬어야 한다는 것을 알면서 실천하지 못했다. 슈퍼우먼도 사람인데, 잠시 쉬어가는 순간이 있어야 재충전을 할 수 있다는 걸 잊고 있었다. 생각해 보면 욕심이 과해서 그랬다. 강박관념일까? 열등감일까? 생각해 보니 배움의 열정을 멈추게 되면, 주변 어린이집 원장님들에게 뒤처지지 않을까 하는 두려움이 내게 쉼 없이 채찍질하고 있었다.

학교 강의 시간에 꾸벅꾸벅 졸 만도 한데, 참 신기했다. 어디서 그런 열정이 생겼는지, 두 눈은 더 초롱초롱 하나라도 더 배우려고 열심히 했다. 다양한 배움의 과정에 매료되었다. 배운 내용을 어린이집 아이들에게, 교사에게, 어린이집 운영에 적용하였다. 대학원 4학기 중 연구논문 썼던 학기가 기억에 남았다. 논문을 쓰면서 눈물도 많이 쏟았다. 늦은 나이 공부하니, 컴퓨터도 수월하지 않지, 통계는 왜 그렇게 어려운지. 넘어야 할 산이 한두 개가 아니었다. 지도 교수님께서 고생 많으셨다. 부족한 제자의 논문을 완성하기 위해 애써 주셨던 박희숙 교수님께 감사드린다. 논문이 출판되던 날 내 이름이 적혀 있던 책이 손에 쥐어졌을 때 두근거리고 벅차오르던 감정이 아직도 선명히 떠오른다. 그 순간, 논문을 쓰면서 힘든 과정이 언제였는지 내 뇌리에서 까맣게 지워졌다. 석사 과정을 졸업하고 5년이 지난 2017년 박사 과정에 도전했다. 어린이집을 운영하다 보니, 부모 상담, 그리고 빠르게 변화하는 세상에 아이들의 성장에 관한 다양한 문제들이 보였다. 문제의 원인과 대처방안을 알고 싶었다. 그래야 미래의 꿈나무들이 건강하게 성장할 수 있고, 중요한 영유아 시기에 잘 성장할 수 있겠다는 생각이 들었다. 박사과정에서 상담 심리학을 전공했다. 힘든 과정이었지만 끈기가 있었고, 열정이 있었기에 남들이 말하는 가문의 영광으로 박사 학위를 취득했다. 그리고 그동안 사서 고생한 증표로 우리나라 도서관에 내 이름으로 된 문헌 2권을 남겼다.

어린이집을 하면서 습관적으로 열정적이게, 도전하고 있다. 이런 열정적인 습관 덕분에 내 삶에 변화가 찾아왔다. 꿈만 꾸었던 대학교수가 되어 강단에서 미래의 유아 교사들을 가르치고 있다. 그리고 운영하는 어린이집 교직원, 원생 76명, 여기에 각 원생의 학부모들까지 합치면 130명의 타인과 삶을 공유하며 산다. 아이들과 부모와 교사들이 행복하고 건강한, 꿈을 키워줄 수 있는 원장으로 함께 행복을 누리며 살고 있다. 하루하루가 행복하다.

그리고 2021년부터 시작한 독서로도 행복을 맛보고 있다. 그동안 책을 좋아한다면서 책만 읽었다. 책장에는 읽은 책들이 늘어만 가는데, 시간이 지나면 읽은 책의 내용이 잘 기억나지 않았다. 단순히 책을 읽고 끝나는 것이 아니라 진정한 독서를 배우고 독서하고 글 쓰는 새로운 삶을 살기 시작했다. 이번엔 나의 열정이 독서에 눈을 돌렸다. 책을 쓰고 블로그를 배우고 있다. 이렇게 육십이 다 되어가는 지금까지 책 읽고, 글을 쓸 힘이 남아있는 것은 석사, 박사과정을 공부하며 쌓인 내공 덕분이다. 석사 학위 받던 날, 박사 학위 받던 날, 학교 강단에 섰을 때 기억이 아직도 선명하다. 이런 행복들이 내 기억 속에만 남아있다. 내가 점점 나이가 들어가면 언젠가는 내 기억이 한계가 올 것이다. 늦었지만 이제부터 내가 변화하는 과정을 기록으로 남기면서 소소한 행복을 느끼며 살고 싶다. 황혼의 나이에 들어선 내가 또 다른 인생에 도전한다. 작가의 꿈을 꾸고 글을 쓰고 있으니 말이다. 작가는 내 손에 잡히지 않는 먼 곳에 있다고 생각하고 꿈만 꾸고 있을 때, 글 쓰는 삶을 사는 작가로 성과를 낼 수 있도록 이끌어 준 이은대 작가님께 감사드린다. 열심히 노력한 대가는 바로 보이지 않아도 언젠가 나에게 큰 행복을 줄 것이라 믿는다. 긴 시간을 망설이고 두려워만 했던 내가 행동으로 옮겨 도전한다.

인간으로 태어났다면 올바른 사고법을 갖고 진지하게 살아야 한다. 내가 살아온 지금까지의 과정을 돌이켜 보니 성심을 다해 살았다. 그리고 그 삶은 아직 진행 중이다. 어떤 어려움이 있더라도 행복했던 날을 기억하며, 노력을 쌓아 간다. 내 삶의 목표에 도달하는 그 날을 향하여 나는 멈추지 않는다.

일과 공부에 집중해서
머리가 지끈거릴 때

컴퓨터로 하루 11시간씩 교정 교열 본 지 3일차. 머리가 지끈거린다. 가만히 있으면 관자놀이 주변의 맥이 느껴진다. 밤새 무리했다. 잠이 부족하다. 좀 쉬라고 몸이 보내는 신호일까? 힘들지만 머리에 피가 잔뜩 몰려 집중이 잘 된다.

내 출판사가 있고, 일본 책 한 권을 계약했다. 그러나 큰 규모의 회사에서 편집자로 언젠간 일하고픈 맘을 품었었다. 계약한 책을 내고, 대학 졸업할 때까지는 미뤄야겠다고 생각했다.

"편집자 구인 구직. 출판 편집 및 교정 능력자(프드프)"

21년 12월 9일 '라이프 해커 자청' 블로그에 글이 올라왔다. 프드프 전자책 회사의 종이책 사업 확장. 그 일을 맡을 편집자 모집. 라이프 해커 자청은 무자본 창업을 한국에 퍼뜨린 장본인이다. 2년 전 유튜브 영상으로 알게 됐다. 이후 클래스101 강의를 수강했다. 그를 동경했다. 언젠가 같이 일해보고 싶었다.

일반 출판사들은 대졸자 위주로 뽑지만, 자청 계열사들은 그렇지 않았다. 21년도 2월부터 9개월. 시중에서 들을 수 있는 출판 강의를 모두 챙겨 들었다. 인터넷 강의도 찾아 듣고, 청주에서 서울 한겨레 아카데미로 일주일에 2~3번 오갔다. 관련 책도 봤다. 모집에 지원해보면 붙지 않을까 하는 자신감이 차올랐다. 세워둔 연간 계획을 변경해야 했지만, 도전은 의미 있다고 생각했다.

지원서를 썼다. 내가 할 수 있는 업무 크게 3가지. 자청 회사의 무엇을 보고 지원했는지와 프드프에서 무엇을 얻고 싶은지를 적었다. 합격자 통지를 하기로 한 날에 연락이 없어 안 됐다고 생각했었다. 일주일 후 1차 합격을 했다는 메일을 받았다. 채용 과정으로 출판 편집을 해보라는 과제를 주었다. 시간은 일주일.

출판 수업에서 배운 내용을 기반으로 작업했다. 편집을 어떻게 할지 편집지침 정하기. 받은 원고를 정리하기, PC에서 교정보기. 만들고 싶은 책의 상을 보여주기엔 시간이 부족했다, 교정 교열 한 번이라도 해서 보내자고 마음먹었다. 새해도 반납하고, 자취방에서 작업했다. 할수록 집중력은 물오르고, 머리는 지끈거려도 행복했다.

그러나 결과는 불합격. 어떤 편집자를 원했는지 알 수 없지만,

교정 교열해 보내자는 나와의 약속은 지켰다. 원고를 장악해가며 한 문장씩 뜯어보는 값진 경험을 했다. 후회는 없다. 즐거웠다. 지원하지 않았으면, '만약 지원했다면' 하는 생각이 머릿속을 맴돌았을 테다.

일본 출판사와 계약을 2021년도 8월에 했는데, 그 이후 학교 다닌다고 5개월째 미루고 있다. 난 게을렀다. 우선순위에서 출판이 학교에 밀렸기도 했다. 일본 출판사와 출판 계약하기까지 우여곡절이 많았다. 매듭을 지으니 진이 빠졌다. 다음 단계로 나아갈 동기가 부족하기도 했다. 이번에 편집자에 지원하면서 출판 일을 할 때 행복을 느낀단 걸 다시 떠올렸다. 출판에 대한 내 애정을 엿볼 수도 있었다. 일어 번역을 빨리 맡겨야겠다. 번역 원고를 받아 집중하며 성장하는 경험을 할 수 있음에 두근거린다. 이번 일을 계기로 올해 상반기에는 책을 반드시 출간하자.

언제 이런 희열을 느꼈었지? 21년도 여름방학 이후 4개월 만이다. 신촌에 한겨레 출판학교에 다니며 출판 편집 일을 배웠다. 편집 지침을 작성하고, 어떤 책을 만들지 구상하고, 모든 단어 사전을 찾아보며 교정하며 이번 채용 과정에서 느낀 두통을 느꼈다. 그런 시기에 내가 성장한다는 걸 경험적으로 안다.

21년 여름 신촌. 한겨레 출판학교 시작 한지 보름째. 출판사에 취직한 것처럼 교육장으로 출근하고 퇴근했다. 28회 수업하며 책

한 권을 만든다. 판매용 책은 아니다. 그 과정에서 출판의 전체적인 과정을 집중해서 배운다. 교정 교열과 편집을 어떻게 할지. 본문 레이아웃을 어떻게 배치할지. 책 표지는 어떻게 구성할지. 실제 출판사는 분업한다. 하지만 출판학교에선 사람이 전체를 통제해야 했다. 그 때문에 완벽히 소화할 순 없다. 해보는 것에 의의를 뒀다. 수강생들은 저마다 중점을 둘 곳을 정해 집중했다. 어떤 사람은 표지 디자인에, 어떤 사람은 본문 디자인에, 또 어떤 전체적으로 균형을 맞추기에. 나는 교정 교열에 초점을 맞췄다. 시간상 책 한 권을 전부 다 손볼 순 없었다. 할 수 있는 곳까진 끝장을 보자는 심정으로 임했다. 사전을 찾고, 원고가 이상하면 뜯어고치고. 독자가 읽었을 때 어떤 문장이 좋을지를 고민했다. 누가 시키지도 않는데, 강제성이 있지도 않은데, 온통 교정 교열 생각뿐이었다. 수험공부보다 교정 교열은 호흡이 짧았다. 뭐가 잘못됐는지, 잘 됐는지 바로 출판학교에서 선생님께 물어볼 수도 있다. 틀린 방향으로 가다가도 멀리 가지 않고 돌아왔다. 행복하고 좋은 시간이었다.

하루하루 빡빡한 일과를 겨우 소화했다. 집중하고 나면 머리가 팽팽 돌고, 머리가 아팠다. 잠이 부족한가 싶었지만, 이런 기분이 낯설지 않았다. 좋은 기억과 연결된 느낌이었다. 다이어리에 적어두고 며칠 고민하다가 6수까지 달리며 한창 공부에 물이 올랐을 시기에 그랬다고 떠올렸다. 성적에 물이 오른 건 아니고, 내가 나름대로 세운 계획대로, 하루를 공부로 꾹꾹 채워가던 때. 앞만 보고 달리는 경주마처럼 공부하던 그때. 크게 3차례 성장통을 느꼈다. 재수, 3수, 4수.

그땐 성장통은 느꼈지만, 공부법은 맞지 않았다. 강의를 듣고, 무작정 문제를 풀었다. 정성 들여 필기해 공부 흔적을 만들었다. 수능 시험 대비에 적합하지 않았다. 가치 없는 행동은 아니었다. 하지만 결과인 점수가 나와야 할 시기에 해선 안 됐다. 물론 시행착오가 있었으니 공부법의 필요성을 알고, 어떤 목표를 위해서 어떻게 공부해야 하는지, 하지 않아야 하는지 알게 됐다.

고등학교 다닐 때 공부를 하나도 안 했다. 중간고사 기말고사는 학교 일찍 끝나는 날. 학교 앞, 충북대 상권은 좋은 놀이터, 야자는 출석하고 나가 놀다가 끝날 때 돌아와 공부한 척. 고3까지 대학 생각을 안 했다. 남들 대학 준비할 때 그런가 보다 했다. 영원히 고등학생일 줄 알았다.

막판에 적성 고사로 대학 가려고 기웃거렸다. 늦게 공부를 시작해보니 '로그'와 '리미트'도 구분 못 했다. 공부 습관이 없어서 앉아서 집중을 잘못했다. 2013년에는 수시 1, 2차가 있었다. 수능 후에도 수시 시험을 보러 다녔다. 원서를 넣고 시험 보러 이 학교에 왔다는 게 뿌듯하고 행복했다. 들떴다. 벌써 이 학교 학생이 된 것만 같았다. 운이 좋아 붙을지도 모른다는 헛꿈을 꿨다. 여섯 곳 지원한 곳은 다 떨어졌다. 남들 다 가는 대학, 왜 가야 하는지도 모르고, 가야하나 보다 하며 재수했다.

재수생. 탐구과목으로 화학1, 2를 선택했었다. 모르는 게 무섭다고, 무모했다. 인터넷 강의 들으며, 칠판 판서를 모두 필기를 했다. 화학 문제가 하나둘 풀릴 때 희열을 느꼈다. 필기 노트를 보면 내가 이만큼 공부했구나! 하는 뿌듯함도 느꼈다. 이때 뇌가 주름 져가며 머리가 지끈거렸다.

재수 후 3수를 시작하기 전에, 스터디코드라는 공부 방법에 빠져들었다. 과목별로 가장 효과적인 공부법이 존재하고, 이를 서울대생 몇 백 명을 통해 검증했다는 공부법. 스터디코드를 만든 강사가 동기부여도 기가 막히게 했다. 가족이 아닌 남이 내게 잘할 수 있다고 하니 혹했다.

수학, 과학 공부법. 교과서와 참고서를 보고, 격자 노트에 검정 펜으로 목차와 개념을 적는다. 그 아래 빨강 펜으로 원리를 적으며 공부하기. 나는 필기를 깔끔하게 하는 데 광적으로 집착했다. 한 페이지를 작성할 때 펜으로 쓰고 수정테이프로 지우고를 수십 차례 반복했다. 책을 보고 필기하며 시간을 엄청나게 쏟았다. 과목 강의를 듣지 않고 자습서만 공부했다. 빨간 물이든 결과물이 쌓였다. 들었을 때 묵직했다. 집중을 하도 해서 머리가 지끈거리는 걸 느꼈었다. 시간 가는 줄 모르게 집중했단 방증이라 생각했다.

4수 때, 정승제의 수학 강의를 들었다. 그는 수학 개념과 반복 설명 공부 방법을 강조했다. 강의를 시청하지 말고, 수강 후에 직접 수업 내용을 여러 번 설명하기. 교재에 필기하며 강의를 들었다. 그 후 그날을 넘기지 않고 노트에 쓰며 설명을 했다. 예전엔 모르던 것들이 하나둘 보이기 시작했다. 독서실에서 고시원을 오갈 때도 온통 수학 설명 생각만 했다. 수학 개념을 설명하는 꿈을 꿨다. 쉴 새 없이 머리를 계속 돌렸다. 과부하가 걸릴 것 같았다. 열이 나고 지끈거리는 느낌을 받았다.

꽂힌 한 가지 방법 고수. 과목 편식과 편향. 똑똑해진 느낌은 들었다. 수험생활에 성공하진 못했다. 6수를 끝으로 장수생 생활을 청산했다. 대학 입학 전 왜 이런 결과가 나왔을까? 그 속에서 무엇을 얻었는가? 앞으로는 어떻게 해야 할까? 스스로 반성해 보았다.

어떤 일에 빠져들어 집중한 그 경험은 소중하다. 고도로 집중하면 머리가 지끈거린다. 시간이 빠르게 흘러간다. 그게 반복되면 힘든 줄도 모르고 시간을 쏟을 수 있다. 그럴 때 나는 행복을 느꼈다, 머릿속에 없던 회로가 새겨지고, 성장하고 달려진 기분. 그걸 좋아해서 공부를 지속할 수 있었다. 올바른 방법과 방향으로 내 역량 키우기에 도전해 보고 싶단 각오를 다졌다. 6수를 했는데 어떤 일을 못 할까 하는 자신감도 얻었다.

울며 웃으며

"많이 힘들었을 거예요."

"......"

"말이 안 통하니 표현을 잘 못했을 텐데, 얼마나 답답했겠어요?"

덤덤히 상담을 마쳤다. 주완이 손을 꼭 잡고 집으로 걸어갔다. 2019년 12월, 아동심리 상담센터에서 집으로 돌아오는 길, 바람이 무척 찼다.

40개월이 지나도 주완이의 말은 터지지 않았다. 조리원 동기들

아이들은 24개월, 두 돌이 지나고부터 말을 하기 시작했다. 만나면 서로 대화를 주고받았다. 주완이는 말이 느리니, 함께 이야기를 나눌 수 없었다. 점점 신경 쓰이기 시작했다.

언젠가는 당연히 말이 트일 거라 믿고 있었다. "늦을 뿐이지 다 해. 뭘 그런 걸 고민해?" 남편도 대수롭지 않게 말했다. 도련님도 말이 늦게 트였다 했다. 지금 시댁 식구 중에서 말을 제일 잘하는 사람이 도련님이다. 센스 있는 말하기로 물건 깎는 데도 고수다. 두어 번 말하면 바로 협상 완료다. 남편과 웃으며 얘기했지만, 찜찜한 기분은 나 자신도 어쩌지 못했다. 교육 심리학을 전공한 터라, 발달 심리, 상담 심리, 학습 심리, 성격 심리 수업 등을 학부 수업 때 들어 알고 있다. 전공했다고 그 분야의 전문가는 아니지만, 크게 문제가 있다고 생각하지 않았다. 크게 걱정하지 않았다. 그런데 마음이 복잡했다.

24개월, 두 돌이 지날 때까지만 해도 괜찮았다. 주완이 친구들이 하나둘씩 말을 하는 시작 단계여서 그랬을까? 한두 달 지나면 주완이도 말하기 시작하겠다고 생각했다. 어느새 36개월 세 돌이 되었다. 주변 사람들의 걱정이 집중되기 시작했다. 어린이집 원장님은 언어치료를 권유하셨다. 보내야 하는 건가? 내가 괜히 고집 부리는 건 아닌가? 그래, 적기라는 게 있어, 평균 기준이 있는데, 다른 아이들보다 많이 뒤처지기는 했잖아. 전문가 말을 들어보자!

이렇게 생각했지만, 언어치료 상담을 받으러 간 건 그로부터 8개월 후였다.

　　"많이 힘들었을 거예요. 말이 안 통하니 얼마나 답답했겠어요."
　　남편에게 말을 전하는데 목이 메었다.
　　"답답했을 거래. 미리 갔었어야 했는데, 내가 괜히 고집을 부렸나 봐."
　　주완이에게 미안했다. 남편은 별일 아닌데 왜 우냐며 괜찮다고만 했다.
　　상담센터에서는 어떤 수업을 권하지는 않았다. 매일 20분, 한달 동안 옆에서 아이랑 대화하는 시간을 집중해서 가지면 좋겠다고 했다. 대화는 잘하고 있었는데…… 당연한 말에 허탈했지만, 평상시보다 주완이와 더 눈을 바라보고 얘기했다. 입 모양도 일부러 더 크게 벌려서 말했다. 레고 놀이를 할 때는, 옆에 딱 붙어 앉아서 주완이가 하는 행동을 스포츠 중계석에서 캐스터가 경기를 설명하듯 쉴 틈 없이 말했다. "와! 빨간색 위에 녹색을 쌓았네. 점점 높아지고 있네. 멋지다. 이건 뭐야? 미끄럼틀인가?" 입에 모터를 단 것처럼 계속 얘기했다.

　　엄마가 수다쟁이여야 아이에게 좋다 했다. 책에서도 그랬고, 엄마도 항상 그렇게 말씀하셨다. 아니 그래도 내가 말을 그렇게 안

하는 사람도 아닌데, 말을 얼마만큼 해야 수다쟁이 엄마로 인정받을 수 있는 건지 궁금했다. 차라리 하루에 몇 마디 이상이라고 정해주지. 속상해서 그랬는지, 혼자 말도 안 되는 혼잣말까지 해봤다. 나 때문에 말이 느린 것만 같았다.

이상하게도 상담센터를 다녀온 그날부터 주완이가 쓰는 단어들이 하나둘씩 늘어나기 시작했다. 항상 한 단어로만 얘기했었는데, 조금씩 두 단어, 세 단어 길게 말하기 시작했다.

44개월 되던 어느 날, 마트에 가려고 집을 나갈 준비를 하고 있었다. 막 나가려고 하는데 주완이가 "엄마~ 요구르트, 요구르트." 반복해서 말한다. "그래, 요구르트가 많이 먹고 싶은가 보구나. 그래, 알았어. 엄마가 요구르트 꼭 사 올게." 인사하고 집을 나섰다. 돌아와서 문을 열자마자, 저 멀리에서 다다다 주완이가 달려왔다. 정확한 목소리로 말했다.

"엄마! 요구르트 사 왔어?"

순간 온몸이 멈췄다. 순식간에 코끝이 찡해지는 게 느껴졌다. 목에 뭐가 걸린 것 같아서 말을 할 수가 없다. 주완이를 와락 안았다. 기뻐서, 좋아서 온몸 가득 전기가 통하는 기분이었다. 그 와중에 나보다 요구르트를 기다린 건가 하는 생각에 웃음도 나왔다. 이날부터 주완이는 말문이 터지고 점점 말이 많아지기 시작했다.

"설마 아직도?"

"또 왜~?"

"엄마 이쪽으로 가볼까? 정말 재밌을 거야. 히히."

"아빠는 대체 어딜 간 거야?"

의외의 단어가 튀어나올 때마다 놀랍다. 다양해져 가는 말들에 감탄하고 웃음이 터진다. 50cm 손목에서 팔꿈치길이만 한 크기로 태어나 옹알옹알하다가 어느새 성큼성큼 걷고, 엄마랑 대화도 될 만큼 컸다. 혼자 하는 것들이 많아질수록 신기하면서 대견하다. 한 아이가 커가는 모습을 바로 옆에서 지켜보는 것도 감사한 일이라는 생각이 든다. 아이와 함께 나도 천천히 자라고 있다.

"주완아, 엄마한테 잠깐만 올래?"

"아니, 주완이가 지금 좀 바빠서."

오늘도 예상치 못한 대답이다. 이 말은 대체 언제 어디서 배운 거지? 어떤 생각을 하는지 궁금하다. 머릿속을 탐험해 보고 싶어!

주완아, 오늘은 어떤 말로 깜짝 놀라게 할 거야? 엄마는 오늘도 기대돼!

다시 한번,
행복 무지개를
만났으면

지난 일 중 즐거웠던 일은 무엇인지, 힘들었던 일은 무엇인지를 적다 보면 힘들었던 일들도 긍정으로 해석되었다. 나에게 말을 걸어 보는 행복 일기를 적어 본다.

여행 수다-술샘이 2022년 6월, 1년 동안 유럽 여행을 가기 위한 여행학교를 운영한다고 했다. 예전의 여행지에서 있었던 일들이 떠오르고 설렘이 스멀스멀 떠올랐다.

그래! 나에게 승진 말고 여행의 기쁨, 환희가 있었지. 나의 로망, 바로 여행지에서의 만났던 소중한 추억들이 파도처럼 밀려왔다. 내 생애 좋았던 기억들이 그렇게 많았는데 오직 승진을 위해 목을 매었다는 생각에 내가 참 한심하다고 느꼈다. 행복한 일상이라 하면 바로 여행하는 행복이 최고다. 나에게 행복 무지개를 보려고 힘든 업무가 주어졌나 보다. 힘들었던 경험을 통해 얻은 값진 보물도 좋았지만 진짜 멋진 행복 무지개를 만났었다.

2013년 1월 정기인사로 문화예술회관에서 근무하게 되었다. 공연부에서 근무하면서 정기 대관 허가 업무를 도맡아 하면서 내 인생에 무지개가 펼쳐지는 듯했다. 하지만, 공연장에서 일하면서 일어나는 민원 업무와 블랙 컨슈머들의 업무를 처리하면서 힘들었다. 공연이 있는 날은 공연 근무를 하기 위해 오후 4시 반이면 저녁을 먹었다. 다 먹고 나면 공연 근무를 위해 공연장(1,564석)을 정돈하고 어셔(안내 도우미)들을 체크하고 근무 전 근무 방법 등을 직원과 함께 알려주었다. 비상구마다 배치하고 30분 전부터 공연 보러 오는 관객들의 티켓을 검열하는 업무부터 시작했다. 공연이 시작되기 전 좌석 배치표대로 지정 좌석에 앉아서 볼 수 있도록 배려하는 일, 하우스 매니저로서 공연할 때 문제가 있는지 확인하고 무대 감독님이랑 오케이 사인도 주고받았다. 공연이 끝나면 의자 밑에 떨어진 물건이나 누군가가 두고 간 물건이 있는지 확인하고 또 확인했다.

기억에 남는 일은 피아노 공연을 한 이루마 공연 때였다. 공연이 끝나고 팬 사인회를 했다. 자정이 넘어서까지 사인회를 하여 관객 1명이 토를 하기 시작했다. 줄이 어마어마하게 긴 곳에서 2층 로비의 하얀색 마루가 얼룩졌다. 냄새 또한 구역질이 날 정도였다. 청소하는 아주머니들이 있었지만, 너무 늦은 시간이라 모두 퇴근하고 없었다. 남아 있는 직원들과 뒷정리를 했다. 어떤 날은 공연이 생각보다 재미없었다고 환불을 요구하는 관객도 있었다. 설득해야 하기도 했다. 뒤처리하고 나면 머리가 아팠다. 공연하는 동안 직원들과 소통하기 위해 무전기를 허리춤에 차고 귀에 이어폰을 꽂고 다녔기에 그때부터 귀는 자꾸만 아파갔다. 신경을 쓰고 나면 머리가 더 아팠다. 어떤 날은 금, 토, 일 연속으로 근무한 적도 있었다. 씻을 힘도 없었다. 그래도 열심히 일해야겠다는 마음으로 샤워를 하고 나오는데 머리가 휙! 갑자기 큰방의 마루가 내 눈앞에 다가왔다. 숨을 제대로 못 쉬었다. 둘째 딸이 옆에 없었더라면…… 2014년 1월 1일 새해 첫날부터 난 병원 응급실에 있었다. 링거를 맞고 겨우 정신을 차렸다.

힘든 시절은 있었지만 예술회관에서 근무하면서 서유럽 배낭 여행은 나에게 행복 무지개를 보게 해주었다. 지원금 3백만 원 받고 여행을 갔다 온 것은 내 생의 터닝 포인트였다. 2013년 10월 11일 출발하였다. 10박 8일의 서유럽 여행을 간다는 설렘이 잊히지 않는다. 여행 가기 전부터 남편에게 같이 가자고 졸랐다. 신랑은 아이 셋을 어떻게 학교 보내고 밥은 어떻게 먹이냐고 하면서 말했다.

"혼자 갔다 와. 다음에 애들 다 키워놓고 같이 가자!"

"혼자 가는 게 너무 두려워!"

남편은 가기 전 선물한다며 캐리어를 새로 사 왔다. 가지고 갈 물건들을 하나하나 체크도 해주었다. 그래도 눈물이 나려고 했다. 모이는 장소(창원)에서 모여 관광버스로 김해공항을 갔다. 하룻밤을 비행기에서 보냈다. 집에서 올 때도 두려웠는데 이제는 비행기 타고 가는 게 너무 힘들어서 이겨내야겠다고 다짐했다. 영국 무슨 공항(?)에 내려 이탈리아로 가는 작은 비행기로 갈아타고 새벽에 도착했다. 도착한 호텔 앞에서 숙소 배정을 했다. 두 명씩 짝을 맞추는데 다른 직원들은 모두 가족과 함께 왔다. 나만 혼자였다. 가이드는 혼자서 자는 숙소를 나에게 주었다. 남자 직원들이랑 같이 잔다고 했다. 너무도 고마웠다.

이탈리아의 아침은 내가 이 세상에서 처음으로 맞이하는 꿈같은 아침이었다. 매일 아침 집에서 전쟁 아닌 전쟁으로 아침을 맞이했지만, 여기서는 내가 무슨 공주 같았다. 호텔에서 아침을 먹고 여행은 시작되었다. 맨 처음 간 곳은 거대한 고대 문명의 유적지였다. 르네상스 시대의 작품들을 볼 수 있는 이탈리아였다. 콜로세움과 수도인 로마, 트레비 분수를 보러 갔다. 눈을 뜰 때마다 새롭고 신비로웠다. 거대한 석축 건물들 도로에는 혼자서는 안을 수 없는 가로수가 한국의 소나무처럼 생겼는데 소나무는 아니었고 하여튼 하늘을 찌를 듯했다. 도로는 한국과는 달리 온통 좁은 도로 위에 조그마한 1인용 자동차를 비롯해 꼬마 자동차들이 즐비했다. 그것을 보면서 한국은 도로가 화려하다고 느꼈다. 콜로세움의 웅장함을 보고 로마의 휴일에 영화가 펼쳐진 스페인 광장으로 갔다. 스페인 광장 앞에 오니 내가 공주가 된 느낌이었다. 계단에 앉아서 영화에 나온 장면을 떠올려 보았다. 눈앞에는 난파선의 분수에서 물이 쏟아지고 있었다. 트레비 분수가 있는 곳으로 갔다. 트레비(Trevi)란, 삼거리라는 뜻으로 이곳으로 세 개의 길이 모이는 데서 유래되었다고 했다. 트레비 분수는 바로크 양식의 아름다움이 절정에 달한 시기에 만들어졌고 그때도 지금도 로마에서 가장 멋진 분수로 꼽히고 있다. 그 분수의 유래 때문에 그곳에 동전을 내 몸을 앞으로 하고 뒤로 던져 분수 안에 들어가면 다음에 또 올 기회가 있다고 했다. 분수를 뒤로 한 채 소원을 빌었다. 남편이랑 꼭 오게 해달라고 빌면서 던졌는데 동전이 들어갔다.

그 앞에서 젤라또의 아이스크림 체리 맛, 딸기 맛을 사서 먹었다. 그때의 달콤함과 부드러움은 잊을 수가 없다. 촉감이 혀 안에서 살살 감겼다. 꼰도띠 거리 주변에서 만난 흑인들? 장미꽃을 가지고 있다가 우리 일행이 올라오니까 갑자기 나에게 장미꽃을 주길래 모르고 받았다가 가이드가 돈을 냈다. 갑자기 그때 실랑이를 했던 기억이 났다. 그 가이드한테 신세를 많이 졌다. 그 후 이탈리아의 폼페이, 피렌체, 마지막 장소인 3대가 덕을 쌓아야 볼 수 있다던 그곳. 카프리섬을 여행했다. 먹거리 중 제일 기억에 남는 베네치아에서의 산마르코 광장 앞에서 펼쳐진 바다 위에 지어진 집들. 대운하 수상 버스를 탔다. 스깔지 다리를 지나는 광경. 뭐라고 표현할 수 없었다. 갑자기 눈물이 울컥 나려고 한다. 그때 생각했다. 돈을 많이 벌어서 저축을 조금씩 하여 여행을 1년에 한 번을 할 거라고 다짐했다. 우리 아이들이랑 남편이랑.

돌아와서 일하면서 현실은 너무 각박하고 쉴 새 없이 다람쥐 쳇바퀴 도는 인생을 10여 년 하고 있었다. 술샘을 만나면서 그 추억들을 다 잊고 있었는데 스멀스멀 본능이 올라왔다.

까맣게 잊고 지냈던 추억이 새삼 어제 술샘을 통해서 다시 떠올랐다. 2021. 7. 4. 밤 9시 여행지에서 사 온 여행 물건을 가지고 모여서 여행 수다로 여러 가지 이야기와 경험 체험 등을 나누기로 했다. 무척 기대되고 몰랐던 부분들, 에피소드 등으로 수많은 사람을 알아갔으면 좋겠다. 지금 코로나19로 여행을 가지 못하지만, 여행 추억을 행복 일기로 남기니 평생 행복으로 남게 되었다. 팬데믹 시대가 빨리 끝나고 다시 한번 행복 무지개를 만났으면.

이제부터
시작이야

       남편과 시민운동장에 갔다. 모처럼 걸으니 마음이 상쾌하다. 남편과 앞서거니 뒤서거니 걷고 있는데, 앞에 노부부가 걸어간다. 할머니의 걸음이 어눌해 보인다. 할아버지는 할머니의 보폭에 맞춰 천천히 부축하듯 걷는다. 젊은 사람의 활기보다 더 진한, 험난한 인생을 함께 살아온 동지애 같은 애틋함이 느껴진다. 멀리서 보면 희극이요 가까이서 보면 비극이라고 한다. 노부부의 사정을 알 수는 없다. 그러나 이 순간 함께 손잡고 걷고 있는 모습만으로 충분하다. 앞서가는 노부부의 손을 보면서 나도 남편에게로 다가가 손을 붙잡는다.

    오랫동안 혼자 살았다. '노부부가 손잡고 산책하는 모습'이 나의 로망이었다. 나이가 들어감에 따라 손잡고 산책할 인생의 동반자가 있으면 좋겠다고 생각했다. 인연은 쉽게 나타나지 않았다. 평상시에는 바쁜 일상 속에서 잊고 산다. 간섭하는 사람 없고 내 삶을 꾸려 가면 되었다. 바람 부는 가을이나 명절이 문제였다. 마음이 시렸다. 두 사람이 결혼해서 더 외로울 수도 있다는 사실을 첫 번째 결혼을 통해서 알고 있었다. 서두를 수 없었다. 자신도 없었다. 인연이 닿을 때까지 기도하며 기다렸다. 드디어 나에게 인연이 찾아왔다. 김제에서 제주까지 날아와 선을 보았고 우리는 결혼을 했다. 앞에 가는 노부부의 시간만큼은 아니나 우리도 어느새 3년 차 부부다. 우리에게도 시간이 쌓이고 있다. 30주년 정도는 함께 할 수 있을 것 같다. 남편의 손을 잡으며 엊그제 같았던 결혼식 장면이 선명하게 떠오른다.

2019년 1월 12일 11시 30분, 신부대기실에 화사한 순백 드레스를 입고 내가 앉아 있다. "어머, 예쁘다!" 외치는 소리가 들린다. 제주까지 달려와 준 친구들이다. 나를 가운데 두고 함께 사진을 찍는다. 교회 식구들은 한꺼번에 여러 명이 와서 빙 둘러서서 사진을 찍는다. 심리 상담 공부 함께 하는 사람들도, 제주 만화작가 회원들도 와서 함께 사진을 찍는다. 웃음꽃이 피어난다. 그렇다. 나는 오늘의 주인공이다. 요즘 유행하는 리마인드 웨딩이냐고? 아니다. 두 번째 결혼하는 것이다.

20여 년 전에 이혼하고 혼자 아들 둘을 키웠다. 사람을 만나고 싶었지만 지지고 볶고 살 용기가 없었다. 심리 상담 공부를 하면서 사람을 만나는 것에 용기가 생겼다. 아이들이 성년이 되었을 때, 다시 결혼해도 좋을 것 같았다. 그 뒤로도 7년 세월 결혼을 놓고 기도하며 보냈다. 아들 둘도 어느새 29살, 27살 성년이다. 목사님을 통해서 선이 들어왔다. 엄마가 재혼하고 싶다고 했을 때 "엄마의 인생이니 엄마가 행복하면 돼."라고 말해준다. 두 아들이 든든하게 내 옆에서 사진을 찍는다. 어느새 예비 신랑이 곁에 왔다. 네 사람이 사진을 찍는다. "모두 웃어요." 카메라맨이 찰칵 셔터를 누른다.

손잡아 줄 아버지는 없다. 아버지가 돌아가신 지 30년째다. 신랑의 손을 잡고 동시 입장을 하기로 했다. 입장하기 위해 신부 대기실을 나와 대기선 앞에 선다. 신랑에게 잡힌 손이 떨린다. 뱃속 깊은 곳에서 뜨거운 것이 울컥 올라온다. 그동안 혼자 살아낸 나에 대해 애틋했을까? 아니면, 신랑이 생겼다는 사실이 비현실적으로 느껴져서일까? 자꾸 눈가가 촉촉해진다. 커다랗게 심호흡한다. 신랑의 손에 힘이 들어간다. "괜찮아요?" 묻는다. 고개를 까닥이는데 "신랑 신부 입장!" 소리가 들린다. 조심스럽게 발을 뗀다. 처음 한 결혼은 전통 혼례로 했기에 드레스는 처음 입는다. 걷는 것이 부자연스럽다. 중심을 잡으려고 애를 쓴다. 사람들이 박수를 보낸다. 박수 소리가 아스라이 들린다. 꿈결 같다. 가까스로 주례 앞까지 왔다. 주례가 따뜻한 미소로 우리를 맞는다.

맞절을 시킨다. 공손하게 서로 인사한다. 혼인 서약서를 읽을 차례다. 혼인 서약서를 펼친다. 신랑이 먼저 씩씩하게 혼인 서약서를 읽는다. 내 차례다. 혼인 서약서를 들고 한 줄 읽는데 다시 뜨거운 것이 목구멍으로 올라온다. 손이 떨리고 현기증이 난다. 한 줄 한 줄 읽어 내려가다가 아이들 글자가 나오자 눈물을 왈칵 쏟는다. 순간 '울면 판다가 될 텐데……' 화장 걱정을 한다. 다행히 신부를 도와주는 사람이 휴지를 들고 달려와서 얼굴을 매만져준다. 나도 눈물이 흐르지 않도록 고개를 하늘을 향해 들었다.

며칠 전, 혼인 서약서를 만들었다. 한 자 한 자 의미를 담으려고 노력했다. 아이 둘을 키우면서 보낸 세월이 주마등처럼 지나간다. 이혼 후 얼마 되지 않아 전남편이 죽었다. 36세였다. 나도 겨우 32살. 아이들에 대한 엄청난 책임감이 어깨 위에 쿵 내려앉았다. 거의 6개월을 휘청거렸다. 용기를 내야 했다. 두 아들의 엄마니까. 그래서 누구 못지않게 열심히 살았다. 쓰고 지우고를 반복했다. 겨우 완성했다. 쓰면서 읽어도 몇 십번을 읽었다. 입에 붙을 만도 했다. 그런데 하객들 앞에서 서약서를 다시 읽으니 느낌이 또 달랐다. 마음을 추스른다. 끝까지 읽었다. 사람들이 격려의 박수를 보내 준다.

성혼 선언과 주례사가 이어진다. 지인들의 결혼식에 가서는 별 느낌이 없이 듣는 말이지만 내 결혼식에서 듣는 이야기는 새롭게 마음에 박힌다. 주례 말씀이 끝나고 축가를 부른다. 우리만을 위한 노래다. 듣고 있자니 몽글몽글 가슴이 간질거린다. 마지막 순서는 신랑 신부 행진이다. 통로를 신랑과 함께 걷는다. 들어갈 때는 하객들의 뒷모습을 보며 걸었기에 크게 못 느꼈는데, 나올 때는 내빈들과 눈을 맞추며 박수를 받으니 환영받는 느낌이 훨씬 크다. 나의 미래를 마음을 담아 축하해 주는 사람들을 향해 왕비처럼 손을 흔들며 우아하게 웃음으로 화답한다. 이쪽에서도 저쪽에서도, 오로지 우리 부부만을 향해 박수를 보내고 있다. 통로 끝에서는 폭죽이 터지고 꽃가루가 날린다. 꽃길만 걸으라는 소리도 들린다. 결혼식 행사가 오직 우리 부부만을 위해 준비되었다. 완벽하다.

결혼식 앨범을 펼친다. 3년 전 사진 속 나는 드레스를 입고 손에는 연분홍과 흰색으로 조합된 장미를 들고 있다. 포토샵의 힘을 빌렸겠지만 53살의 신부가 곱다. 남편 팔짱을 끼고 미소 짓고 있다. 남편은 얼굴이 살짝 상기되어 있고 몸에는 긴장감이 흐른다. 사진을 보니 결혼식 날 기억이 더욱 선명하다. 내빈들의 축복 소리가 들리는 듯하다. 70억 인구 중에 어떤 인연이면 부부로 만날 수 있을까? 경이롭다. 엄청나게 적은 확률로 만난 소중한 인연이다. 감사하게도 3년을 사는 동안 그다지 큰 갈등은 겪지 않았다. 인생은 길다. 살아가면서 우리에게도 크고 작은 문제가 생길 것이다. 그럴 때마다 '결혼식 날'이 나를 붙잡아 주겠지. 30년 후에도 남편과 손잡고 시민운동장을 걷고 있을 거야. 앨범을 덮는다. 페퍼민트 티백을 컵에 넣고 따뜻한 물을 붓는다. 페퍼민트 향이 시원하다. 창밖은 추운데 유리 안으로 들어온 햇살이 따뜻하다.

제4장

나는 아직도 그리워한다 * 사람, 사랑

세상 무게가 힘들었던
아빠

할머니는 딸 둘을 낳고 10년 동안 아들을 바라는 마음으로 정화수를 떠 놓고 매일 새벽, 기도했다. 할머니의 기도가 하늘에 닿았다. 원하는 대로 우리 아빠를 낳았다. 아빠는 가족들의 사랑을 독차지했다. 귀하고 특별한 존재로 자랐다. 줄 수 있는 것은 다 주셨다. 그중에 술도 있었다. 농사일로 새참이나 식사를 하실 때 반주로 마시는 막걸리를 어린 아빠에게 한 모금씩 주셨다. 그렇게 아빠는 술을 자연스럽게 먹게 된 것이다. 할머니가 암에 걸려서 돌아가시기 전에 귀하게 얻은 아들의 결혼식은 보고 가야 한다고 해서 아빠는 서둘러 중매로 결혼을 했다. 스물하나. 그다음 해 내가 태어났다. 여동생과 남동생이 태어나고 2년 뒤에 아내를 잃고 혼자 아이 셋을 키우게 되었다. 아빠는 어린 시절에 자신의 갖고 태어난 복을 다 써 버린 걸까? 20대에 부모님의 죽음과 아내의 죽음을 한꺼번에 받아들여야 했다. 혼자 감당하기가 벅찼을 것 같다. 그래서 술에 의존하는 삶을 사셨나 싶다.

아빠는 건설 현장 일용직으로 일을 끝내고 들어올 때면 손에 검정 비닐봉지를 들고 왔다. 삼겹살과 소주다. 가끔은 시골 통닭도 들어있었다. 아빠가 사 오신 삼겹살을 구워서 먹을 때 우리 셋은 이 세상을 다 가진 것처럼 행복했다. 삼겹살과 따끈한 흰쌀밥을 먹는 게 그렇게 맛있었다. 허여멀건 김치도 꿀맛이다. 딱 한 병만 드시면 좋을 텐데. 술병이 늘어날수록 점점 아빠는 바뀐다. 말 없이 우리를 자상하게 챙겨주던 아빠는 사라지고 소리 지르고 잔소리와 폭력을 휘두르는 아빠로 변한다. 아빠에게 맞거나 기합을 받다가 아빠가 잠시 한눈 판 사이에 밖으로 도망친다. 셋이 나가서 아빠가 잠이 들기를 기다렸다. 어린 시절의 기억 중에서 가장 힘들었던 건 아빠의 술주정으로 인한 폭력과 바깥의 추운 날씨였다. 술만 아니면 자상하고 따뜻하고 성실한 아빠였다. 엄마가 없는 빈자리를 채워주려고 노력하셨다. 그런 모습들을 보면서 감사하다고 생각했다. 가족이 있고 함께 살 수 있는 것만으로도 감사했다.

2010년 3월 꽃샘추위로 겨울이 본때를 보여주고 있는 날이었다. 남동생에게 전화가 왔다. "누나, 아빠가 죽었어." 그 소리에 모든 것이 잠시 멈췄다. "미친놈. 거짓말이지? 말도 안 돼." 눈물이 마구 흘러내렸다. 아닐 거야. 현실을 부정하고 싶었다. '말도 안 돼. 어떻게 이런 일이 일어나지?' 하던 일을 멈추고 과장님께 말씀을 드리고 집으로 달려갔다. 경찰이 와 있었고, 구급 대원들이 와서는 아빠의 숨이 멈춘 것을 확인하고는 자신들이 할 것은 없다면서 병원 장례식장에 연락해서 장례를 치르라고 했다. 경찰도 침입한 흔적이라든지, 타살의 흔적을 찾을 수 없다고 말했다.

아빠는 자는 모습 그대로 누워 있었다. 병원에서 앰뷸런스가 도착해서 아빠를 장례식장으로 옮겼다. 부검을 해야 정확한 사인을 알 수 있다고 했다. 남동생과 여동생과 상의하여 부검을 하지 않기로 했다. 남동생이 가입한 상조 회사에 연락을 하고 그분들이 와서는 어떻게 진행해야 하는지 하나씩 말씀해 주셨다. 갑작스럽게 일어난 일이라서 어떻게 해야 할지를 몰랐다. 아빠가 떠났다는 사실이 믿기지 않고 계속 눈물만 흐르고 지금의 현실을 부정하고 싶었다. 아빠의 죽음이 믿기지 않았지만 장례식을 치르기 위한 외부의 것들은 절차에 맞게 진행되었다.

나는 첫째 주혁이가 태어난 지 6개월쯤이라서 모유 수유를 하고 있었다. 시간이 지났는데도 유축을 하지 않아서 젖가슴이 땡땡 불어왔다. 슬픔도 잠시 화장실로 들어가 유축기로 유축을 했다. 이걸 하고 있는 내 모습이 거울에 비치는데 기가 막혔다. 눈물만 하염없이 흘러내렸다. 아빠를 잃은 슬픔과 삶의 현실은 같이 뒤섞여서 돌아가고 있었다. 산 사람은 어떻게든 현실에 적응하면서 살아진다는 말이 어떤 것인지 온몸으로 경험했다. 주혁이는 때가 되니 배가 고프다고 울고, 자고, 놀기를 반복했다. 그 모습을 지켜보고 있자니 아빠 생각이 더 많이 났다. 첫 손자라서 부서질까 봐, 어떻게 될까 봐 제대로 안아보지도 못하셨는데 이렇게 갑자기 우리 곁을 떠났다는 것이 믿기지 않았다. 오래오래 같이 살 거로 생각했다. 아빠가 아직은 젊어서 우리 곁을 떠난다는 것은 상상조차 해보지 못했다.

가끔 미래를 상상했다. 내가 40대가 되면 아빠는 환갑을 맞이한다. 삼 남매도 다 결혼해서 단란한 가정을 이루고 있고, 손자, 손녀를 데리고 환갑잔치를 멋지게 해드리는 상상을 했었다. 아빠가 혼자 고생하면서 잘 키워주셨으니 우리도 보답하리라고 생각했다. 맛난 음식과 멋진 곳을 여행시켜드리는 꿈을 꿨다. 좋아하는 아빠의 모습을 그려본다. 진짜 상상으로 끝났다. 더 빨리 해드렸어야 했다. 아빠와 함께 할 수 있는 시간이 많이 남았다고 생각했다. 아빠는 젊으시니 얼마든지 다음에 할 수 있다고 생각했다.

내 여력이 될 때까지 아빠는 기다릴 수 있다고 생각했다. 아빠가 떠난다는 건 나와는 먼 이야기, 다른 사람의 일이라고 생각했다. 큰 착각이었다. 한순간 모든 것이 멈췄다. 이제는 아빠에게 미안하다는 말도 전할 수 없다. 드리고 싶은 어떤 것도 드릴 수가 없다. 아빠에게 모질게 굴었던 말과 행동들만 생각이 났다. 후회스러웠다. 죄송하고 그리웠다.

아빠가 그렇게 우리 곁을 떠난 지도 10년이 지났다. 그 세월 동안 여동생 종숙이는 결혼해서 아이가 셋이다. 상철이도 결혼했다. 나도 둘째가 태어났다. 내가 상상했던 삼 남매가 결혼해서 단란한 가정을 꾸리고 있는 모습은 그대로인데 아빠만 없다. 하늘에서 지켜보신다면 흐뭇해하실까? 삼 남매 모이면 아빠가 해주셨던 김치전, 김치, 삼겹살 구이 등 음식 이야기를 많이 한다. 음식과 함께 아빠와의 추억들을 이야기한다. 종숙이는 어릴 적 먹었던 음식인 전을 잘 부쳐 먹는다고 했다. 아빠가 좋아했던 음식들을 먹을 때마다 생각이 나고 보고 싶고 그립다. 아빠의 시간은 나의 철듦을 기다려주지 않았다.

김효진

구름이 불러다 준

너

하늘을 좋아한다. 거침없이 넓음이 편안하다. 티끌 하나 없이 새파랗고 깊은 느낌, 해 질 녘 불그스름한 색감, 새벽의 푸르스름한 하늘과 해가 솟아올라 눈부심을 주는 하늘이 참 좋다. 커피 한 잔 들고 거실 창가로 간다. 아파트 사이로 하늘을 바라본다. 뭉게뭉게 하얀 구름이다. 몽실몽실한 구름 한 조각 보자니 '우유'가 생각난다.

임신에 대한 스트레스로 우울했다. 신랑과 의논하고 집에 반려견을 데려왔다. 하얀 솜뭉치에 눈, 코, 입, 까만 점 세 개가 통통 튀어 다녔다. 티끌 없이 하얀 그 애에게 '우유'라는 이름을 지어주었다. 낯선 환경에 힘들어할까 봐 익숙해질 때까지 조용히 두었고 탈이라도 날까 봐 먹던 사료도 찾아서 먹였다. 몇 주가 지나 화장실도 구별하고 털 뭉치를 털어대며 사방을 뛰어다녔다. 완전히 적응했다.

신랑이 출근하고 난 뒤 적막하던 집은 분위기가 바뀌었다. 우유와 산책도 하고 시장도 같이 갔다. 멍해져서 가만히 있으면 어느새 달려와 발밑에서 놀아달라고 했다. 멈춰있던 내가 움직이고 있었다. 신랑도 우유가 귀여웠는지 집에 오는 시간이 빨라졌다. "손! 엎드려! 빵~!" 훈련하느라 바빴다.

명절이 되어 시골에 갔다. 부모님들은 강아지를 키운다고 하니 내다 버리라고 했다. 강아지가 시기해서 아기가 안 생긴다고. 밖에서 키우는 강아지를 방에서 키운다고 화도 내셨다. 이런 상황이 올 걸 알고는 있었지만 대놓고 내다 버리라니 속상했다. 그럼에도 불구하고 꿋꿋이 함께했다. 옛날 어르신들이야 다 그렇지 뭐.

우유는 눈치가 빠르다. 배변 훈련도 빠르게 잘했다. 또 함께 있는 사람의 감정도 읽어내는 재주가 있는 것 같았다. 온종일 해 드는 거실 어딘가 배를 뒤집고 누워있다가도 내 기분이 별로면 와서 뭔가 해달라고 자꾸 요구했다. 언제는 간식을 달라고 간식 봉지를 찾는데 온 주방을 다 어질러 놓았다. 또 하루는 화장지를 온 거실에 다 뜯어 발겨 놓았다. 아주, 내가 가만히 정신 놓고 있는 꼴을 못 보는 강아지였다. 차를 타고 나가면 바람 쐬는 걸 좋아했다. 내

무릎에 두 발을 얹어놓고 나를 애처롭게 쳐다보며 몸을 떠는 시
늉을 한다. '창문 좀 열어주라고.' 날씨가 추워서 안 된다고 하면
계속 끙끙거리며 열어 줄 때까지 몸을 덜덜 떨어댔다. 가끔은 눈
물 한 방울도 흘려주었다. 연기대상감이다. 신기하게 비가 올 때는
가만히 비 떨어지는 창문을 보기만 했다지. 사람인 줄······.

온 마음을 우유에게 주었다. 임신에 대한 스트레스가 줄어들
었다. 아이에 관한 생각 없이 신랑과 우유와 시간을 보내며 지냈
다. 한 번의 유산이 있었지만. 이내 다시 아이가 생겼다. 우유는 음
악도, 태교 동화도 함께 들어주었다. 바느질할 때면 가만히 쳐다보
며 고개를 갸웃갸웃했다. 아이가 나오면 네가 지켜줘야 한다고 말
했다. 가끔은 내가 누웠을 때 옆에 누워 온기를 보내주곤 했다. 내
배 속에 아이가 있는 걸 알고 있는 것 같았다. 우리 둘은 함께 태
교했다. 큰일이다. 출산이 다가오자 어른들이 우유를 다른 데로
보내라고 성화다. 개가 아이를 질투한다고 위험하다고 했다. 한번
가족은 영원한 가족이다. 보낸다는 생각만 해도 끔찍하다. 아이와
반려견을 함께 키우면 성격에 좋은 영향을 준다는 뉴스를 찾아
보여드렸다.
　아이를 낳았다. 우유의 영역이 좁아지기는 했다. 안방에 철망
을 치고 아이를 돌보았다. 가끔 슬픈 눈으로 안방을 쳐다보는 우
유와 눈이 마주쳤다. 어느 날인가 설거지를 하고 아무리 찾아도

우유가 보이지 않았다. 문이 닫혀서 못 나오는 것 아닌가 해서 큰방 작은방 다 열어보고 화장실 베란다까지 찾아보았는데, 없었다. "우유야~" 아무리 불러도 나오지 않았다. 문이라도 열려서 나갔는지 걱정이 되었다. 자는 아이라도 둘러업고 찾아보려고 안방으로 들어갔다. 세상에. 우유는 거기 있었다. 아이 옆에 가만히 엎드려 자고 있었다. 세상 편안한 모습과 표정에 울컥 눈물이 났다. 그렇게 우유는 또 한 번 가족이 되었고 철망은 사라졌다.

아이가 자랐다. 우유도 자랐다. 윤아가 우유를 좋아했는데 자꾸만 털과 귀를 잡아당기기 시작했다. "윤아야, 우유 털 그렇게 잡아당기면 너무 아플 것 같은데? 쓰다듬어주면 더 좋을 것 같아." 말해도 그때뿐이었다. 애가 힘이 약할 땐 그냥 놔두더니 점점 아팠나 보다. 왕! 잡아당기지 말라고 경고하는 것 같다. 애가 뭘 아나? 소리가 나니 더 세게 잡아당겼다. 왕! 또 잡아당긴다. 우유는 참을 수 없었는지 아이 손을 물고 도망쳤다. "으앙!" 손을 보니 세게 물지는 않았다. 하지만 앞으로 있을 위험을 위해서는 그냥 지나칠 수 없는 일이었다. 둘 다 앞에 앉혀(?) 놓고 말했다.

"둘 다 서로 물고! 뜯고! 잡아당기고! 때리고! 하지 마." 개랑 애가 뭔 말을 알아듣겠나? 아이 머리카락을 잡아당기며 말했다. "아프지? 우유도 아파. 앞으로 잡아당기지 말고 쓰다듬어 줘야 해. 아니면 또 물고 도망칠 거야 우유도 아프니까. 알았지?" 알아듣거나 말거나…… 우유를 안아 들고 주둥이를 꽉 잡았다. 불편한 듯 머리를 흔들었지만 내가 힘이 더 세다. 우유 뒷다리를 하나 잡고 깡 물었다. (아차! 따라 하면 큰일 난다. 되레 다리를 문 내 입을 물릴 뻔했다.) 깜짝 놀란 우유가 힘을 주며 꿈틀거리며 뛰어 내려갔다. 다시 데려와 못 도망가게 잡고 빨갛게 자국이 남은 아이 손을 눈앞에 들이밀었다. "김우유! 물면 되니, 안 되니? 너도 아프지? 한 번 더 물면 혼난다." 몇 번인가 더 비슷한 일이 있었고. 비슷한 교육을 했다. 덕분에 둘째가 태어났을 때 우리 집은 평온했다.

가끔 경련을 일으키며 거품을 물었다. 치료할 수 없는 병이라고 했다. 경련을 일으킬 때 너무 힘들고 위험할 수 있으니 조심하라고 했다. 처음엔 무서웠지만 다음엔 불쌍했고 안쓰러웠다. 내가 힘들 때 항상 옆을 지켜주던 우유. 나도 아플 때마다 옆에서 몸을 쓰다듬어 주었다. 할 수 있는 것이 그것뿐이었다.

둘째가 두 살 되던 해. 어느 날 평소보다 더 긴 시간 경련을 일으켰다. 심각했다. 끙끙거리며 앓았다. 안아주려고 몸에 손을 댔다가 물려서 피가 났다. 손도 못 대게 아프다고? 눈물이 났다. 새벽에 하는 병원을 수소문해 찾아갔다. 안 아프게 약 좀 지어달라고. 수의사 선생님은 사진을 찍고 이런저런 검사를 하더니 진통제를 지어주며 안락사 주사에 대해 말했다. 신랑과 함께 새벽에 집으로 돌아와 약을 먹였다. 약 기운이 퍼지는지 우유는 내게 몸을 기댔다. 난 새벽 내내 우유를 안고 있었다. 힘이 없는지 눈만 끔뻑

거렸다. 눈을 보며 아프지 말라고. 미안하다고 했다. 하지만 이내 품에 안겨서 영원히 아프지 않게 되었다. 자다가 부르는 소리에 놀라 거실로 나온 신랑을 보며 대성통곡을 했다. 울고 또 울었다. 아이들보다 더 긴 시간을 함께한 내 삶의 한 귀퉁이가 떨어져 나갔다. 아프고 고마웠고 미안했다. 죽은 것이 마음 아팠고, 나에게 힘든 선택권을 주지 않아서 고마웠고, 그런 생각을 한 것에 미안했다.

저녁 반찬이 없어 장을 보러 갔다. 윤아와 현아가 따라나섰다. 날씨가 좋았다. 파란 하늘. 마트 앞에 이르렀을 때, 작은 구름 몇 송이가 머리 위로 동그랗게 몰려왔다.

"엄마, 저기……"

우리 셋은 동시에 고개를 들어 하얀 구름을 쳐다보았다. 거기. 우유가 웃고 있었다.

강문순

오겡끼데스까

　　　　　　겨울이면 생각나는 영화가 있다. 여주인공이
눈밭에서 하늘나라 첫사랑에게 안부를 묻는 유명한 일본 영화
〈러브레터〉다.

　　"오겡끼데스까?"

　　나도, 그 영화에서처럼 잘 지내고 있냐고 묻고 싶은 사람들이
있다.

　　친정 아빠는 폐암으로 돌아가셨다. 그저 기침을 좀 오래 해서
병원에 간 것뿐인데, 엑스레이 사진을 찍고 정밀 검사 후 3개월밖
에 살지 못한다는 이야기를 들었다. 소식을 듣고 병원으로 달려가

의사 선생님을 만났다.

"선생님. 어떻게 이 지경이 될 때까지 우리가 모를 수 있죠?"

"폐암과 위암은 통증 세포가 없어서 거의 발견하면 말기입니다. 통증을 느껴 발견한 경우는 대부분 주변으로 전이가 되었을 때 발견하게 되죠. 아버님은 더 이상 어떤 치료를 하는 것보다는 아버님이 하고 싶은 것, 먹고 싶은 것, 다 해드리는게 더 낫습니다. 조금 시간이 지나면 이미 뼈로 전이가 되어서 많이 아프실 텐데, 그때 통증을 감소시켜 드리는 마약성 진통제나 패치를 처방받으시면 됩니다."

더 이상 치료가 필요하지 않다는 말이 믿기지 않았다. 절망적이었다. 아빠한테 폐암이라고 차마 말을 할 수가 없었다.

폐암 말기 판정 후 3개월이 다다랐을 때 목사님이 심방을 오셨다. 아빠는 목사님께 간청했다.

"목사님 딱 한 달만 더 살게 해주세요."

그때 알았다. 아빠 스스로 죽음을 인지하고 있다는 것을…… 폐암이라고 빨리 말씀드리고 아빠 스스로 죽음을 준비할 수 있도록 도와 드릴 걸 하고 후회했다. 아빠의 마지막 모습을 보면서 빈손으로 왔다 빈손으로 간다는 것을 처음 알았다. 나에겐 돈 때문에 툭하면 화를 내던 무섭고 무능력한 아빠였다. 돌아가시던 날, 나를 보며 '미안하다. 고맙다.' 하시던 그 눈빛을 잊을 수 없다. 그 동안 아빠를 원망하고 불평하며 큰딸로서 짊어지고 살아야 했던 삶의 십자가가 한순간 가벼워졌다. 좀 더 잘해 드릴 걸 후회하며, 있을 때 잘해야 한다는 것을 깨달았다.

아빠가 돌아가시고 3년 후 시아버님도 폐암 말기라고 판정받으셨다. 친정 아빠와는 대조적인 의사의 처방을 받았다. 항암치료를 시작으로 돌아가시는 날까지 연명치료를 받으셨다. 80세가 넘은 노인이 감당하기에 쉽지 않은 항암치료를 받으시며, 병세는 더 악화되었다. 하지만 지푸라기라도 잡는 심정으로 그 모든 고통을 감내하셨다. 결국, 항암 2차 치료를 받으시고 이틀 후, 아버님은 세상을 떠나셨다. 응급실에서 생명이 3시간밖에 남지 않았다고 했는데, 수혈을 처방받아 그 피가 코와 입으로 다 흘러나왔다. 그 외에도 무리한 연명치료를 마지막까지 처방한 의사가 아직도 이해되지 않는다.

김장하는 날이면 아버님 생각이 많이 난다. 하나밖에 없는 며느리가 힘이 들까 봐 무, 쪽파, 갓, 생강 등 각종 채소를 다 다듬어 주시고 씻어주셨다. 아버님 생신날이 되어 음식을 만들면 힘든데 뭐 하러 그런 걸 하냐며 걱정하고 미안해하셨다. 친척 집 결혼식에 가는 날 일찍 서둘러 시댁에 가면 아버님이 입으실 옷과 양말 모자를 챙겨드리고 내 손에 로션을 발라 아버님 얼굴에 싹싹 발라 드렸다. 얼마 남지 않은 머리카락도 빗어 드렸다. 쑥스러워하시며 행복해하셨던 아버님이 보고 싶다.

내 친구 은자는 대단한 친구였다. 고등학교 1학년 때부터 한 번도 전교 1등을 놓치지 않았다. 똑똑하고 인심이 좋아서 친구들과 여행을 가면 갈색 병 에스티로더 에센스를 선뜻 꺼내놓고 이 사람 저 사람 발라보라고 선심 쓰는 친구였다.

결혼 후 지방에서 회 센터를 운영하는 은자가 어느 날 갑자기 보고 싶었다. 친정엄마를 모시고 맛있는 것도 먹고 바람도 쐴 겸 무작정 찾아갔다. 친구 엄마 왔다고 진수성찬을 차려 놓고는 엄마 옆에 딱 붙어 앉아 새우랑 랍스타의 껍질을 까주던 친구가 일주일 후 죽었다고 연락이 왔다. 핸드폰 패턴을 풀지 못해서 누나 친구들한테 연락하기 힘 들었다는 남동생의 말이 믿기지 않았다. 일정을 모두 미루고 친구들과 함께 장례식장으로 달려갔다. 갑자기 자다가 심장마비가 온 것이다. 삼 일 내내 장례식장을 지키며 영정 속에서 웃고 있는 은자의 죽음이 믿기지 않아 복받쳐 올라오는 울음을 참을 수가 없었다. 허름한 시골 장례식장이 돈 많은 은자한테 너무 어울리지 않았다. 그 많은 재산! 다 필요 없었다. 건강이 최고인 것을 알면서도 건강을 지키는 것이 쉽지 않다는 것을 그 친구가 확인해 줬다. 내일이 내 인생에 없을 수도 있다는 것도 알려줬다. 매일 아침 눈을 뜨고 맞이하는 오늘이, 삶의 순간이, 귀하고 소중한 큰 선물임을 깨닫게 해준 친구가 늘 그립고 아프다.

어느 날 소식이 뜸하던 친구 진이한테 문자가 왔다.

'오래전에 앓았던 암이 재발하여 이제 곧 하나님의 부르심을 받아 세상을 떠나게 되었습니다. 그동안 사랑해 주시고 아껴주셔서 감사합니다.'

5년 전 난소암을 이긴 친구다. 완치된 줄 알았는데 다시 다른 장기에서 암이 발견되었다. 친구는 모든 연명치료를 거부하고 아름답게 세상과의 이별을 준비했다. 친하게 지냈던 사람들에게 문자로 인사를 하고 자기가 누울 묫자리와 가장 환하게 웃는 사진으로 영정사진도 골랐다. 수의를 거부하고 천국 가는 날 입고 갈 옷까지 선택했다. 남겨진 두 아들과 남편이 자기 죽음을 받아들일 수 있도록 죽음 준비를 잘했던 친구다. 그 친구의 삶의 마지막을 보면서 잘 살고 잘 준비하는 아름다운 죽음을 배웠다. 다시 재발이 되었다는 소식을 들어도 설마 하는 마음에 바쁜 핑계로 자주 가보지 못한 것이 끝내 후회가 된다. 살아 있을 때 좀 더 많이 봐둘 걸 그랬다.

사람은 누구나 죽는다. 언제 죽을지 모른다. 지금 행복해야 할 이유이다. 사랑하는 사람들이 먼 나라 가면서 많은 것을 느끼고 알게 해줬다. 언제나 그리운 두 아버지와 내 친구들한테 나는, 문득문득 묻고 싶어진다.

"오겡끼데스까?"

아버지,
그렇게 해드리지 못해
죄송합니다

삶은 선택의 연속이다. 하나를 선택하면 하나는 포기해야 한다. 포기한 것에 대해 아쉬움은 늘 따라다닌다.

무연고자 시신이 되어 아버지가 돌아왔다. 사망한 아버지 시신을 인계받겠냐고 물었다. 원치 않으면 '시신 처리 위임서'를 쓰라고 했다. 위임서를 쓰면 서울시에서 대신 화장해 준다고 했다. 화장은 해주지만 안치는 할 수 없다고 했다. 어딘지 알 수 없는 곳에 유골을 뿌린다고 했다. 위임서를 쓰지 않으면 장례를 치러야 했다. 장례를 치르려면 어머니에게 알려야 했다. 어머니는 여전히 아버지를 증오하고 있었다. 선택을 해야 했다. 어머니에게 알리자고 했지만 작은형은 원하지 않았다. 어머니가 알아도 달라질 일은 없다고 했다. 결국 시신 처리 위임서를 썼다. 어머니에겐 알리지 않았다. 언제가 알게 되더라도 그건 그때 가서 부딪치자고 했다. 23년이나 떨어져 살았고 이제 와 자식 노릇 할 책임 없다고 합리화했다. 화장하고 재로 뿌려지면 잊힐 줄 알았다.

아버지가 어디에서 어떻게 살고 있는지 23년 동안 몰랐다. 가끔은 궁금하기도 했었다. 찾아볼까 생각도 했었다. 그때마다 어머니의 말이 걸렸다. 남은 평생 절대 아버지를 볼 일은 없을 거라며 몇 겹의 울타리를 쳤다. 행여 초라한 모습으로 다시 우리 앞에 나타나더라도 어떤 인정도 베풀지 않겠다는 단호함이었다. 내가 기대할 수 있는 건 우연히 마주치는 것뿐이었다. 쉬운 선택을 했던 것 같다. 아버지가 우리를 떠난 이유를 알고 싶었지만 알려고 하지 않았다. 아버지를 향한 어머니의 감정 뒤에 숨었다. 어머니 생각을 내 생각이라고 여겼다. 그렇게 살다 보면 언젠가 어디선가 어떤 모습으로든 한 번은 마주칠 거라는 기대만 했다. 기대만 하고 있으면 아무 일도 일어나지 않는다. 기대하고 얻고 싶은 게 있을 땐 행동으로 옮겨야 한다. 배가 고프다고 남이 나에게 밥을 떠먹여주는 일은 없다. 그렇게 23년을 살았고 결국 아버지는 죽음으로 당신의 존재를 알려왔다. 1년이 지났지만 여느 해와 다르지 않았다. 한 가지 차이가 있다면 이제는 아버지가 어떤 모습으로 지내는지 알게 됐다는 것이다. 더 이상 우연을 기대할 필요도 없다. 초라하게 나타날 걱정 안 해도 된다. 다만 어머니가 이 사실을 어떻게 받아들일지 알 수 없다. 우리 선택을 이해해 줄지? 아니면 그 반대일지?

시신 처리 위임을 결정할 때 한 가지 걸린 게 있었다. 아버지의 죽음을 주변에 알려야 할까? 부모님의 이혼 사실을 아는 사람은 많지 않았다. 굳이 먼저 알려야 할 이유도 없었다. 묻는 이들에게만 대답해 줬다. 하지만 장례를 치르는 건 다른 문제였다. 몰래 장례를 치르겠다고 한들 어머니 귀에 그 사실이 안 들어간다는 보장도 없었다. 장례 절차 없이 화장하고 납골당에 모신다면 나중에 더 큰 문제가 될 수도 있을 것 같았다. 여전히 아버지에 대해 악감정을 가진 어머니가 받아들이지 못하면 일만 키운 꼴이 된다. 담당 공무원의 연락을 받았을 때 어머니에게 말하려 했었다. 말하는 게 맞을 것 같았지만 그렇게 못 했다. 어머니는 이미 3년 전 큰아들을 먼저 보냈고, 여전히 그 안에 있었기 때문이다. 거기에 아버지 소식까지 더해진다면, 아무리 나쁜 감정만 남았다고 해도 힘든 시간이 이어질 거라 짐작했다. 이 또한 나 스스로 판단하고 선택했다. 말을 꺼내지 못하는 상황이라 물을 수도 없으니 내가 판단할 수밖에 없었다. 시간이 지난 뒤 들어도 충격이 없진 않을 테다. 하지만 적어도 큰아들의 죽음에서 어느 정도 짐을 덜어낸 뒤라면 조금은 낮지 않을까? 나을지 아닐지는 지금으로써는 솔직히 자신이 없다. 언제가 되었든 어머니가 받을 충격은 내가 짐작할 수 없을 테니 말이다.

아버지를 보낸 지 1년, 내 선택에 아쉬움이 남았다. 장례와 화장, 납골당까지 감당할 자신이 없어 포기했다. 어쩔 수 없는 선택이었다고 믿었다. 형과도 그렇게 생각하자고 했다. 어머니에게 어떤 원망을 듣더라도 그건 그때 가서 생각하기로 했다. 그러나 그것보다 더 후회되는 것이 있었다. 23년 동안 우연히라도 마주치고 싶었던 아버지, 어디에서 어떻게 살고 있는지 늘 궁금했던 아버지, 이제는 곁에 둘 수 있었지만 포기하고 말았다. 그때 만약 지금과 반대의 선택을 했다면 모두가 당시는 힘들었을 수도 있다. 어쩌면 더 생각지 못한 상황이 생겼을 수도 있다. 어머니가 어떤 태도를 취하느냐에 따라 말 그대로 천당과 지옥을 오갈 수 있는 상황이었다.

삶은 선택의 연속이다. 하나를 선택하면 하나는 포기해야 한다. 포기한 것에 대해 아쉬움은 늘 따라다닌다. 편하고 안전한 길을 위해 하나를 포기했지만 실수였다. 중요한 한 가지를 놓쳤다. 아버지를 곁에 둘 수 있는 기회를 영원히 잃어버렸다. 겨우 1년이 지났는데 갈 수 있는 곳이 없었다. 어딘가에 어떻게든 모셔놨다면 적어도 보고 싶을 때 볼 수 있었을 테다. 그때는 몰랐다. 이런 감정이 생길 거라고는 짐작하지 못했다. 그립지 않고 보고 싶지 않을 거라 장담했다. 평생 미운 감정으로 살 수 있을 것 같았다. 옳다고 믿었지만 틀린 선택이었다. 선택을 되돌릴 수 있었으면 좋겠다. 비록 자식을 버린 아버지였고, 23년 동안 연락 한번 안 했던 아버지였지만 아버지는 아버지였다. 나도 아버지의 말을 들으려 하지 않았고, 그동안 찾아보려고 안 했다. 지금껏 살면서 겪었던 모든 일을 다 내려놓고 아버지로서만 인정했다면 다른 선택을 했을 것 같다.

아버지를 무연고자가 아닌 나의 아버지로 보내드리고 싶다. 평생 셋방만 살았던 아버지에게 혼자만의 공간을 만들어주고 싶다. 함께 살 때 찍은 적 없는 가족사진 대신 아들, 며느리, 손녀가 담긴 사진 한 장을 걸어드리고 싶다. 온기는 없겠지만 마지막 모습을 눈과 손에 기억시키고 싶다. 이제 와 후회해도 소용없겠지만 이렇게 글로나마 미안한 마음을 대신한다. 아버지, 그렇게 해드리지 못해 죄송합니다.

인생은,
믿어준 사람 때문에
큰다

전 세계 경영자들이 가장 존경한다는 일본의 기업가 이나모리 가즈오가 집필한 《인생을 바라보는 안목》이라는 책을 읽게 되었다. 저자는 직원 28명으로 시작된 교토 세라믹 주식회사를 세계 100대 기업에 꼽히도록 성장시킨 주역이다. 재능과 실력이 있어야 누구보다 뛰어난 성과를 보여줄 것 같은데, 그는 이렇게 이야기한다. "인간으로서 올바른 일을 올바르게 하는 것"이 좋은 성과를 내게 하고, 멋진 인생을 살아가게 하는 것이라고 말이다. 머리를 끄덕이며 밑줄을 그어가며 읽어가는 중에 사업 초창기 때 직원 한 명이 야근 후 집에 가다 교통사고를 크게 낸 이야기가 눈에 띄었다. 교통사고 낸 직원의 책임을 사장인 이나모리

가즈오 씨가 대신 지고 끝까지 애썼던 모습을 보면서 그 직원은 평생 사장님을 잊지 못하겠구나 생각했다.

대학을 졸업하고 첫발을 디딘 곳이 LG투자증권 고객지원센터였다. 몇 번의 금융회사 합병으로 지금은 이름이 NH투자증권이지만. 입사하던 1999년은 증권가에 큰 변화가 밀려오고 있었다. 증권회사 지점에서 직접 주문서를 써서 주식 주문하던 방법이 바뀌었다. 집에서 전화로 주문하거나 직접 컴퓨터를 이용하여 주문할 수 있도록. 이름하여 홈트레이딩이 본격적으로 시작되고 있던 때였다. 그래서 고객지원센터의 규모가 대폭 확장되고 신규 인원을 많이 뽑아야 했다. 그 시기를 맞춰 증권회사와는 거리가 멀게 느껴지는 아동학 전공이었지만 채용될 수 있었다. 물론 계약직이었다. 유치원이나 어린이집 교사가 되려고 했던 진로를 졸업을 코앞에 두고 변경해 무작정 '회사'에 입사한 것을 생각하면 모든 게 감사였다.

고객지원센터는 전화로 이루어지는 업무다 보니 친절한 목소리로 응대하는 게 중요했다. '고객 만족'이 회사의 성장에 얼마나 많은 영향을 미치는지 점차 부각이 될 때였다. 지금은 생각할 수도 없는 일이 벌어지기도 했기 때문이다. 주식 주문을 어눌하게 말하거나 증권 용어를 잘못 알아듣는 고객이 있다면 직원은 짜증 섞인 목소리로 응대하거나 고객을 가르치려 들었다. 심할 땐 고성이 들리기도 했다.

업무 익히랴 고객 응대법 배우랴 바빴지만 새로운 도전은 늘 설레게 한다. 다행히 고객 응대는 평소 나도 모르게 준비되어 있었던 것 같다. 학창 시절 막연하게 아나운서의 꿈을 안고 재미 삼아 〈사설〉을 녹음하며 읽었던 건 분명한 발음을 내는 데 많은 도움이 되었다. 우연히 시작한 시각장애인 도서관 도서 녹음 봉사는 상황에 맞는 감정 표현의 목소리를 배우는 데 안성맞춤이었다.

신입사원 연수 기간이 끝나고 실전 훈련이다. 선배가 멘토, 신입이 멘티가 되어 짝을 이루었다. 나의 멘토 선배는 백지상태의 스케치북에 그림을 그려나가듯 차분히 업무 프로세스를 알려주었다. 배운 걸 하나라도 기억해 내면 잘했다고 폭풍 칭찬해 준다. 나는 수화기 너머로 모르는 질문이 들어오면 천천히 답 찾는 시간을 확보하며 복창한다.

"질권 설정이…… 뭔지…… 궁금하시다는 말씀이시죠? 잠시만 기다려 주시면 바로 알려드리겠습니다."

선배는 나의 말이 끝나기도 전에 질문의 답을 찾아 보여준다. 그러면 물 흐르듯 끊기지 않게 답변할 수 있었다. 2주의 시간은 신입으로써 필요한 업무 스킬을 익히는데 길지 않았지만 알차게 준비시켜 주었다. 혼자서도 잘할 거란 자신감이 생기도록. 드디어 선배의 도움 없이 업무를 시작하는 날, 선배의 힘이 얼마나 컸는지 온몸으로 알아차리게 된다. 고객의 전화를 받아 주식 주문 입력하고, 문의 사항 듣고 적합한 답변을 해야 할 땐 깜깜한 동굴 속에 혼자 갇혀있는 느낌이었다. 어떻게든 빠져나가야 하는 동굴 속 말이다. 잠시 기다려 주십사 요청하고 'Mute' 버튼을 누른다. 고개를 쭉 내밀어 이리저리 본다. 도와줄 사람은 없다. 모두 전화응대 중이다. 몇 개의 질문엔 제대로 답변 못 하고 업무 처리하기도 했다. 그래도 퇴근할 땐 매번 잘하고 있다고 칭찬해 주며 다독여 주는 멘토 선배와 친하게 지냈던 동료들의 적극적인 지지가 힘이 되었다. 덕분에 업무에 누수가 없도록 더 공부하고 일에 매진할 수 있었다.

시간이 지날수록 업무는 익숙해지고 능숙해졌다. 전화벨이 울려도 편안한 마음으로 전화 받을 수 있게 되었다. 업무 중에 가장 쉬운 건 주식 주문 전화다. 고객이 원하는 금액에 맞춰 주문을 입력하면 되기 때문에. 다행히 걸려 오는 전화의 70%는 주식 매매였다.

그날도 가벼운 마음으로 전화를 받았다.

"A 종목 80주 87,000원에 매수 주문해 주세요."

"네~ A 종목 80주 87,000원에 매수 맞으시죠? 80주 87,000원 매수 주문 넣었습니다. 지금 바로 체결되었습니다."

"네?!"

고객이 화들짝 놀라며 소리 지른다. 듣자마자 뭔가 잘못되었다고 감지했다. 입으로는 매수라고 하면서 손가락은 팔아버리는 매도 버튼을 눌렀던 거다. 죄송하다며 다시 원상복구해 놓겠다고 했다. 아뿔싸, 급등하는 종목이었다. 팔았던 금액으로는 매수가 되지 않는다. 결국 팀장님과 센터장님께 보고가 되었고 그날 장 마감이 될 때쯤 A 종목을 매수할 수 있었다. 고객이 원래 가지고 있던 80주와 추가 주문을 원했던 80주까지 주문하니 고객이 처음 매수하고자 원했던 금액과 비교해서 약 140만 원가량 차액이 발생했다. 그 당시 나의 월급은 세금 떼면 120만 원 정도였다. 넉넉지 않은 가정 형편에 서울에서 자취하고 있던 터라 지난달 받은 월급은 이미 통장에 남아있지도 않았다. 눈앞이 캄캄했다. 아무 소리도 들리지 않는다. 막막했다. 퇴근할 때 팀장님이 가까이 다가와 다독여주신다. 그러고는 센터장님과 의논한 결과 입사한 지 얼마 안 돼서 생긴 사고이기 때문에 센터장님과 팀장님이 대신 책임져 주겠다고 하셨다. 그리고 애썼다고 위로해 주신다. 눈물이 앞을 가렸다.

그 후 더 꼼꼼하게 주문을 확인하며, 더욱 친절하게 고객 응대하는 직원이 되려고 노력했다. 노력이 가상해서일까? 분명 많이 부족했을 텐데 그 해 우수사원으로 뽑혀 생애 처음으로 제주도 여행을 갔다. 고객만족 서비스 사내 강사로 선발되어 강사 활동도 시작하게 되었다. 감사하게도 이 일이 발판이 되어 다양한 기관에서 오랫동안 전문 강사로 클 수 있었다.

《인생을 바라보는 안목》의 이나모리 가즈오 회장은 직원의 잘못을 책임져 줄 때 가졌던 마음이 '용기'였다고 했다. 어떻게든 이 직원을 지켜야 한다는 용기. 그 때문에 한 발짝도 도망치지 않고 눈앞에 있던 문제를 정면으로 부딪칠 수 있었다고 한다. 이런 마음은 상대를 배려해야만 나올 수 있다. 자신은 어떻게 되어도 좋다고 생각하고 자신을 버릴 수 있는 마음. 사회 초년생이 버틸 수 있게 해줬던 센터장님과 팀장님도 비슷한 마음이었겠지.

지금도 생각난다, 칭찬으로 업무에 재미를 갖게 해준 선배가. 아직도 그립다, 실수를 감싸주고 책임져 주었던 센터장님과 팀장님이.

박경숙

그때는
푸릇푸릇 청춘이고
사랑이었다

오늘은 어떤 책을 읽을까? 하고 책장 앞에 섰다. 한참 위아래 뒤적이다, 책꽂이 깊숙한 곳에 누렇게 변한 묶어진 책 한 권을 찾았다. 책이라고 명명하기는 그렇지만, 앞장을 펼쳤다. 앞에 들어가는 글이 나온다. 볼펜으로 쓴 글씨가 오랜 세월의 흔적을 말하듯 번져 있다. 잘 쓰지는 못했지만 손 글씨로 적혀 있다.

'이것이 한 권의 책이랄까? 책은 아니고 172장 편지를 묶었다. 1984년 4월부터 1986년 10월까지 사랑하는 형에게 받은 편지를 묶어 보았다. 작은 것이지만, 이 속에 모든 사랑이 담겨 있으니 바람에게라도 전하고 싶지만, 너무 뜻깊은 내용이 있기에 나의 비밀로서 혼자 달콤하게 간직하고 싶다. 고된 훈련 속에서도 항상 나를 잊지 않고 못난 나를 위해 이토록 많은 기록을 남겨 준 형에게 고맙고, 감사하기에 그 답으로 사랑한다고, 말하고 싶다. 지금 이 사랑의 빛이 시들지 않고 석류알처럼 빨갛고 알찬 사랑이길 바라면서 남긴다. 책의 제목은《I LOVE ONLY YOU》1986년 11월'

들어가는 글 끝에, 멋을 부려 휘갈겨 쓴 사인이 적혀 있다. 지금 보니 들어가는 글도 있고 제법 작가의 흉내를 내었다. 그 오랜 시절부터 나는 작가의 기질이 있었나 보다.

1984년 4월 남편은 해병대에 입대했다. 훈련소 생활이 끝나고 첫 휴가를 나왔는데 얼마나 힘든 훈련을 받았는지 목소리가 제대로 나오지 않았다. 양손에는 굳은살이 잔뜩 배겨있어, 손잡고 데이트할 때의 부드럽고 따뜻한 촉감은 없어졌다. 그래도 남편은 청춘이었기에 견뎌낼 수 있었고, 내가 있었기에 견뎌낼 수 있었다고 한다. 그리고《I LOVE ONLY YOU》편지가 남편이 군 생활을 잘할 수 있게 한 영양제 역할을 했다고 한다. 남편이 보낸 편지는 172장인데, 내가 보낸 편지는 아마 내 기억에 제대하는 날까지 거의 매일 편지를 보냈으니 장수를 따지면 남편이 보낸 편지의 3배 이상은 될 거다. 참 지극정성이다. 남편이 휴가 나왔을 때 하는 말이 부대에서 남편의 이름을 불리기보다. 내 이름으로 남편을 불렀다고 한다. 아쉽게도 내가 보낸 편지는 보관되어 있지 않다. 어쩜 다행이라는 생각이 든다. 편지의 내용이 아마 눈뜨고는 읽지 못할 것이다. 편지를 주고받던 지난 시간의 햇수를 손꼽아 보니 벌써 46년이 흘렀다. 내용은 다 소개할 수 없다. 왜냐면 유치찬란하기 때문이다. 다시 읽어보았다. 남편이 옆에 있다면 한 방 쥐어박고 싶다. 그렇게 절절하던 사랑을 이제는 옆집 아주머니 대하듯 하니 말이다.

6년 연애만 하다 드디어 1989년 2월 19일 아직 봄이라고 하긴 그렇고, 겨울이 막 끝날 무렵 결혼식을 올렸다. 검은 머리가 파 뿌리처럼 흰머리 될 때까지 잘 살고자 약속했다. 하객들 앞에 성혼선언문을 낭독하고 잘 살겠다고 선언했다. 그날은 따뜻하게 햇살이 내려 분홍빛 저고리만 입고 두루마기를 입지 않아도 추운 줄 몰랐다. 나의 제2의 인생 시작을 하늘도 축복해 주었다. 포근하고 햇살이 좋아 결혼하기 딱 좋은 날이었다. 사랑은 천천히 조용히 찾아오기도 하고, 어느 날 갑자기 강풍이 휘몰아치듯 찾아오기도 하고, 예측할 수 없는 속도로 두 사람의 마음속으로 파고든다고 《나는 사랑을 하고 있어》에서 읽었던 기억이 난다. 남편과의 사랑이 그랬다. 그래서 우리 둘은 아무것도 제대로 준비되어 있지 않았는데, 결혼을 선택했다. 매일 만나면 헤어져야 하는 것이 아쉬웠다. 더 오래 보고, 만지고, 무엇이든 함께 하고 싶은 마음이 간절했다. 결혼하면 주변 눈치 보지 않고 더 편하게 더 많이 시간을 보낼 수 있다는 일념으로 둘은 무작정 결혼했다.

　인생의 여정에서 결혼은 가장 큰 변화인 걸 겁 없이 선택했다. 연애와 결혼은 하늘과 땅 차이다. 가수 김창남의 〈선녀와 나무꾼〉이 생각난다. 부드럽고 나직한 목소리로 불러 유행했던 노래다. '꽃비가 내리던 날 어느 골짜기 숲을 지나서 단둘이 처음 만났는데 그것은 하늘의 뜻이었다.' 이 가사처럼 나에게는 남편과의 만남이 하늘의 뜻이었다고 믿었다. 핸드폰이 없었다. 그 당시 유일한 통신 수단 삐삐를 이용해 연락하면서 연애했다. 요즘에는 예쁘고 멋진 커피숍이 많아 브런치도 먹고, 달콤한 사랑을 더 감미롭게 하는 캐러멜마키아토, 생크림이 듬뿍 올려진 카푸치노도 먹으며 데이트를 한다. 어느 드라마에 나온 거품 키스를 연상케 하는 달콤한 사랑을 한다. 캐러멜마키아토, 카푸치노는 내가 좋아하는 커피다. 만약 그 당시에 이렇게 달콤한 커피가 있었다면 한 번 도전해 보았을 거다. 내가 연애하던 시절을 떠올려 보니, 참 궁상맞다. 우리는 달콤한 커피 대신 현실에 충실하게 배고픔을 달래는 대패 삼겹살 데이트를 했다. 얼마 전 우연히 시장 골목길을 지나다, 남편과 데이트하면서 즐겨 찾던 그 대패 삼겹살집이 아직도 그 자리에 있는 걸 보았다. 언제 시간을 내어 한 번 들러 삼겹살을 먹어봐야겠다. 어찌 되었든 난 그렇게 결혼이라는 굴레에 내 인생을 던졌다.

　김창남의 선녀와 나무꾼 노래 가사에 선녀는 어느 날 나무꾼을 떠났다. 선녀가 어떤 이유에서 눈부신 사랑을 저버리고 하늘 높이, 모든 것을 다 버리고 저 멀리 떠나갔는지 궁금하다. 지금 나를 돌아본다. 33년을 그 자리에 머물러 있다. 나무꾼은 떠난 선녀를 애타게 찾아 달라고 호소한다. 남편은 지금 내가 떠나간다면 그렇게 애타게 찾을까? 어떤 반응을 보일지 떠나보고 싶다. 지금 난 왜 그 선녀가 그렇게 부러울까? 결혼을 하고 두 아이의 엄마로 살면서 아내라는 역할과 엄마라는 역할에 충실했다. 두 아이를 연년생으로 키우다 보니 전쟁 같은 삶을 살았다. 엄마라는 타이틀로, 아내라는 이름으로 살다 보니 나의 인생은 없었다. 내가 뭘 잘하는지, 내가 뭘 하고 싶은지 생각해 보지 않았다. 인생의 여정에서 결혼과 함께 180도 달라진 내 인생. 임신, 출산, 육아, 엄마, 아내, 며느리로 살면서 내가 없었던 시간이었지만 내가 선택한 삶, 후회는 하지 않는다. 그 삶이 있었기에 그 어느 것과도 바꿀 수 없는 소중한 보물단지 딸, 그리고 내 사랑 아들을 얻었다.

　성혼 선언문 낭독하고 하객들 앞에서 큰소리로 대답 한지가 엊그제 같은데 벌써 다음 달이면 결혼 33주년이다. 결혼 27주년이 되었을 때 너무 오래 살지 않았냐고 물었더니 남편이 그럼 3년만 더 살아 보고 결정하자고 한다. 농담을 그렇게 주고받았던 시간이 3년이 언제 지났는지, 벌써 6년이 지나 33년이 되었다. 요즘 들어서 이제는 남편과 살고 싶지 않다는 생각이 가끔 든다. 남들이 말하는 황혼 이혼이나, 졸혼이란 단어에 귀가 솔깃해지기도 한다. 다시 뜨거웠던 그 시절 청춘이고 사랑이었던 시간이 찾아올 수 있을까? 다시 한번 I LOVE ONLY YOU! 그 시절, 남편이 아닌 그 시절의 형을 그리워해 본다. 푸릇푸릇 청춘이고 사랑이었다.

추억은
그리운 채로
남겨둬야 한다

"고등학생 때로 돌아가면 뭐 할 거야?"

언제부턴지는 모르겠지만, 친구들하고 술을 먹으면 가끔 나오는 주제다. 난 매번 "더 열심히 놀았을 거야."라고 답한다. 심오하게 생각해서 하는 말은 아니다. 놀지 못한 것도 아니고, 더 놀았어야 했는데 하며 후회하지도 않는다. 대학을 다니고 일을 하며 스트레스 받을 때가 있다. 생각이 많아진다. 가끔 별걱정 없이 맘 편하게 놀 수 있던 때가 그립다. 그래서 더 열심히 놀았을 거라고 얘기를 하나 보다.

그립기 위한 조건이 무엇일까? 특별한 감정을 부여한 시기, 후회되는 사건, 더 잘할 수 있었는데 하는 미련과 욕심, 그럴 때 그립다는 마음이 든다. 과거로 돌아가면 이렇게 했을 텐데 상상한다. 그러다가 돌아갈 수 없어 하며 훌훌 털고 지금을 살아간다.

전에 이렇게 했다면 좋았을 텐데 하는 상상. 미래에 비슷한 일이 생기면, 그 상상은 예전보다 나은 선택을 가능케 해줄 때도 있다. 그리워하면 시간 가는 줄 모르게 상상하고 감정에 취하기도 한다. 하지만 대부분은 이렇게 생각하면 뭐 하겠어 하며 생각 끝에 염세적인 태도로 매듭을 짓는다.

공부할 때나 집중할 때, 예전 기억들이 하나둘 연쇄적으로 떠오를 때가 있었다. 한때는 고리들을 내버려 뒀다. 자연스레 생각이 났는데 어떻게 하겠어? 공부하기 싫은 날, 유독 문제가 안 풀리는 날에는 상상 속에 파묻혀 시간을 보냈다. 그러다 엎드려 잠들곤 했다.

"잡생각이 계속 나요. 어떡해요?"

"돌고 도는 생각, 떠오르게 두지 말고 적어 보세요. 그럼 놀랍게도 그 생각을 반복하지 않게 돼요."

공신닷컴 공부 멘토가 한 말이다. 그 말을 듣고 플래너 한쪽에 머릿속에 떠오르는 기억을 적었다. 그렇게 쌓인 글을 쭉 살펴봤다. 비슷한 얘기의 반복이었다. 중학교 때 친했던 친구를 고등학교 때 시내에서 마주쳤는데, 아는 척 안 한 것. 고등학교 때 어울리던 친구가 해줬던 재미난 얘기. 아르바이트할 때 안 친구의 가정

사…… 수능 끝나고 플래너에 적힌 걸 보면, '이게 뭐람?' 한다.

그 사건이 인생에서 인상 깊었겠지. 나이가 들며 다양한 경험을 하며 성장을 했다. 그러면서 그 일은 상대적으로 작아졌다. 역으로 지금 크다고 생각하는 일도 마찬가지다. 미래에서 보면 '별로 대수롭지 않은 거였네.' 할지 모른다.

소설, 웹툰을 통해 과거로 돌아간 간접 경험을 한다. 요즘 흥하는 소설과 웹툰에는 과거로 돌아간 얘기가 많다. 특히 현재의 경험을 갖고 과거로 돌아가, 알고 있는 미래의 정보를 바탕으로 미래를 바꾸는 소재가 많다. 판타지뿐만 아니라, 현실에서 있을지도 모르는 소재도 있다. 〈메디컬 환생〉은 40대 후반 성공하지 못한 외과 의사가 일만 하고 가정에 소홀하다. 돈도 백도 없어 직장에서 미운털이 박혀 병원에서 잘리고 이혼 당한다. 청천벽력으로 암도 발견된다. 좌절해서 술만 먹으며, 사는 게 사는 게 아니다. 그에게 은혜를 입은 선녀 같은 존재가 과거로 보내준다. 눈을 뜨니 과거다. 일어날 일을 바꾸며 성공하는 이야기다. 어떤 웹툰 회사 사장은 이런 추세를 '요즘 독자는 주인공이 성장하면서 받는 스트레스마저 받고 싶지 않아 한다.'고 분석하기도 했다. 그래서 리셋 버튼, 과거 회귀 소재가 성행한다. 나도 그 소재의 웹툰과 소설을 몇 개 본다. 과거로 돌아갈 수 없단 사실을 누구나 알지만, 돌아갈 수 없기에 그리워하고 상상하고 이야기에 빠져든다.

예전으로 가본 적은 없지만, 10년 만에 추억 속에 남아 있던 고향에 갔었다. 11살 때 아버지 직장 이동으로 울산에서 청주로, 275킬로를 달려 이사를 왔다. 중고등학교 다니고 대입 시험을 여러 번 준비한다고 가볼 생각을 못 했었다.

4수 때, 서울 신대방동 고시원에 살며 노량진 학원에 다녔다. 수능 이후 2달 정도 방을 빼지 않고 서울에 살았었다. 서울 곳곳을 혼자 돌아다니고 구경했다. 어느 주말에 청주에 내려왔다가 서울에 올라가기 전에 문득 고향 생각이 났다. 서울도 여러 곳 잘 돌아다니는데, 울산 한 번 가보자. 혼자 즉흥 여행을 떠났다. 11살 때는 울산에서 출발하는 KTX가 없었다. 차를 타고 3시간 넘게 달려 청주로 왔었다. 버스를 타면 4시 가까이 걸렸다. 쉽게 갈 수 있는 거리가 아니어서인지 갈 엄두조차 안 났다. 핸드폰으로 KTX를 예매했다. 소요 시간을 보니 1시간 반이다. 버스 타고 청주에서 서울 가는 시간밖에 안 걸렸다. 갈 만한데? 오송역에서 울산 가는 기차를 탔다.

어릴 적 부모님, 동생과 함께 삼산동 백화점에 갔던 기억이 선명하다. 무궁화호를 타고 남창역에서 태화강 근처에 있는 울산역으로. 내 기억 속에 있는 울산역은 그 역이었다. 그러나 울산에 도착해 내려보니 생전 처음 보는 역이었다. 새롭게 생긴 곳이었다. 예전 울산역은 태화강역으로 바뀌었다. 처음부터 내 추억과는 다른 울산이 시작됐다.

11살까지 살던 울주군 온양읍의 작은 마을까지는 역에서 버스를 타고 한 시간 넘게 걸렸다. 겨울이라 해가 짧아 도착하니 날이 어두워졌다. 짧게 마을을 둘러보고 간절곶으로 이동했다. 내 기억 속 간절곶은 투박하고 정돈이 안 된 느낌이었다. 가보니 완전 다른 곳이 되었다. 사진 찍기 좋은 포토존과 큰 우체통, 다양한 포토존이 있었다. 이는 유명 장소라 TV에서 몇 번 봤지만 실제로 보니 또 달랐다.

　다음날에 어릴 때 살던 동네를 둘러보았다. 태어나서 이사 전까지 쭉 이곳에서 지냈다. 어릴 적 기억이 선명한 편이다. 전학 가기 전 초등학교 때 기억이 많다. 청주에 올라오며 알고 지내던 친구들과 헤어지는 게 아쉽고 섭섭했다. 자주 떠올리곤 했다. 그래서 더 진하게 남았나 보다. 저긴 뭐가 있었는데, 저긴 아직 그대로네, 이렇게 변했네, 어떤 건물이 들어섰네……. 피아노 학원 끝나고 어머니랑 자주 갔던 돼지국밥집 밥을 먹으며 생각했다.

　'내가 생각하던 고향은 이젠 없구나.'

　그대로 남아 있으리라 기대하고 온 건 아니다. 내 기억 속에만 남아 있는 시공간을 확인하니 기분이 이상했다. 어릴 때 뭘 했었고 거기에 뭐가 있었고는, 같은 추억을 나눈 사람하고 얘기하는 수밖에 없다. 고향 가는 게 과거로 돌아가는 거라고 무의식적으로 생각했었나 보다. 그대로 남아 있지 않을까 기대하여서 실망했다. 그 뒤로 한 번 여름휴가로 울산에 갔다. 그 후론 가지 않았다.

예전을 그리워하는 건 좋다. 그리워할 대상이 있다는 자체로도 행복하다. 그 추억을 떠올리며 마음이 촉촉해질 수도 있다. 문득 그리워질 때도 있다. 하지만 현재로 돌아와야 한다. 돌아가면 더 잘할 수 있었을 텐데, 보내주기 싫어하며 안고 살면 힘들어지는 건 나다.

과거로 돌아가면 좋을까? 추억 자체로 남겨둬야 좋지 않을까? 바뀌지 말라고 강제할 수도 없다. 과거에 얽매이고 추억에 빠져서 현재에 나쁜 영향을 주면 안 된다. 그 자체로 놓아두고, 현재를 잘 살아가야 한다. 그리워는 하되, 돌아가고 싶다고 생각하지 않는다.

현생이 피곤해서 초기화시키고, 관계를 맺은 것들과 멀어지고 싶을 때가 있다. 지금은 이렇게 생각하지만, 미래에 지금을 떠올려보면 그립고 추억이라 생각할지도 모른다. 지금 일이 스트레스 받고 진저리가 나도 긍정적으로 생각해야겠다. 내가 성장하고 있다고 생각하겠다. 지금 이 고통은 내가 더 잘 되게 만들어주는 원동력이다.

엄마 집,
그립다

"갈게."

탁. 차 문이 닫히고 남편이 운전하기 시작했다. 창문을 열고 엄마 아빠랑 눈을 마주 보며 손을 흔들었다. 일부러 더 크게 웃었다.

남편이 회사 워크숍이 있어서 1박 2일 지방으로 간다고 했다. 주말에 집에 혼자 있기도 뭐 해서 버스를 타고 친정 안양으로 갔다. 남편이 집을 비울 때면, 항상 안양으로 출동했다. 김포에서 안양을 가려면, 일단 집 앞에서 김포공항까지 한 번에 가는 60-5번 버스를 탄다. 공항까지 20분 만에 간다. 아쉬운 건 배차 간격이 길어서, 못 탈 때가 많다는 거다. 주로 자주 다니는 22번 버스를 타게 된다. 공항까지 1시간 정도 걸린다. 좀 더 빨리 가면 좋을 텐데. 김포공항 국제선에서 내리면 된다. 국제선에서 안양 범계역까지 한 번에 가는 공항버스가 있다. 1시간이면 간다. 김포에서 안양까지 대중교통으로 가면 대략 2시간 정도가 걸린다. 50km 정도 되는 거리. 가깝다면 가깝고 멀다면 먼 거리다.

김포를 등지고 안양으로 가는 길은 항상 설렌다. 엄마에게 가고 있으니까. 중간에 지나가는 국제선 대합실의 분주한 공기도 좋다. 캐리어 들고 여행을 떠나는 사람들 표정은 늘 밝다. 공항버스를 타고 범계역 정류장에 도착하면 엄마가 마중 나와 있다. 엄마 얼굴이 살짝 보이기만 해도 엉덩이가 들썩거린다.

친정에 가면 시간이 유독 빨리 지나간다. 하룻밤 자고 오는 1박 2일 여행은 순식간이다. 엄마랑 얘기 좀 나누다 저녁 먹고, 자고 일어나서 아침 먹고 과일 먹고 점심 먹으면, 어느새 갈 시간이다. 일주일 내내 있어 본 적도 있는데, 역시 짧다. 그동안 못 만난 고향 친구들을 만나기도 한다. 예전에 하루라도 안 가면 서운했던 뉴코아 아웃렛, 교보문고는 꼭 들른다. 아지트 카페도 안 들르면 왠지 서운하다. 어디를 가도 익숙하고 편안하다. 안양이 좋다.

"뭘 그렇게 혼자 돌아다녀? 너 여기 오는 거, 친구들 만나러 오는 거지? 엄마 보러 오는 거 아니고."

"당연히 엄마 보러 온 거지. 온 김에 가는 거야, 온 김에."

엄마는 온갖 맛있는 음식을 뚝딱 만들어 주신다.

"꽃게탕 먹을래? 살이 꽉 찼더라."

"김치 수제비 해줄까? 너 잘 먹잖아."

"카레 괜찮니?"

"전복 있거든? 전복죽 맛있게 만들어줄게."

"만두 만들어 먹을까? 먹고 싶었지? 오늘은 조금만 하자. 50개 정도."

꽃게탕은 해볼 생각조차 안 해봤다. 엄마는 참 쉬운 요리처럼 말한다. 김치 수제비도 맛있어서 계속 먹다가 배 아플 때까지 먹었었다. 카레도 진심 맛있다. 전복도 쓱싹쓱싹 손질하다 보면, 어느새 전복죽 완성이다. 미역국도 엄마가 만든 국이 백만 배는 더 맛있다. 같은 재료로 하는 건데도 엄마 밥을 먹고 있으면 황홀하다. 맛있다, 완전.

집에 가는 날이 되면, 엄마는 아침부터 내내 서서 반찬을 만드신다. 절대로 내가 집에서 해 먹을 리 없는 연근조림, 우엉조림, 콩나물무침, 시금치나물, 장조림, 물김치 등 엄마 손에서 반찬이 하나둘씩 뚝딱 만들어진다. 가끔은 만두도 100개씩 만들어서 50개 정도를 싸주신다. 결혼하기 전, 만두 하는 날이면 들떴다. 만드는 건 귀찮은데 (만두피도 재료도 엄마가 다 만들고, 나는 속만 넣을 뿐인데도) 직접 쪄서 바로 먹는 맛은 진정 예술이다. 앉은 자리에서 10개도 먹는다. 만두 속 재료들 하나하나 엄마의 정성이 들어가 있다. 쭉 짜서 다진 김치, 두부, 따로 볶은 고기, 불려서 삶은 당면 등. 음식이 오래 걸릴 것 같으면 시작조차 하지 않는 나는, 하나하나 준비해서 만들어가는 엄마가 항상 대단해 보였다.

이제 연근조림과 우엉조림은 할 줄 안다. 다만 연근과 우엉을 칼로 써는 게 귀찮을 뿐. 시금치나물과 콩나물무침도 할 수 있다. 나물 반찬은 결혼하고 1년이 지나고 나서야 만들기 시작했다.

일정을 다 마친 남편이 데리러 왔다. 저녁을 같이 먹었다. 사위가 오면 반찬도 진수성찬이다. 낙지볶음이 어느새 또 뚝딱 만들어져 있다. 고기는 언제 하신 거지? 고기도 상 위에 놓여 있다. 저녁을 배불리 먹고 갈 준비를 한다. 아침부터 계속 서서 만든 엄마의 반찬을 바리바리 싸 들고 집을 나왔다. 다 실어 나르고 나면 남편이 나를 부른다.

"가자."

아쉬워서 발길이 떨어지지 않는다. 차에 올라탔다.

"가라."

창문을 내리고 엄마 아빠의 얼굴을 보며 손을 흔들었다.

"응, 갈게."

갑자기 눈물이 나오려는데 꾹 참았다. 겨우 인사를 하고 창문을 올렸다. 눈썹 사이 미간이 찌푸려졌다. 눈물이 뚝뚝 떨어졌다.

남편에게 들키면 창피하니까 쥐도 새도 모르게 빨리 닦았다. 다 커서 엄마랑 헤어진다고 우는 걸 들키면 평생 놀림감이 될 거다. 절대 들켜서는 안 된다. 그런데 콧물은 어쩔 수가 없다. 콧물 삼키는 소리에 남편이 쳐다본다.

"울어?"

이해 안 된다는 듯 눈을 동그랗게 뜨고 나를 쳐다본다. "아냐 신경 쓰지 마. 가려니까 아쉽고 그래서 그래." 괜히 더 큰 목소리로 말한다. 으, 창피해.

엄마, 아빠, 나, 남동생 넷이 살 때가 그립다. 누난데 잘해주지도 못했다. 미리 돈을 벌고 용돈도 주고 밥 잘 사주는 예쁜 누나여야 했는데…… 나 사는 것만 생각하느라 바빴다. 아빠랑도 등산 몇 번 더 할 걸 그랬다. 엄마랑 여행 많이 다녀올걸. 돈 좀 빨리 벌어 놓을 걸. 왜 나만 생각하며 살았을까? 엄마, 아빠, 동생 살뜰히 챙기고 그럴 걸.

종종 엄마랑 서울에서 만나곤 한다. 지난달에는 미쉘린가이드로 선정된 평양 냉면집 '우래옥'도 다녀왔다. 냉면으로 배를 두둑이 채우고 나오니, 종로 5가 광장시장이 바로 옆이다. 서울 재래시장을 가면 북적북적한 그곳만의 분위기가 있어서 지나가기만 해도 기운이 솟는다. 평화시장 건물을 보고 엄마가 들어가자 한다. 낯선 곳인데 엄마는 자주 와본 듯 이리저리 길을 잘 찾는다. 같이 쇼핑한 것도 참 오랜만이다. 엄마는 니트를 하나 샀다. 옆에 걸려 있는 니트를 보더니 "너도 하나 골라 엄마가 사줄게." 하신다. 점원이 묻지도 않았는데, "오늘 얘가 밥을 사 줘서 내가 옷 사 주는 거예요." 이런 말까지 한다. 결혼 전에도 단둘이 이렇게 데이트 많이 할 걸. 을지로4가 역에서 헤어졌다.

"너 어디서 갈아타니?"

"나는 5호선으로 가서 공덕역에서 갈아타. 엄마는?"

"나는 2호선 타야 해. 같이 타고 못 가네. 몇 정거장 같이 갈 수 있으면 그러려고 했더니."

엄마랑 헤어지고 집에 오자마자 아이들을 어린이집에서 데리고 왔다. 오자마자 저녁을 하기 시작했다. 오늘 뭐 먹지? 매일 같이 뭘 해 줘야 하는지 맨날 모르겠다. 하기 귀찮기도 하고. 고민하다 국 한 개 겨우 하고 지쳐서 쓰러진다. 엄마는 집에 가서 저녁 뭐 드셨을까? 엄마의 맛있는 밥이 더 생각나는 저녁이다.

블로그로 전하는
내리사랑

아이들에게 사랑을 남기고 싶다. 워킹맘이라
서 못 챙겨 준 사소한 사랑을 SNS로 영원히 남기고 싶었다. 일상
을 블로그에 남겨 엄마의 살림(독서, 글쓰기)을 전달해 주고 싶기 때
문이다. 아이들은 부모가 옆에 있을 때는 소중함을 모르다가 철
이 들고 나이가 들면 부모의 소중함을 그리워한다. 아이들이 나
를 찾을 때 힘이 되어 주고 싶어서 독서, 글쓰기, 책 쓰기를 병행하
고 블로그에 남기고 있다.

2016년 3월 11일 나에게 큰 사건이 있었다. 내가 이 세상에서
제일 존경하시는 시아버님께서 돌아가셨다. 시아버님은 혼자서

열과 성을 다해 하루도 쉬지 않고 일거리를 찾아 막노동 또는 농사일을 부지런히 하셨다. 다리에 큰 상처가 있는데도 봄에 혼자서 논일을 하시다가 병이 깊어져 몸이 퉁퉁 부어올랐다. 경대병원에서 검진을 받고 치료될 병이 아니라고 했는지 혼자서 고민하시다가 그만 돌아가시고 말았다. 3월 11일 난 진주에서 열심히 근무하고 있는데 갑자기 병원으로 오라고 해서 2차 검사로 치료하는 줄 알고 외출만 신청해서 나갔는데 119에 실려 오셨다.

내 가슴은 터질 듯 아팠고 어쩌면 우리를 먹여 살리려고 좋은 옷, 좋은 신발을 사주어도 모셔만 놓고 건강을 위해 막노동 일을 하신다고 했다. 항만청에서 일하던 시절 시아버님께서는 퇴근 시간쯤 되면 자전거를 타고 시어머님께서 장만해 주신 밑반찬을 자전거 뒤에 싣고 내게 건네주셨다.

"애들 챙겨서 먹여라. 힘들어도 애들을 위해서 열심히 살아라."
"감사합니다. 차라도 한잔하시고 가세요."
"논에도 가봐야 하고 바빠서 간다."

애들 셋을 데리고 진주로 이사 오면서 내 손으로 애들을 돌보면서 그 후의 삶은 아침, 저녁으로 정신이 하나도 없었다. 큰딸 유진이가 진주에서 학교에 다니게 되어 동생 민정이는 잘 다니던 삼천포 초등학교에서 진주에 있는 OO초등학교로 옮겼다. 성민이는 집 앞 어린이집에 보내고 아침 7시에 보냈다가 저녁 늦게 데리러 갔다. 진주로 이사를 오고 나면서부터 애들이랑 시간을 맞추어서 주말에 시댁으로 가보려고 해도 시간이 잘 안 맞았다. 시부모님께서 주말에 삼천포 수산시장에서 시장을 봐서 싱싱한 해산물 먹거리를 장만하여 우리 집으로 오셨다. 다른 사람들과 달리 시댁이 참 좋다. 마음이 푸근하고 시부모님과 함께할 때는 마냥 즐겁고 내 몸이 건강해졌다.

시아버님께서 항상 말씀하셨다.

"하 씨 집안에 딸을 홍 씨 집안으로 하나 보냈으니, 우리 하 씨 집안으로 시집이 오는 게 맞다."

이게 무슨 소리냐면 우리 동네 삼촌이 남면 상가 하 씨 집안 숙모랑 결혼했기 때문이다. 우리 동네 삼촌은 선생님이셨고 우리 신랑 집안 숙모 집안도 선생님 집안이셨다. 집안끼리 서로 잘 알고 지내시니 참으로 마음이 편하고 귀한 대접을 해주셨다. 행복한 삶을 살아서 모든 게 즐거웠고 항상 웃으면서 살게 되었다. 시아버님은 하 씨 문중에 산소도 봉안묘로 이장할 때 부지가 없었다. 선뜻 부지를 내어 주셨다. 시부모님은 분가하여 삼천포에서 블록공장을 세를 얻어서 돈을 벌었다. 그러다가 1987년 셀마 등 대형 태풍으로 인한 삼천포 항만 근처 집들이 모두 떠내려가던 해가 있었다고 했다. 그때부터 돈을 자루에 거머쥐기 시작하여 1992년도에는 3층짜리 건물을 짓게 되었다. 그해 내가 시집을 갔는데 우리 동네에서 난리가 났다. 최고 부잣집으로 시집을 간다고. 친정에서는 돈이 없어서 아버지께서 지참금 삼백만 원을 주셨다. 시어머님은 아무것도 안 해주어도 된다고 말씀하여 그렇게 3년 연애 생활을 접고 시집을 가게 되었다. 친정엄마가 직장을 안 다니면 아깝다고 다니라고 하여 다시 직장을 다니기 시작했다. 남해에서 직장을 다녔기 때문에 엄마는 나를 데리고 있고 싶었다. 퇴근하고 "엄마." 하고 오는 나를 기다리다가 결혼하고 나면 허전해서 그랬다고 했다. 우리 신랑도 직장을 안 다니면 나중에 나이 들어서 나 자신이 초라해져서 후회한다고 다니라고 하였다. 시부모님들도 힘껏 도와주신다고 하여 계속 다니게 되었다. 직장을 다니는 게 난 너무 싫었다. 집에 오면 행복한데 사무실만 가면 머리가 아팠다. 열심히 살아야겠다고 다짐하고 다짐하면서 다니기 시작했다.

시아버님은 우리 집에 놀러 오셔도 항상 내 편이었다. 며느리 사랑은 시아버지라 할 정도로 그랬다. 신랑이 나보고 집 장만을 하라고 해서 내가 애들이 세 명이라는 이유로 집을 장만했다. 고속도로 주변이라고 시끄럽다고 신랑은 싫다고 했다.

"고속도로가 앞에 있으니까 시원하게 뚫려 있고 앞을 가리지도 않을뿐더러 너무 조용하면 사람이 우울해진다. 활기차게 차들이 왔다 갔다 하는 곳이 좋은 곳이다."라고 시아버님은 말씀하셨다.

그렇다. 고속도로가 있으니까 차들이 쌩쌩 달려서 항상 분주하다. 뒤쪽은 강이 보이고 산들이 주변을 감싸고 있는 아주 명당 중의 명당이다. 예전에 이곳에 만 석 군이 살았던 터다. 이사 온 지 10여 년이 지났는데 주말마다 느끼는 것은 휴양지에 온 것 같다. 언젠가는 집값도 많이 오를 테고 애들도 건강하게 키우려고 노력하고 있다. 그 이후 다시는 우리 신랑은 집에 대해서 말을 일절 안 하고 이사 가자고도 않는다. 왜냐면 사통팔달로 어디를 가든지 막힘이 없고 자유롭고 시원시원하게 교통이 원활하기 때문이다.

시아버님께서는 큰딸을 예뻐하셨다. 동네 사람들과 어귀에 놀러 가면 꼭 데리고 다니셨다. 노래자랑을 하는 유원지로 놀러 갈 때는 노래도 부르게 하였다.

"오늘 유진이가 동네 사람들 틈에서 소양강 처녀를 불렀다. 하하하."

유진이가 5살 때였다. 사진을 볼 때마다 시아버님의 웃음꽃이 만발한 얼굴이 아른거린다. 얼굴이 예뻐서 나중에 아나운서 시켜도 되겠다고 큰소리로 말씀하시곤 했다. 아직도 귓가에 맴돈다. 돌아가신 그날 큰딸은 목놓아 울었다.

"할아버지! 할아버지! 보고 싶어요."

아직도 할아버지를 너무 보고 싶어 한다. 나 또한 그렇다. 지금은 하늘에서 편히 쉬고 계실 거라고 믿는다. 힘들 때면 언제나 기도를 한다.

"도와주세요.", "도와주세요." 몇 번을 마음속으로 빌고 또 빈다. 아니나 다를까 모든 것이 이루어지곤 했다.

서부청사 개청 업무로 바쁘다고 찾아뵙지도 못했다. 열심히 일한다고 정말 소중한 가족을 지켜 주지 못한 게 너무 한스럽고 마음이 아프다. 이 글을 하늘나라에 계시는 시아버님께 바치고자 한다.

"보고 싶어요. 아버님! 편히 쉬세요."

블로그로 아이들에게 사랑을 전해보면 어떨까요?

문득
엄마가 그립다

엄마가 돌아가신 지 20년째. 세상을 잃은 듯 암울했던 시간이 지나갔다. 그리움도 엷어졌다. 그렇다고 생각했다. 어느 순간 엄마가 몹시 그립다. 특히 갱년기 들어서면서 횟수가 잦아졌다. 가스레인지 끄는 손이 멈칫한다. "가스 불 껐냐?" 엄마가 외출할 때면 몇 번이나 묻곤 했던 말이다. 한두 번은 "응, 껐어." 하고 대꾸하지만 서너 번 이어지면 "아까 확인했잖아. 엄마, 왜 그래?" 문을 쾅 닫고 먼저 나와 버린다. 문단속하고 조금 나서다가 엄마가 다시 묻는다. "문단속 아까 했지?" "아까 했잖아." 대답을 듣기도 전에 엄마는 돌아서서 집을 향해 다시 간다. 손잡이를 돌려보고 잠겼음을 확인한 후에야 "잠겼네." 하며 안심한다. 나는 눈을 부라리며 "엄마는 왜 그러는데?" 볼멘소리를 낸다. 그래도 되는 줄 알았다.

그런데 요즘은 내가 그렇다. 운전하고 가다가도 문득 가스 불을 껐는지 안 껐는지 생각이 안 난다. 불안하다. 걱정되어 도저히 일을 보러 갈 수가 없다. 할 수 없이 차를 돌려 집으로 다시 온다. 가스레인지를 확인하고 나서야 안심한다. '가스 불 껐어. 가스 불 껐지.' 나에게 말을 건다. 문단속은 전자키 덕분에 한걱정 덜었다. 다행이다. 다시 돌아 나오면서 엄마가 그때 왜 그랬는지 비로소 알게 된다. 엄마가 살았던 나이가 되어야 비로소 알게 되는 것들이다.

그동안 김치를 담지 않았다. 김치만큼은 편하게 살았다. 젊은 시절, 서울 살 때는 엄마가 택배로 김치를 보내주셨다. 택배 상자를 열고 김치를 꺼내서 냉장고에 넣으면 김장 끝이었다. 겨우내 김치를 먹으면서도 그다지 고마운 줄 몰랐다. 엄마니까 당연한 줄 알았다.

남편은 김치를 좋아한다. 김치찌개 하나면 밥투정하는 법이 없다. 심지어 김치 볶음은 스스로 한다. 콩나물국밥집에 가도 김치가 들어간 것을 시킨다. 그래서 항상 냉장고에는 묵은지가 필수품이다. 남편이 생겼으니 남편 좋아하는 김치쯤은 나도 담가야 한다는 생각이 들었다. 그래서 올해는 '김치 담그기'에 도전을 해본다.

엄마 생각이 난다. 아무리 생각해도 엄마가 어떻게 김치를 담그는지 모르겠다. 나이가 들수록 예전에 엄마가 해준 음식 맛이 생각난다. 그 맛을 찾기 위해 노력하지만 방법이 없다. 다행히 요즘은 뭐든 알려주는 유튜브가 있다. 유튜브에 배추 쉽게 절이는 법을 검색했다. 큰 통이 없는 경우 큰 비닐에 넣어서 배추를 절이면 쉽다는 것을 알았다. 이런 방법도 있구나. 신기했다. 따라 해 보기로 한다. 유튜브에서 배운 방법대로 비닐을 사서 배추를 절인다. 그런데 실내에서 배추를 절이다 보니 배추가 절여지면서 물이 생겼다. 비닐은 그 물을 지탱하지 못해서 물이 한쪽으로 쏠리면서 바닥으로 쏟아진다. 배추를 절이는 것보다 바닥에 쏟아진 물을 닦아내는 것이 더 힘들다. 편리하기는 하지만 단점이 있다. 직접 해 보고 실수하면서 배우는 것 같다. 어찌어찌 배추가 만족스럽게 절여졌다. 배추는 화장실에 큰 채반을 놓고 씻었다. 화장실에서 배추를 씻으려니 머리카락이 들어갈지 몰라서 신경이 쓰인다.

배추를 씻으면서도 엄마랑 살았던 집들이 생각난다. 예전에 살던 집에는 작은 마당이 있고 마당 한 모퉁이에 수도가 있었다. 배추는 마당에서 절이고 씻었다. 물을 틀어놓고 물이 튀든 말든 시원하게 씻었다. 실내에서 김치를 담는 것은 여러 가지로 어려움이 있다. 요즘에는 절인 배추도 많이 파는데 다음 해에는 절인 배추를 사서 할까? 하는 생각이 든다. 배추가 절여졌으니 거의 다 왔다. 이번에는 양념이다. 먼저 다시마, 멸치, 새우 등 온갖 재료를 넣어 육수를 만들었다. 우려낸 육수에 고춧가루를 불려야 한다기에 고춧가루를 넣었다. 고춧가루를 불리는 동안 배추에 넣을 속을 만들어야 한다. 배추를 버무릴 때, 부재료를 갈아 넣으면 깔끔하다는 소리를 들었다. 사과 갈고, 배 갈고, 무 갈고, 양파도 갈았다. 갈아 놓은 물을 한곳에 모으니 양이 제법 많다. 고춧가루를 불린 육수에 간물을 넣으려다 멈칫했다. 이미 육수에 고춧가루를 적당히 풀었는데 이렇게 많은 물은 넣으면 어쩌란 말인가? 영상으로 보는 것과 실제로 해보는 것과는 차이가 있었다. 첫술에 배부를 수는 없다. 이러면서 배우는 거지 하면서 엄마 김장할 때 눈여겨볼걸 후회되었다. 좌충우돌 '김장하기'는 어찌어찌 끝냈다.

뒷마무리하면서 또 엄마 생각을 한다. 스무 포기 배추도 쩔쩔매는데. 엄마는 김장을 200포기는 했던 것 같다. 배추가 마당 가득하다. 찰밥만도 한 솥을 했다. 물론 그때는 이웃 간에 정이 있어서 서로 품앗이했겠지만, 산처럼 쌓인 배추를 어떻게 담갔을까? 미루어 짐작조차 못 하겠다. 따뜻한 실내에서 버무려도 힘든데 엄마는 차가운 밖에서 찬물에 손 담그며 배추를 씻고 부속 재료를 손질했다. 200 포기를 버무리고 나면 허리는 또 얼마나 아팠을까? 장사하면서 언제 김장했을까? 요즘처럼 홈쇼핑에서 김치를 사는 세상도 아니다. 식구에게 김치를 먹이려면 엄마가 움직일 수밖에 없었다. 김장하며 동동거렸을 엄마가 김치 통 위에서 맴돈다.

김장을 끝내고 남편과 볼링장에 왔다. 볼링공을 잡으려는 손이 주춤거린다. 30대 초반, 엄마랑 문화센터에 등록해서 볼링을 함께 배웠다. 코치가 볼링 치는 자세를 알려준다. 엄마랑 나랑 똑같이 배우는데도 엄마의 자세는 엉성하다. 엄마는 아랑곳하지 않는다. "이까짓 것." 말하며 볼링공을 두 손으로 든다. 볼링핀을 향해 힘차게 던진다. 공이 제대로 굴러갈 리 없다. 엄마는 볼링공이 어떻게 굴러가도 까르르 웃는다. 어쩌다가 스트라이크라도 치면 팔짝팔짝 뛰며 하이파이브를 외친다. 엄마는 웃을 줄도 아는 사람이었다. 엄마가 낯설게 느껴진다. 엄마를 바라보는 나의 얼굴에도 미소가 번진다.

언니가 엄마의 도움을 요청했다. 엄마는 서둘러 제주도로 내려갔다. 6개월 만에 엄마와 볼링 나들이가 끝났다. 엄마는 아플 때까지 언니네 일을 도왔다. 엄마는 일만 하다가 자식들이 살만하니까 돌아가셨다. 엄마의 일생을 생각하면 인생이 허무하게 느껴진다. 어쩌면 이렇게도 엄마랑 놀았던 추억이 없을까? 문화센터에서 볼링을 쳤던 기억조차 없었으면 얼마나 삭막했을까? 엄마 대신 남편과 볼링을 친다. 그때 배운 자세로 볼링공을 힘차게 굴린다.

카톡방에 이모를 모시고 이종사촌 언니들 셋이 놀러 간 사진이 올라온다. 큰이모다. 딸들은 나이가 들면 다들 비슷해진다. 이모를 보고 있으면 엄마를 보는 것 같다. 언니들은 이모랑 여행도 가고 맛난 음식도 먹고 장난도 치면서 노는 사진을 여러 장 보여준다. 콧등이 시큰하다. 여자는 나이가 들수록 엄마의 삶을 이해하게 되는 것 같다. 50이 넘어서야 엄마도 여자였다는 것을 안다. 얼마나 외로웠을까? 엄마의 삶을 이해하는데 50년 세월이 흘렀다. 나이가 주는 선물이다. 카톡 방에서 이모가 천진난만하게 웃고 있다.

제5장

남아있는 삶에 전하는 말 * 희망

박상림

배우고
성장하고 있는 나

　　　　　　1988년 미국 한 주립대학교에 흰머리의 노인
이 있었다. 많은 사람이 그를 교수로 생각했지만 그는 60세 넘게
학교를 떠나지 않은 학생이었다. 평생을 배워야 한다는 고귀한 생
각에서가 아니었다. 자신이 뭘 해야 할지 몰라서 계속 미국의 각
주를 돌며 학교와 전공을 바꾸면서 배우는 중이었다. 학자금 대
출을 갚기 위해 계속해서 허드렛일로 푼돈을 받으면서 온전한 가
정도 없이 그곳을 벗어나지 못하는 삶을 살았다. 노인은 공부 중
독에 빠졌다. 진짜 자신이 누구인지를 잃어버렸다. 오직 배우는 것
에만 집착하게 된 것이다. 자신이 왜 배워야 하는지 그 본질을 잊
고 배우는 것에 매몰되었다. 자신의 정체성과 비전을 찾지 못해

방황하고 있었다.

'나는 누구인가?', '이 세상에 존재하는 이유는 무엇인가?', '나의 강점은 무엇인가?', '앞으로 무엇을 해야 하는가?'라는 질문에 답을 찾아볼 필요가 있었다. 자신 안에 있는 답을 찾는 것이 먼저였다. 나 또한 정체성과 비전을 찾지 못하고 밖에서 찾으려는 것이 노인과 닮아 있었다. 배움에 대한 열망에 빠져서 계속해서 새로운 강의나 책을 수집하였다. 우선순위를 제대로 정하지 못하고 기계적 시간 속에서 허우적거리고 있었다. 나를 바꾸어야 했다. 누가 대신해서 해줄 수 있는 것이 아니었다. 선택과 집중. 그중에서 책 쓰기에 집중하기로 했다. 단 한 줄이라도 쓰겠다고 결심했다.

글쓰기 훈련을 위해서 블로그를 선택했다. 혼자서 쓰려고 했는데 몇 번 쓰다 보니 다시 원래의 삶으로 돌아갔다. '매일 1일 1 포스팅을 해야지.' 마음먹었지만 소용이 없었다. '목책모 독서모임' 단톡방에서 서성미 작가가 운영하는 '블로그 함께 쓰기 챌린지'를 신청했다. 한 달 동안 꾸준히 포스팅을 하면 참가비 중 일부를 돌려받을 수 있었다. 블로그에 그림책 수업 후기와 서평 쓰기, 일상생활 등 세 가지의 주제로 글을 써서 발행했다. 혼자서 할 때는 포기가 빨랐지만 팀원들과의 약속이기 때문에 어떻게 해서든 12시 전에 포스팅을 남겼다. 1일 1 포스팅을 남기면서 작은 성취감을 얻을 수 있었다. '나도 할 수 있는 사람이었네'라는 생각이 들었다. 나 자신에 대한 믿음이 생겨났다. 블로그에 글을 쓰고 공유한다는 것 자체로 뿌듯했다. 함께하는 팀원들이 내 글을 읽고 댓글도 남겨주고, 응원도 해주어 즐겁고 신났다. 블로그 챌린지는 끝났지만 계속 글을 쓰고 있다.

　책 쓰기 사부님 이은대 작가님의 강의를 1년 넘게 듣고 있다. 사부님은 일기 쓰기, 독서 노트, 블로그 글쓰기를 강조했다. 강의를 들을 때는 '맞아, 저렇게 해야지' 하면서도 그때뿐이었다. 그러던 어느 날 새벽에 문득 '나도 해봐야지'하고 바인더를 펼치고 일기를 쓰기 시작했다. B5 백지에 15분 정도 글을 쓰니 한쪽이 채워졌다. 기억 속에서 흩어져 버린 삶의 조각들이 글로 기록됐다. 일기를 쓰다 보니 감사하다는 말이 수시로 나온다. 전생에 나라를 구한 나는 주말부부이다. 남편이 주말에 와서 쉬고 싶다고 거실에 누워서 텔레비전만 보고 있을 때 뜨거운 것이 저 밑바닥에서 올라온다. 밉기도 하고 화도 난다. '도대체 우리 집이 하숙집인가? 왜 와서는 쉬고 싶다고만 해. 나도 쉬고 싶고 일하기 싫은데.' 하고 생각했다. 관점을 바꿔 보기로 했다. 건강한 모습으로 가장 역할을 해주는 것만으로도 감사하다는 생각이 들었다. 가끔은 "저녁 뭐 해 먹을까?" 물어보고 김치찜이나 수육을 만들어 줄 때도 있었다. 그것을 일기로 쓸 때면 감사하다는 말이 몇 번은 반복되어서 나온다. 지금 이 순간 행복한 삶을 살고 있어 감사하다고 기록할 수 있었다. 모든 기록들이 모여서 내 삶을 만들어 가고 있다.

성공한 사람들의 공통점 중 하나는 새벽 기상이다. 성공하고 싶다면 성공한 사람들의 행동을 따라 하라고 한다. 새벽 기상을 하려고 새벽 4시 30분에 알람을 맞추어 놓았다. 성공한 사람들의 행동을 따라서 매일 반복하다 보면 습관이 되고, 습관은 인생을 바꾸어 놓을 수 있다고 했다. 아무런 계획도 없이 새벽 기상에 도전했다가 실패만 맛보았다. 알람이 울리면 귀신같이 일어난다. 그리고 알람을 끄고 다시 침대 이불 속으로 들어간다. '5분만 더 자야지.'하고 생각했던 것이 한 시간이 훌쩍 지나 버렸다. 내일도 별반 다르지 않다. 새벽 기상 실패가 반복되니까. '나는 안 되는 사람인가?' 부정적인 생각이 올라왔다. 나에 대한 믿음이 조금씩 사라져 갔다.

새벽 기상이 계속 안 되는 원인이 무엇일까를 생각해 보았다. 새벽에 일어나야 하는 이유가 없었다. 도대체 '왜 새벽에 일어나려고 하는데?, 일어나서 뭘 하고 싶은데?, 어떤 변화를 만들어 내고 싶은데?, 새벽 기상을 90일 동안 해내고 나면 난 어떻게 살고 있을 것 같은데?'라는 질문을 던져보기 시작했다. 답은 내 안에 있었다. 이유를 찾아보니 새벽에 일어나서 나만의 시간을 만들고 싶었다. 새벽에 읽는 책은 달랐다. 집중이 잘되고 책의 내용이 머릿속으로 쏙쏙 들어오는 느낌이었다. 하루하루 새벽 기상에 성공해서 '나도 할 수 있다'는 자신감을 나에게 선물하고 싶었다. 계속 실패했던 내 모습을 성공하는 내 모습으로 바꾸고 싶었다. 일어나서 뭘 할 것인지 정했다. 새벽 5시 알람이 울리고 바로 일어나 침대를 정리를 했다. 15분 정도 타임워치를 설정하고 일기를 썼다. 긍정 확언문을 작성하고 외치기 시작한다. '나는 나를 사랑한다. 나는 즉시 반드시 될 때까지 할 것이다. 나는 있는 그대로의 나를 인정하며 말과 행동이 일치하는 삶을 살고 있다.' 등 20가지 정도를 바인더에 쓰고 그것을 따라 읽으며 녹음했다. 오늘 해야 할 일들을 바인더에 기록하고, 책을 30분 정도 읽는다. 하나씩 하고 나면 시간은 훌쩍 7시에 와 있었다. 아이들을 깨우고 학교 갈 준비와 아침밥을 차려준다. 어제보다 오늘이 조금 더 나아지길 바란다.

나는 배우는 중이다. 어제보다 나은 오늘을 살아가기 위해서 노력한다. 어떤 일은 최선을 다했지만 결과가 기대 이하일 수도 있고, 어떤 일은 좋은 결과를 만들 수도 있다. 기대 이하일 때는 비난이 아닌 자신을 위로해주고 좋은 결과를 만들어 냈을 때는 감사하려고 한다. 자신에게 이렇게 할 수 있는 사람은 타인에게도 위로와 감사를 할 줄 안다. 오늘도 배움이 비전과 연결되는 삶을 살려고 노력 중이다.

김효진

거기 어때?

비 온다. 비를 좋아한다. 먼지 풀풀 날릴 때 딱이다. 비가 살짝 내리면 먼지는 땅 깊은 곳으로 스며들고 없다.

"효진아, 마당 좀 쓸어."

"엄마는 왜 맨날 나한테만 시켜!"

동생도 있는데 늘 일은 내 몫이다. 첫째라 그런가? 아무래도 많이 말하다 보니 입만 떼면 내 이름이 먼저 나오는가 보다. 하긴 동네 사람도 우리 엄마를 '효진아'라고 부른다. 왜들 그렇게 부르는지 모르겠다. 가끔은 나를 부르는 게 아닌지 헷갈린다.

두리번거려 빗자루를 찾는다. 가운데가 다 빠져버린 싸리비. 한

손으로 잡기 버겁다. 기다란 토방을 다 쓸고 마당으로 내려간다. 좀 넓다. 성질난 비질에 먼지가 뿌옇게 일어난다. 콜록콜록. 에잇! 토방은 단단해서 먼지가 조금 나는데 마당은 흙 천지다. 마당 한쪽 우물가. 빨간 대야 안에 받아진 물 한 바가지를 퍼 온다. 마당에 쪼매난 손으로 물을 뿌리고 다시 빗자루를 잡는다. 반이나 쓸었나? 하늘에 무심하게 뜬 해가 뿌려놓은 물을 다 말리고 있다. 물 한 바가지 가지고는 어림없다. 비질을 멈추고 등을 펴 하늘 한 번 본다. 비나 내리지. 슥슥 콜록콜록. 슥슥 콜록콜록.

"자기야, 담배 좀 끊으면 안 돼? 몸에도 안 좋다는데, 나랑 결혼하려면 금연!"

"아이고, 글씨가 이게 뭐야~? 지렁이도 웃고 가겠네."

"아빠, 술 좀 끊어, 이제 싸우지 말고 행복하게 좀 살면 안 돼?"

"엄마! 그냥 좀 들어줘. 아빠가 외로워서 그러잖아."

"야, 너 진짜 그렇게 사는 거 아니야. 그러다 벌받아."

내 것이 아닌 남 일에 오지랖 부렸다. 바라는 대로 변하지 않는다고 화도 많이 냈다. 행복해지고 싶었기에 '그것'만 바뀌면 행복해질 것 같았다. 너 때문에 행복하지 않다고 했다. 너 때문에 힘들다고 말했다. 그때 나는 완벽한 피해자였다. 행복할 수 없는 이유를 남에게서 찾았다. 누군가는 상처를 받고, 누군가는 욕을 했으며 누군가는 나를 떠났다. 시간이 지나고 다른 사람이 와도 행복할 수 없었다. 바꿀 수 있는 것은 그들이 아니었다. 나였다. 자신을 보지 않고 남을 보았다.

결혼하고 아이가 생겼다. 행복했어도 되는데, 행복하지 않을 이유를 찾으면서 계속 불행해했다.

'미친년, 그러다 남편 도망가겠다.'

진짜로 도망가면 어쩌지? 심리 상담, 자기 최면, 여기저기 기웃거리다가 마음공부를 해야겠다고 결정했다. 군포에 있는 자비선원에 갔다. 마음을 들여다보기 시작했다.

불행한 어린 시절이었다. 찾고 싶었다. 나에겐 없는 것 같았다. 반드시 찾아내야 내가 행복해질 것 같았다. 마음에 먼지가 가득 쌓여 답답했다. 마음속 돌아다니는 생각을 깊이깊이 가라앉히고 싶었다. 쉽게 되는 것이 아니었다. 30여 년을 그 속에서 살았는데 쉽게 가라앉을 마음이 아니었다. 그냥 보고, 또 보고, 또 들여다볼 뿐이었다.

신랑이 늦게 온다고 하면 화를 냈다. 마음공부를 하자 행동이 조금 바뀌었다. "응, 그래." 하고 전화를 끊고 '화가 나는구나. 신랑이 집에 일찍 안 온다고 해서 화가 많이 나는구나.' 하고 알아주었다. 화가 올라올 때마다 똑같은 말을 반복하며 내 마음을 알아주려고 노력했다. 그러다 보면 '응, 그래. 화가 나는구나. 신랑이 일찍 안 와서 서운하구나. 힘든데 안 오니까 슬프구나.' 하고 마음속에서 화난 이유를 알려주곤 했다. 그 마음을 보고 행동을 바꾸는 것이 내 몫이었다. 신랑의 행동을 바꾸는 것은 신랑 몫이다.

"늦게 갈 것 같아. 미안해."

내가 달라지니 남편의 말도 달라졌다. 늦게 왔으면 미안하다고 사과해야지 하며 기어코 사과를 받아내었던 예전과 비교하면 큰 발전이다. 화낼 때는 그렇게도 듣기 어렵던 말이었는데, 울컥! 가슴이 뜨거워졌다.

할 수 없는 것과 할 수 있는 것을 구분해야 한다는 걸 배웠다. 할 수 없는 것은 하늘에 맡기고 할 수 있는 것을 해야 했다. 비를 내리는 일은 하늘에서 하는 일이었고, 마당에 물을 뿌리고 비질하는 것은 내가 할 수 있는 일이었다. 괜히 할 수 없는 일에 에너지 버리고 시간 버렸다. 내 몫이 아닌 걸 애써 바라고 마음 졸이며 살았다. 인생을 제대로 살지 못했다. 아쉽다.

노력하는 중이다. 싸우면 일주일 넘기는 게 기본이었다. 이제는 이틀 넘기지 않으려고 한다. 웬만하면 바로 사과한다. 삶이 조금씩 변하고 있다. 안다고 다 해결되는 것은 아니다. 아직도 화날 때 화를 내고, 남 탓할 때도 있다.

'할 거면 제대로 해야지 끈기 부족이야? 역시 나 같은 게 무슨…… 해봤자 다시 원래대로 되돌아갈 거면서 왜 하는 거야? 끝까지 할 거 아니면 하지 마! 그냥 모른 척하고 살자.'

자책감으로 몇 날 며칠 우울하기도 하다. 생각과 같이 움직여주지 않는 스스로가 답답할 때도 많지만 계속해 본다. 포기하지 못하는 이유는 내 삶은 한 번뿐이니까. '다시 보기'처럼 다시 살 수 없다. 지나온 삶이 아까운 만큼 더 잘 살아가고 싶다. 내 삶의 주인은 나다. '진짜 주인공'으로 살기를 원한다. 남은 나의 인생은 어떨지 궁금하다. 그 어디쯤에선가 찾고 싶은 건 찾았을지…… 그래서 행복한지.

거긴 어때?

강문순

오늘 내가
이 일을 하는 이유

꿈을 이루기 위해 하는 일이 있다. 블로그, 인스타, 유튜브 그리고 글쓰기다. 뭐가 달라질지, 뭐가 좋아질지 모르겠다. 미래를 위한 준비로 성공한 사람들이 권해주는 일들이다. 남들이 나를 보고 뭐라고 할까 두렵다. 내 글과 영상이 나를 홍보하고 또 누군가에게 도움이 되길 바라는 마음이지만, 오히려 내 바닥을 보여주고 있는 것 같기 때문이다. 자꾸만 작아지는 나에게 내 안에 있는 또 다른 자아가 속삭였다.

'안 해도 되잖아. 꼭 해야 해? 그냥 편하게 살아.'

다 내려놓고 포기하고 싶었다. 바로 그때 책 속의 한 줄 문장이 눈에 띄었다.

天下難事(천하난사) 必作於易(필작어이)

天下大事(천하대사) 必作於細(필작어세)

《도덕경》의 저자, 노자의 가르침이다. 아무리 크고 대단한 일도 처음에는 작고 미약하게 시작하니 무시하거나 포기하지 말고 담대하게 일을 시작하라는 뜻이다. 성경 욥기 8장 7절에 '네 시작은 미약하였으나 네 나중은 심히 창대하리라'라는 말씀과 비슷한 글귀를 보며 미약한 지금이 부끄럽지 않음을 깨달았다. 태어날 때부터 남다르고 특별한 사람이었을 것 같은 위인들도 처음엔 미약했을 것이다. 무엇을 하든 성실하게, 최선을 다해 있는 힘껏 노력한 결과다. 성공한 사람들의 공통점이기도 하다.

MC 유재석에게도 길고 긴 무명 시절이 있었다. 그의 20대가 그랬다. 어느 방송 토크 쇼에서 만약 20대로 돌아간다면 갈 수 있겠냐는 질문에, 유재석은 가지 않겠다고 대답했다. 주변의 무시 때문에 좌절하며 눈치보고 살았던 그 시절이 너무 싫었다고 고백했다. 아무도 알아주지 않는 암울한 시기였지만 '나는 할 수 있어! 나는 되고 말 거야!'라는 긍정의 말로 고통과 난관을 극복해 낸 것이다. 그의 염원은 말하는 대로 이루어졌고 해마다 연예 대상의 주역이 됐다. 유재석의 이야기를 들으며 나는 지금 내 꿈의 20대 시절을 보내고 있음을 알았다. 쉰 살이 넘어서 제2의 인생을 꿈꾸는 멋진 내가 자랑스럽다.

넷플릭스 시리즈 〈오징어 게임〉에서 오일남 역을 맡은 오영수 씨가 얼마 전 골든글로브 남우 조연상을 받았다. 한국인 배우로는 최초다. 그의 연기 경력 58년 차에 월드 스타에 등극한 것이다. 남다른 감동이 내게 왔다. 윤여정 씨가 오스카 여우 조연상을 받았을 때도 같은 느낌이었다. 두 배우의 흰 머리카락이 유난히 아름다워 보였다. 흰 머리카락을 예쁘게 빗고 강단에 서서 열강하는 미래의 내 모습을 상상해 보았다. 두 배우의 영광스러운 모습과 다르지 않았다. 지금은 내 모습이 보이지 않지만 꾸준한 열정이 식지 않는 한 언젠가 내 꿈도 이루어진다는 것을 알았다. 좀 느리게 가도 괜찮다며 조급증에 걸린 내 마음을 토닥였다.

피그말리온 효과라는 것이 있다. 우리 딸이 고2 때 담임선생님께 받은 문자를 보고 피그말리온 효과를 처음 알았다. 우리가 바라는 대로 이루어진다는 뜻으로 긍정적인 기대나 관심이 좋은 영향을 미쳐 성공으로 나타난다는 의미이다. 학교 성적이 좋지 않았지만, 그림 그리기를 좋아하는 딸을 믿어주고 격려해 주며 애쓰는 나를 위해 '어머님의 간절한 마음으로 반드시 피그말리온 효과가 이루어질 것으로 기대합니다.'라고 보내준 고마운 문자였다. 그 효과로 우리 딸은 가고 싶어 하던 대학에 수시 합격했다.

'잘하고 있어, 넌 할 수 있어!'라며 지속적인 관심과 응원만 해

줬을 뿐이었다. 딸아이의 노력과 엄마의 기대와 응원이 좋은 효과를 낸 것이다.

일산에서 어린 시절을 보냈다. 허름한 우리 집이 싫어서 나도 아파트에 살아봤으면 하는 마음이 간절했었는데 어느 날 일산이 신도시가 되었다. 직장을 다니면서 퇴직하고 나면 선생님이 되는 희망을 품었더니 결국 나는 보육교사를 거쳐 지금은 강사가 되었다. 돌이켜보니 피그말리온 효과를 톡톡히 보고 있는 삶이었다. 상상은 현실이 된다고 하니 좋은 상상을 하고, 말하는 대로 된다고 하니 좋은 말을 하며 살아야 한다.

피그말리온이라는 조각가의 꿈이 현실로 이루어져 자기가 조각한 여인상이 사람이 된 것처럼 내 꿈을 사랑하고 내 꿈에 정성을 다하면 나에게도 기적이 올 것이다.

미약한 내 글과 영상을 보고 형편없다고 생각하는 사람들도 있을 것이다. 말없이 응원하며 앞으로 나의 더 멋진 모습을 기대하는 사람들도 분명히 있다. 나를 기대하는 사람들의 시선에 머물면 된다. 그들의 기대와 응원이 피그말리온 효과를 이루어 나는 점점 더 좋아지고 있다. 미움받을 용기와 희망이라는 선물을 안고 오늘도 최선을 다할 것이고 내일은 더 잘할 것이다. 나를 향한 긍정적인 기대가, 구체적인 성공부터 인생의 올바른 방향까지 잡아

줄 수 있다. 그것이 긍정의 힘이다. 그 힘으로 모든 세상의 중심에 나를 가져다 놓고 세상을 바라보니 모든 것이 소중하고 감사하다. 우주가 내 편이었다.

'나 지금 뭐 하는 거지? 나는 왜 이러지? 꼭 해야만 할까?' 하며 흔들리고 있다면 아직 어떤 사람이 되고 싶은지 정하지 않았기 때문이다. 목적도 없이 남들 따라 미로에서 방황했던 나를 붙들어 내 인생에도 피그말리온 효과가 적용되고 있었다는 것을 잊지 않고 살면 될 것 같다. 이제 목적을 분명히 해야겠다. 어떤 꿈을 이루고 싶은지 구체적이고 선명한 꿈을 향해 달려가자.

가끔, 흔들리는 마음도 인정하자. 다른 사람의 낮은 평가도 인정하자. 대신 마음을 단단하게 지켜내기 위한 마음공부를 계속하면 될 것 같다. 나태함과 조급함에서 벗어나 탄탄한 지식을 쌓으려는 노력이, 긴 무명 시절을 지나 솟아오르는 태양이 될 것이다.

SNS 활동, 꾸준한 독서와 글쓰기를 통해 아직 뭐가 달라질지, 뭐가 좋을지 모른다. 내가 하는 일들 하나하나에 정성을 들여 꾸준히 하다 보면 점들이 모여 도형이 되듯이 나도 된다는 것을 믿고 있다. 오늘 내가 이 일을 하는 이유다.

김형준

걱정 마세요,
다른 삶을 살고 있습니다

　　아버지는 글씨를 잘 썼다. 글씨는 균형이 잡혀있었고 획마다 힘이 실려 있었다. 초등학교 때 배우는 서예 글씨처럼 정갈했다. 아버지 글씨체가 부러웠다. 초등학교 입학 후 한글을 배웠던 것 같다. 받아쓰기를 하면 맞는 것보다 틀리는 게 많았다. 수업이 끝나면 매번 남아서 틀린 걸 다시 쓰고 갔던 기억이 난다. 글자도 모르니 글씨체가 엉망인 건 당연했다. 학년이 올라갈수록 공부와도 멀어졌고 자연히 글씨체도 자유로워졌다. 그때는 어른이 되면 아버지 같은 글씨체를 갖게 될 줄만 알았다. 어른이 되어서도 글씨체는 변하지 않았다. 여전히 남들 앞에서 글씨를 쓰는 게 부끄럽다. 보여주고 싶지 않은 것 중 하나다. 글씨체를 바꿔보려고 펜글씨 책도 몇 번 사서 연습했다. 연습할 때뿐이었다. 원하는 게 있다고 당연하게 얻어지는 건 없다. 바라는 글씨체가 있다면 배우고 연습해야 한다. 언제까지? 내 글씨체가 될 때까지.

자식은 부모를 보고 배운다고 했다. 태어나면서부터 보고 배우는 대상이 부모이다. 부모의 행동과 말투는 자식에게 길잡이가 된다. 긍정적인 말투를 배우면 긍정적으로 생각하게 되고, 부정적인 행동을 배우면 그렇게 행동하게 된다. 스스로 판단할 수 있을 때까지 부모의 모든 게 세상의 기준이 된다. 여섯 살 때 성남으로 이사 왔다. 그때부터 기억이 난다. 행복과 불행이 무엇인지도 몰랐고, 부모님의 역할이 무엇인지도 몰랐던 때다. 내 눈에 보이는 두 분은 늘 서로에게 화가 나 있었던 것 같다. 서로에게 화를 내며 큰소리가 오고 갔다. 가끔은 웃기도 했지만 싸우는 횟수보다는 적었던 것 같다. 사춘기를 지나 군대를 갔다 오는 동안에도 두 분은 달라지지 않았다. 여섯 살 때 본 부모님과 스물네 살에 본 부모님은 달라지지 않았다. 두 분이 처음부터 사이가 나빴던 것 아니었을 테다. 결혼하고 살면서 안 싸울 수는 없다. 싸우더라도 어떻게 싸우는지가 더 중요하다. 결혼 생활은 낯설고 서로에 대해 모르는 건 당연하다. 글씨를 처음 배울 때처럼 한 글자씩 익히는 과정이 필요하다. 그렇게 서로의 다름을 인정하면서 상처 주지 않고 현명하게 대처했다면 어땠을까? 바른 글씨를 쓰려고 매일 연습하면 예쁜 글씨가 되는 것처럼 결혼 생활 내내 서로를 위해 현명하게 싸웠다면 예쁘게 잘 살고 있지 않을까?

요즘은 동사무소에 갈 일이 적어졌다. 자주 이용하는 서비스는 인터넷으로 신청, 발급이 가능해졌다. 이전에는 등본 한 통을 발급받으려면 신청서를 작성했다. 신청서에는 이름, 주소, 주민등록번호, 발급 사유를 적었다. 펜을 들면 손이 떨렸다. 어려서부터 악필이었고, 나이 들어서도 변하지 않았다. 마주한 공무원에게 내 글씨를 보여준다는 게 더 부담이었다. 그래서 더 내 마음대로 움직여지질 않았다. 차분하게 쓰면 그나마 봐줄 만하지만 보는 사람이 있으면 내 의지대로 안 됐다. 몇 칸을 채우는데도 식은땀이 났다. 그렇게 쓴 신청서를 건네면 어김없이 질문이 되돌아온다. "주엽동이라고 쓰신 거죠?" 이마에 맺혔던 땀방울이 기어이 뺨을 타고 흘러내린다. 떨지 말고 차분하게 쓰자고 마음먹어도 그게 잘 안된다. 처음 글씨를 배울 때 바른 글씨체를 연습했다면 아마 달라졌을 수도 있었을 텐데.

글씨체가 싫었지만 끝까지 노력하진 못했다. 시간이 갈수록 부모님의 다툼에 익숙해져 가듯 보기 싫은 글씨에도 익숙해졌다. 글씨 쓸 때만 잠깐 쪽팔리면 된다고 여겼다. 원래 글씨를 못 쓴다고 인정하니 편해졌다. 인정하면 당연하게 생각하게 된다. 부모님의 불화도 익숙해져 가면서 당연하게 받아들였다. 나도 성인이 되고 연애를 하면서 다투기도 했다. 부모님이 싸우는 것처럼 남녀 사이엔 당연히 그런 거라고 인정했다. 하지만 싸울수록 불편해졌다. 싸우는 상황을 회피하고 싶었다. 언젠가부터 싸움이 시작되면 입을 닫는 버릇이 생겼다. 결혼해서도 버릇은 고쳐지지 않았다. 오히려 잠깐 입을 닫고 화를 삭인 뒤 아무렇지 않게 다시 원래대로 돌아가길 반복했다. 원래 글씨를 못 쓴다고 인정했던 것처럼 원래 그런 사람이라고 인정하는 게 편했다. 하지만 편한 게 편한 게 아니었다. 좋은 삶의 절대적인 기준은 없다. 자신이 만족하면 그게 최선이라고들 말한다. 만족하는 삶을 살려면 적어도 갖춰야 할 기본은 있기 마련이다. 바른 글씨체를 쓰려면 연습이 필요하듯, 만족한 삶을 위해서도 노력이 필요했다. 내 앞에 밥상이 차려졌다고 배가 부르지 않다. 숟가락으로 밥을 뜨고, 젓가락으로 반찬을 집어먹어야 한다. 그래야 고픈 배를 채울 수 있다. 부모님은 부모님의 삶을 살았다. 내가 바라는 게 있다면 내 기준에 맞게 살면 된다. 부모님을 보고 자랐기 때문에 그렇게밖에 살 수 없다는 건 핑계일 뿐이다. 그래서 선택했다. 내 배는 스스로 채우기로.

2018년 1월, 책을 읽기 시작했다. 수백 명의 삶을 책으로 읽었다. 나보다 더 깊은 상처를 가진 이도 있었고, 나보다 더 바닥으로 떨어졌던 이도 만났다. 모든 책의 결말은 하나같이 똑같았다. 그들 모두 자신이 바라는 삶을 살았다. 그들이 했으면 나도 할 수 있을 것 같았다. 선택하면 됐다. 부모님이 어떤 삶을 사셨는지는 중요하지 않다. 부모님 때문에 내가 어떤 영향을 받았는지도 중요하지 않았다. 이전의 내 모습은 중요하지 않다. 앞으로 내가 어떤 모습으로 살고 싶은지가 중요했다. 부모님을 원망하기보다 희생에 감사하자. 아내와 불통 대신 소통하는 방법을 찾아보자. 쓸데없는 권위 대신 나를 낮추는 노력을 하자. 바라는 모습대로 살겠다고 선택하면서부터 생각과 태도는 달라질 수 있었다. 그렇다고 당장 달라지지는 않는다. 글씨체가 하루아침에 바뀌지 않듯, 바라는 나를 만드는 것도 노력이 필요하다. 여전히 어머니에게 툴툴거리고, 아내에겐 차마 다 꺼내지 못한 말이 있고, 아이들에겐 더 다정하지 못하다. 다만 한 가지는 자신 있다. 부모님에 대한 원망은 더 이상 없다. 아내와는 침묵 대신 대화가 많아졌다. 아이에겐 권위를 내려놓았다. 보기 좋은 글씨를 쓰기 위해 꾸준한 연습이 필요하듯 내가 바라는 나를 만들기 위해 꾸준히 노력하고 있다. 언제까지? 바라는 대로 살 수 있을 때까지.

김현주

아버지의 모습에서
나의 미래를 본다

불혹(不惑). 사십 대 중반이 되니 이 말이 곱씹어졌다. '불혹(不惑)'은 세상일에 정신을 빼앗겨 판단을 흐리는 일이 없는 나이라는 말이다. 시대가 바뀌어서라고 위안 삼고 싶다. 나는 빠르게 돌아가는 세상에 어느 정도 발맞춰야 할지 정신이 없기 때문이다. 어떻게 살아가야 잘 사는 걸까 고민이 늘어만 간다. 답을 찾아보기도 전에 이런 근심이 호사일 정도로 고입을 앞둔 첫째 학원 알아보랴 함께 진로 걱정하랴 바쁘다. 마냥 초등학교 저학년일 것 같던 둘째, 셋째가 5학년 4학년 고학년이 된다. 2년 동안 코로나19 때문에 진행된 온라인 수업으로 많은 학생의 기초학력이 약해졌다는 기사가 보인다. 남의 집 문제가 아니다. 구멍을 메꾸기 위한 전략을 짜야 했다. 겨울방학을 맞아 이런저런 생각 하고 있을 때 전화가 울린다.

"너, 아빠 중앙대 병원 오신다는 거 알고 있지?"

세 아이 뒤치다꺼리하며 개인적인 일까지 하느라 분주하다는 핑계로 시골에 계신 부모님께 전화를 자주 못 하고 있다. 당연히 병원에 오신다는 소식도 이렇게 언니의 전화로 알게 된다.

"아, 그래? 무슨 일로 오신대?"

"허리가 너무 아프셔서 예약해놓으셨대. 시간 되면 병원에 같이 가고."

방학이라 집에 있는 아이들 점심 챙겨놓고 뒤늦게 움직인다. 척추관 협착증이라 검사한 후 당일 시술할 수도 있다는 이야기를 전해주고 언니는 일이 있어 먼저 일어섰다. 내가 도착했을 때 아빠는 이미 시술실에 들어가 계셨다. 복도 의자에 앉아 기도한다. 허리 통증이 말끔히 사라지고 일상생활 무리 없이 할 수 있도록 회복되시길. 불편하게 걸어 나오실 아빠의 모습 생각하며 걱정했다. 시술이 끝나고 회복실에 있다가 나오시는 아빠는 평소보다 조금 천천히 걸을 뿐 괜찮으셨다. 기분도 상당히 좋아 보이신다. 너무 감사했다.

늦은 점심을 먹으며 아빠가 말씀하신다.

"오늘 피검사도 하고, 소변검사도 하고 검사 이것저것 했잖니. 의사 선생님이 협착증 빼고는 다른 건 다 백 점이라 하시네."

와, 듣던 중 반가운 소식이다.

팔순을 바라보고 있는 아빠는 다른 건 몰라도 자기 관리를 참 잘하는 분이시다. 반평생 시골 농협에 근무하셨다. 요즘 많은 사람이 이야기하는 투잡, 쓰리잡을 80년대에 하고 계셨다. 농협 근무하면서 동시에 엄마와 함께 넓은 밭에 땅콩을 심어 경작하기도 하시고, 젖소 키워 우유를 납품하기도 하셨다. 일만 하신 게 아니다. 하루도 거르지 않고 새벽에 일어나 운동하셨다. 마당 한쪽에 덤벨 모양으로 시멘트를 부어 만든 역기가 있을 정도였다. 운동하기 위해 손수 제작한 기구다. 마당은 날마다 정갈했고, 젖소가 지내는 축사는 깨끗했다. 이 모든 걸 출근 전에 끝내놓으셨다. 나는 마음과는 달리 아이들 일어날 때 같이 일어나 아침이 어수선하고 바쁜데…….

7년 전 대장암 진단 받고 항암 치료하시면서 힘들었을 때를 제외하고는 운동을 쉬지 않으신 것은 당연하고. 열심히 움직이셨다. 건강관리 잘하신 덕분에 암 치료 후 5년 동안 재발이나 전이가 생기지 않으면 들을 수 있다는 '완치 판정'을 받기도 하셨다.

아빠 대신 처방된 약을 타오면서 약사에게 들은 〈복용 시 주의

사항〉을 알려드렸다. 자세히 확인하며 들으시더니 시술 후 수납과 예약에 관한 안내가 나온 종이를 펼쳐보신다. 다음 달에도 시술을 더 받으셔야 하는지 병원에 오기 이틀 전부터는 혈전 혈관염과 관계가 있는 '오팔 몬 정'이라는 약만 빼고 복용하라고 했다면서 '오팔 몬 정'이 어떤 거냐고 물으신다. 인터넷을 찾아보니 흰색이면서 동그랗다. 약 봉투를 보니 공교롭게도 비슷해 보이는 약이 함께 들어있다. 다시 검색하며 약의 특징을 자세히 살펴 알려드렸더니 종이에 또박또박 적어놓으신다.

"이렇게 적어놔야 헷갈리지 않지. 지금 알아도 나중에 헷갈릴 수 있거든."

아빠는 꼼꼼히 메모하고 정리를 잘하신다. 어릴 때 청첩장이 우편으로 오면 이름을 확인하시곤 책꽂이에 꽂혀있던 장부를 꺼내오셨다. 사전에서 이름 찾듯 가나다순으로 정리된 색인 표를 따라 이름을 펼치면 우리 경조사 때 그분이 얼마나 했었는지 적혀있었다. 어린 마음에 신기하다고 생각하면서 크면 다 저렇게 정리하게 되는 줄 알았다. 40대인 나는 여전히 누구에게 선물을 받았는지, 내가 갚아야 할 게 얼마나 되는지 정리하지 못하고 있다.

지금은 전산처리가 워낙 철저하게 되어서 오류가 거의 없지만 (없을 거라 믿는다) 예전엔 가끔 지자체에 냈던 세금이 5년 뒤에 다시 고지되곤 했다고 한다. 아빠는 자세하게 적어놓는 습관 덕분에 증빙서류와 장부를 보여주며 중복해서 세금을 내지 않을 수 있었다고 하신다. 그 경험을 말씀하시며 처음 내가 사회생활 시작할 때, 영수증 잘 모아놓으라 당부하기도 하셨다. 얼마 전에도 잘 적어놓은 장부 덕분에 판매자 착오로 구매하지 않은 금액을 내야 했던 일을 면할 수 있었다고 말씀하시며 밝게 웃으셨다.

나의 표정도 자동으로 밝아진다. 참 잘하셨다고 말씀드렸다.

아빠를 병원에서 만난 후 내 삶의 답이 보이는 것 같다. 미래의 세상이 어떻게 바뀌든 성실하게 나의 자리에서 열심히 하는 태도가 든든한 미래가 된다는 것을. 하나하나 잘 적어놓는 행동이 자산이 될 수 있다는 것을. 내 나이 여든이 되었을 때, 나에게도 참 잘했다고 자녀가 말해주면 좋겠다. 엄마가 자기관리를 잘했다고, 꼼꼼하게 잘 적어놓으셨다고……

그래서 나는 올해 공부를 더 하기로 했다. 그리고 이렇게 글을 꾸준히 쓴다.

박경숙

실망과 절망을
견뎌낸 너에게
희망을 선물한다

2022년 1월, 내가 살아온 세월을 돌이켜 본다. 그동안 삶에서 가장 큰 비중을 차지하고 많은 투자(?)를 한 시간은 딸, 엄마, 아내였다. 그런데 지금까지 살아온 삶과 다른 차원의 삶을 나는 시작하고 있다. 나는 작가로 또 다른 삶을 준비하고 나에게 '작가가 될 수 있어'라는 희망을 선물한다.

아버지와 어머니는 어린 나이에 가족이란 울타리를 만들었다. 자녀가 다섯, 물려받은 재산이 없어 두 분은 삶이 절망이었다. 집한 칸 없이 아이가 많다는 이유로 셋방 얻기도 힘들었던 시절, 동생 셋은 없는 유령의 아이가 되기도 했다. 어릴 적 기억으로는 엄마는 날씬한 적이 없다. 엄마가 동생을 출산하면, 두 살 위 언니와 난 빨래터에 앉아 산후 조리하는 엄마 대신 빨래를 했다. 그때 빨래터는 집에서 왜 그리 멀었는지…… 유년기의 삶은 그다지 풍족하지 않다. 가정 형편에 절망적인 마음이 들었다. 그래도 긍정적이며, 책임감이 많은 아버지를 믿고, 어머니는 가정을 묵묵히 지켜 오셨다. 두 분은 가난에 굴복하지 않았다. 희망을 포기하지 않았다. 절망과 싸워 이겼다. 그래서 얻은 두 분 울타리에 모인 가족은 모두 20명이다. 아버지 어머니를 포함하면 모두 22명 대가족이 형성되었다. 여름이 되면 가족이 다 함께 여름휴가를 떠난다. 어느 해 여름휴가에 작은 회사에서 직원 야유회를 왔냐고 물었던 적이 기억난다. 내 인생에서도 아버지가 살아 계실 때 온 가족이 함께 여름휴가를 보내던 시절이 가장 기억에 오래 남은 추억이다. 잊지 못할 거다. 팔순이 넘은 엄마도 나와 같은 마음에 그날의 추억을 그리워하고 자랑스러워한다. 한 치 앞도 모르는 절망 속에서 두 분은 이만하면 자수성가라고 감사하며 사셨다.

결혼한 그해 임신이 되었다. 기쁨도 잠시, 나도 모르는 사이, 아이는 나를 엄마로 선택해 주지 않았다. 일 년이 지나 새 생명이 나에게 또 찾아왔다. 그런데 이번에도 난 아기를 지켜주지 못했다. 지금도 그 순간은 나의 뇌리에서 지워지질 않는다. 나에게 가장 아픔이며 부모 자격이 없는 나에게 유산은 큰 절망이었다. 아이를 못 낳는 것은 여자의 책임이라고 생각하고 남편과 시댁에는 죄인이 되었다. 남편과 나는 부모이기를 포기를 했다. 우리 둘이서만 잘 살자고 약속했다. 그렇게 결혼하고 6년이 지난 1992년 또 예쁜 새 생명이 나에게 왔다. 3개월이 되었을 무렵 정기검진에서 아기가 유산이 되었다고 수술을 하라고 한다. 아무것도 생각나지 않았다. 그날은 아무것도 하지 않고, 아니 할 수 없었다. 세상에 그런 절망은 없었을 거다. 하지만 무엇 때문인지 모르겠지만 난 포기하지 않았다. 우리나라에서 가장 유명한 병원을 찾았다. 희망의 소리를 전해 들었다. 나에게 온 내 아기는 날 꼭 붙잡고 있었던 거다. 1993년 3월 드디어 엄마가 되었다.

인생은 꿈의 연속이라고 생각한다. 내가 작가로 산다고 선언하기 전에는 희미하게만 '하고 싶어'라는 생각 속에 막연한 꿈만 꾸고, 그것을 행동으로 옮기기를 게을리했다. 그러다 보니 내게 크게 변화된 삶이 찾아오지 않았다. 그래도 버티기를 꾸준히 한 덕분에 가랑비에 옷 젖는다는 옛말처럼 내 삶은 희망으로 젖고 있었다. 희망에 기름을 부어준 계기는 독서와 글쓰기를 통한 삶이다. 2022년 1월 자이언트 글쓰기 공저 1기에 발탁됐다. 내 삶을 변화시키고 희망을 선물한다. 덕분에 하루 24시간이 모자란다. 하루 5시간 수면을 한다. 그래도 피곤함을 이기고 계획한 일정을 소화하기 위해 노력한다. 5시 30분 기상해서 책 읽고, 글쓰기를 한다. 저녁에는 건강을 지키기 위해 헬스장을 등록했다. 모든 성공 앞에 건강을 잃으면 아무것도 아니라는 걸 간절히 느꼈다. 앞으로 남은 삶은 예측할 수 없지만, 이십, 삼십 년의 삶을 살기 위해 지금부터 다시 시작하고 행동하기로 나와 약속했다.

예전에는 준비하는 시간에만 많은 것을 투자했다. 이제는 알았다. 꼼꼼히 계획 세우는 것도 중요하지만 그걸 실천하지 않는 삶이란 성공을 할 수 없다는 걸 깨달았다. 그래서 직장에만 많은 시간을 투자하고 나면 내가 좋아하는 독서와 책 쓰는 시간이 모자란다. 그 시간을 보충하기 위해 매일 모닝 루틴을 시작했다. 2022년은 내게 새로운 인생이 펼쳐지는 한 해다. 아이들을 위한 개인 그림책 출간을 진행 중이다. 그리고 지인의 소개로 윤보연 시인을 만나 감성 시를 배우고 쓰고 있다. 내 생에 처음으로 개인 시집을 5월 출간 예정이다. 앞으로 남아있는 내 삶이 재미있는 삶이 될 희망이 보이기에, 내가 하는 모든 행동이 내 삶에 영향을 미친다는 것을 확인하고 난 오늘도 충실하게 산다. 이런 삶에 가장 기준이 되는 매일 글 쓰고, 일기 쓰고, 독서 하는 시간을 앞에 두었다. 하기 싫을 때가 더 많다. 내가 계획한 일을 방해하는 요소를 생각해 보면, 남편도, 아이도, 직장도, 그 무엇도 아닌 '나'다. 오직 나와의 싸움인 거다. 내가 나를 이기지 못하면 아무것도 성공으로 이끌어 주지 않고 희망이 보이지 않는다는 걸 안다. 독서하고 글 쓰는 삶은 내가 생각하는 힘을 키우고, 타인을 이해하는 데 더 좋은, 더 긍정적인 영향을 준다. 그리고 나의 이런 경험과 행동이 내 안에 머물지 않고 주변의 사람들에게도 영향을 주고 있다. 여든 살이 넘은 친정엄마가 책을 손에 드셨다. 엄마는 2년 전 시신경의 가장 가는 혈관이 막혀 한 눈이 실명됐다. 엄마와 가족에게는 큰 절망이었다. 그런데도 엄마는 자식 걱정에 괜찮다며 애써 노력한다. 엄마가 장애를 갖고 모든 걸 포기하실까 봐 겁이 났다. 어제는 서점에 들렀다가 엄마가 좋아하는 책을 샀다. 큰 글씨로 되어 있는 불교 경전 책이 있어 사다 드렸다. 퇴근하니 절에서 엄마가 듣던 내용이 있어 읽기 힘들지 않았다며 한 눈으로 1시간에 30쪽을 읽으셨다고 자랑하신다. 그리고 주변에 책을 손에 든 직원들이 하나둘 늘어나고 있다. 독서 동아리도 만들었다. 'BOOK 적 북 적'이다. 1월 선정 도서는 《인생을 바라보는 안목》으로 정했다. 다들 절반 이상을 독서 했다고 한다. 그러면서 책 내용이 좋다고 감탄한다. 직원들도 독서를 하면서 하나씩 배워가고 변화해 가고 있다. 나는 타인에게 희망을 선물했다.

남아있는 내 삶에 희망을 전해본다. 지금처럼 꿈을 향해 실천하는 삶으로 열심히 살아 보렴. 그리고 실망과 절망을 견뎌낸 나에게 작가라는 글 쓰는 삶을 선물한다. 육십을 바라보는 나이에 건강한 몸과, 건강한 정신으로 살아있다는 것만으로도 '널 칭찬한다. 널 사랑한다.'

박용진

알맹이 없는
자신감과 허상을 버려라

깊어지기 위한 양적 노력과
실력 쌓기에 집중하라

"어떻게 그렇게 자신감이 있어?"

주변에서 자주 듣는 말이다. 그들에게 그 말을 들었기에 자신감 있어 보이나? 하고 떠올려본 게 아니다. 스스로 자신 있다고 생각한다. 내 자존감은 주변의 만류를 뿌리치고, 하고 싶은 일을 어떻게든 해내고, 계획 세운 대로 딱 맞물리게 실행한 경험의 축적 때문에 생겨났다. 고집불통 아니냐고 말할 수도 있다. 그렇지 않다. 곧되 유연하다. 틀린 것은 빠르게 인정하고, 고칠 게 있다면 손에 쥐고 있는 걸 미련 없이 놓을 줄 안다.

처음부터 빠르게 인정하고, 자신감이 있진 않았다. 세계 나가서 남들과 부딪칠 때도 많았다. 과도하게 자신을 사랑했다. 남들에게 우월감을 느꼈다. 그들을 얕잡아 보기도 했다. 그러면서 내 자신 감을 충족시켰다. 정작 아무런 일도 하지 않았다. 입만 살아서 말하는 것에 비해 결과가 나오지 않았다. 이미지를 지키기 위해 거짓말로 날 덧칠하기도 했다. 그럴수록 현실과 상상 사이 괴리가 생겼다. 결과를 인정하고 받아들이지 않았다. 끝매듭을 짓지 않고 포기했음에도, 결과를 받아들이기 싫었다. 과정에서 뭔가를 배웠으니 됐다며 자위했다. 결과를 마주하고, 상처를 드러내는 일은 참으로 불편하고 고통스러웠다. 그 고통을 안고 가기 싫어서 요행을 바라고, 미리 짐작하여 포기하곤 했다.

수험생활을 하며 혼자 공부하고 생각하는 시간이 많아졌다. 막다른 길에 혼자여서 도저히 피할 수 없었다. 발등에 용암이 떨어져 신발을 뚫고 들어왔다. 처한 현실을 바라보고 어떻게 할지 떠올리는 것에 집중할 수밖에 없었다. 찬물 샤워가 처음엔 고통스러워도 하다 보면 자연히 적응되듯, 무엇이 본질인지 나를 바라보고 판단하는 데 능숙해져 갔다. 눈 질끈 감고 고개를 돌리거나 남들에게 이미지를 씌워 재단하는 빈도가 줄었다. 모나고 뾰족한 돌멩이 같던 마음이 점점 둥글고 말랑하게 바뀌었다.

자신의 이미지, 자화가 남들이 하는 너는 어떠어떠하다는 말에서 벗어나지 못했다. 어디서 주워들은 말을 내 지식인 양 주워들고 휘둘렀다. 그 사람에 대한 신뢰를 말의 사실 관계에 투영시켰다. 틀리리란 생각도 하지 않았다.

중학교 때, 사촌 형이 치의학전문대학원에 들어갔다. 어머니가 "택영이는 '치대 로스쿨'에 가서 치과의사 공부한다." 했다.

그 말을 그대로 받아들였다. 어린 맘에 친척에 의사가 생긴다고 우쭐해졌다. 고등학교에 가서 친구에게 "우리 사촌 형 '치대 로스쿨' 다녀."라고 얘기하고 다녔다. 어느 날 민수에게 그 얘기 했다. "치대 로스쿨? 치대에 왜 로스쿨이 있어?"라고 했다. 당황스러웠다. 내가 뭔가 잘못 알고 있었다. 식은땀이 났다. 그 순간에는 대충 얼버무리고 넘어갔다. 집에 와서 로스쿨의 뜻과 의학전문대학원에 대해 찾아보았다. 나는 두 단어에 대한 명확한 뜻마저 몰랐다. 로스쿨(Law School)은 사법고시와 법대가 없어지면서 법학전문대학원이 생겨 그 대학원을 뜻하는 말이다. 4년제 대학을 졸업하고 LEET 시험을 쳐서 들어간다. 치의학전문대학원에 들어가려면 DEET 시험 봐야 했다. 두 전문대학원은 들어가는 방식이 비슷하다. 4년제 학교를 졸업하고, 관련 시험을 치르고. 그 당시에는 치전이 생긴 지 얼마 안 됐다. 개념이 생소했기에 고모가 어머니한테 설명할 때 둘을 연관 지어 설명했나 보다. 들었으나 제대로 이해가 되지 않고 사고가 꼬였다. 그 상태로 별생각 없이 내게 전해준 것 같다. 시간이 지나 어머니와 이 이야기를 하니 기억조차 하지 못했다.

이 일화는 어린 나이에 충격을 줬고, 여러 생각에 영향을 줬다. 공부할 때, 안 한다고 하는 게, 진짜 아는 걸까? 판에 박히게 들어

익숙해진 게 아닌가? 남들에게 설명 가능한가? 스스로 질문하게 만들었다. 남들이 말하는 정보도 날름 받지 않고, 사실 관계를 짚어보았다. 어릴 때이나 근래에 한 말 중, 오류를 많이 발견했다. 그 정도로 알맹이가 없었다. 그런 나를 바꿔야겠다는 생각이 들었다. 문뜩 떠오르는 일도 메모장이나 일기장에 붙들어 놓았다. 자기 전과 자투리 시간에 살펴보며 뭐가 잘못됐는지, 무엇을 모르는지 생각했다.

생각이 깊고, 하는 말에 자신감이 있는 사람은 큰 소리를 내지 않는다. 자기가 하는 말을 우릴 대로 우려서 심취해서 말한다고 느껴지기도 한다. 그 사람이 하는 생각의 출처를 알 수 없기에, 더욱 자신감 있고 신비롭게 느껴진다. 그 정보의 출처를 알게 되면 환상과 권위에 금이 가기도 한다. 정보 출처가 쉽게 드러나지 않으려면, 질적 결과를 쌓고 또 쌓아야 한다. 결국 쓰고, 읽고, 많이 생각하는 게 정보 출처를 알 수 없게 만드는 방법이라고 본다.

그 전날에 핫했던 유튜브 영상이나 업로드된 웹툰에 나온 단어, 문장을 흡수해서 자기가 생각한 것인 마냥 다음날 던지는 사람이 있다. 물론 그 콘텐츠를 보지 않은 사람이라면 대수롭지 않게, 신선하다고 생각할 수 있다. 본 사람이라면 정보 출처를 간파하고 '그 이야기네.' 하며 흥미가 떨어질 것이다. 난 정보 출처를 숨기고 나만의 이야기를 풀어내고 싶다. 사람이 가볍게 보일 수 있는 SNS 클립과 트렌드의 노예가 되고 싶지 않다. 한 철 유행하는 시간 보내기 콘텐츠에 빠지는 걸 경계하자고 다짐한다.

이 세상에서 접하는 책, 영상, 이미지 등은 누군가에 의해 편집된 것이다. 그걸 마구 섭취할 때가 있다. 거기에 빠져 시간 가는 줄 모르기도 한다. 내 것이 아닌 누군가 편집한 내용의 무분별한 섭취를 경계하려면, 기준이 필요하다. 무엇에 대하여 얘기하는지, 왜 이런 편집을 했는지 한 걸음 떨어져서 보면 좋다.

내가 아는 지식은 한없이 편협하다. 아예 존재 자체도 모르고, 왜 그런지 모르는 지식도 많다. 무엇 하나를 알면 깊게 파는 스타일이라 끝장을 보려고 들고, 완벽하게 하려고 한다. 빠르고 짧게 배워, 실전에 적용해야 이롭다. 완벽하게 하기보다 완료를 해야 한다. 그러기 위해선 주어진 시간을 잘 써야만 한다. 힘을 줄 때와 주지 않을 때를 구분해야 한다. 우선순위를 정하고 글을 쓰고 잡다한 것에 시선을 뺏기지 않아야 시간을 확보할 수 있다.

자위하지 말고, 객관적으로 바라보라고 자신에게 말했다. 하지만 염세적, 비관적으로 세상을 바라보잔 말은 아니다. 처음엔 지금 내가 보고 듣고 알게 된 것의 가치 평가를 할 수도 있다. 옳으니 그르니 하며. 그러나 끝에 가서는 긍정적으로 생각해야 한다. "이걸 지금이라도 안 게 어디야? 이제라도 알아서 정말 다행이야. 내게 다음에 좋은 결과를 가지고 올 거야." 지금의 나를 인정하고 나아질 방법을 모색하면 그만이다.

이재은

같이 웃어요

엄마의 행복을 찾아서

"어떻게 하면 행복하게 사는 거니?"

케이크와 커피를 맛있게 먹고 있는데 엄마가 갑자기 물었다. 들고 있던 포크를 내려놓으며 잠시 생각에 잠겼다. 행복이라…… 생각해 본 적이 딱히 없다.

"뭐 그런 질문이 다 있어, 엄마? 그냥 뭐, 행복이 별건가? 그냥 좋은 거 하면서 사는 거?"

어떻게 말해야 할지 몰라 얼버무렸다. 엄마는 지금 행복을 찾고 있는걸까.

엄마랑 헤어지고 돌아가는 길에 곰곰이 생각해 봤다. 나에게 물어봤다. 나는 행복한가? 음, 이 정도면 괜찮지 않나? 남편도 있고, 아들도 둘이나 있다. 엄마, 아빠, 시어머니 모두 건강하시다.

'꺅, 나 너무 행복해.'라고 말할 순 없지만, 만족하고 있다. 만족한 지금에서 조금씩 원하는 삶을 꿈꾸고 있다.

신나는 일을 하는 것, 이게 나에겐 행복이었다. 재미있어 보이는 게 있으면 재미를 따라갔다. 하고 싶은 게 생기면 겁 없이 도전하기도 했다. 보자마자 전기가 통하듯 전율이 오는 것들이 있다. '이건 내 거다!'라는 느낌! 생각만 해도 짜릿한 느낌!

스무 살 때부터 용돈을 벌기 위해 과외 아르바이트를 했다. 중학교 때부터 고등학교 때까지 과외수업을 받으며 공부했다. 엄마 덕분이다. 과외를 받아본 경험이 있어서, 과외 수업을 하는 게 어렵지 않았다. 특히나 수학을 가르칠 때는 즐거웠다. 수식을 멋들어지게 쓰다 보면 답이 쏙 나오는 매력! 수학의 묘미다. 학생들에게 설명해 주는 게 재밌었다. 지루해 하는 학생들을 위해 일부러 더 재밌게 하려 했다. 연기도 해가면서. 성적까지 잘 나오면 보람도 있었다. 좋아하니까 계속하게 되었고, 가르치는 시간은 참 행복했다.

행복을 말하는 데 춤이 빠질 수 없다. 중학교 때부터 춤추는 걸 좋아했다. 초등학교 때부터였는지도 모르겠다. 서태지와 아이들,

소방차, 김원준, HOT, SES, 영턱스클럽 등등 초등학교 때부터 고등학교 때까지 아이돌 그룹에 미쳐 살았다. 벽에 브로마이드를 덕지덕지 붙이고 그 위에도 또 붙였다. 브로마이드가 벽지나 다름없었다. 스무 살부터 본격적으로 댄스 학원에 다녔다. 대학교 댄스 동아리도 하며 춤추기를 쭉 이어갔다. 뮤지컬 댄스 아카데미에도 다녔었다. 그곳에서 프로 배우를 준비하는 친구들과 함께 재즈 댄스를 배웠다. 그렇게 계속 춤을 췄고, 춤추는 시간은 행복 자체였다. 신나게 추고 나서 숨이 차고 땀나는 그 순간에도 행복했다.

대학교 3학년 때 친구가 뮤지컬 '싱잉 인 더 레인(Singing in the rain)'을 같이 보자고 했었다. 처음으로 내가 본 뮤지컬이다. 그때의 가슴 벅참은 말로는 설명이 안 된다. 일주일 내내 꿈속에서 비가 왔다. 신나게 비를 맞으며 춤췄다. 꿈에서도 행복했다. 그때부터 뮤지컬에 흠뻑 빠졌다. 2008년에는 한 해 동안 공연을 40편을 넘게 보기도 했다. 티켓들을 모아 놓은 티켓북이 어느새 4권째다.

춤과 노래를 좋아했던 나는 뮤지컬을 좋아하게 되면서 배우의 꿈을 꾸었다. 무작정 아마추어 뮤지컬 동호회 극단을 찾아갔다. 프로 배우인 듯 매주 주말 동호회 사람들과 함께 연습했고, 공연까지 했다. 우연히 뮤지컬 배우 오디션을 볼 기회가 생겼고, 꿈에 그리던 대학로 무대에 설 수 있었다. 일하면서 출장 가는 게 소원이었는데, 통영 연극제에 초대받기도 했다. 일하러 통영을 가다니! 즐거운 경험들이 쌓여갔다. 좋아하는 것들을 하다 보니 행복이 따라왔다.

행복하게 해주는 확실한 것들이 나에겐 이렇게나 많다. 재밌고 신나니 심심할 틈이 없다.

엄마에게 행복은 나였다. 나였고, 내 동생이었다. 자식이었다. 엄마의 하루는 우리를 위한 하루다. 아침 7시에 우리에게 따뜻한 아침을 주기 위해, 항상 6시에 일어나셨다. 6시 알람 소리를 가끔 들은 적은 있는데, 대부분 거의 못 들었다. 압력밥솥에서 밥이 다 되었을 때 나오는 따뜻한 온기, 보글보글 찌개 끓는 소리에 일어나면, 7시였다. 6시부터 7시까지, 밥, 찌개를 만드느라 계속 서 있는 엄마 모습이 눈에 선하다. 엄마의 노고를 당연하게만 생각했다.

눈을 비비고 겨우 일어나면, 식탁 위에는 언제나 사과가 놓여있다. 껍질에도 영양가가 많다고, 잘 닦아서 껍질째로 잘라놓으셨다. 사과 한 입으로 아침을 시작했다. 손수 입에 넣어주신 적도 많다.

"넌 공부만 해. 엄마가 다 해줄 테니까." 빨래, 청소, 밥 아무것도 안 시키셨다. 자식 뒷바라지하며 엄마의 24시간을 모두 우리에게 주셨다.

엄마가 되니 엄마의 삶에 대해 자주 생각한다. 엄마는 신혼 때 어떻게 보냈을까? 시어머님 모시면서 살았던 얘기를 살짝 듣긴 했지만, 엄마의 24시간이 어땠는지 물어본 적은 없다. 남편 출근하면 뭐 했는지, 점심은 어떻게 드셨는지. 사소한 엄마의 일상이 궁금하다. 우리는 조리원 동기들과 만나서 브런치도 먹고 수다 떨면서, 스트레스를 푸는데, 엄마를 힘들게 하는 건 뭐였을까? 직장 친구들이 있었는데, 결혼하고 그 친구들 자주 만났을까? 하나하나 생각해 보니 궁금한 것들 투성이었다. 그래도 나는 남편이 수다쟁이라 이야기를 많이 해줘서 남편과 대화를 많이 하는데, 조용한 아빠랑 엄마는 무슨 대화를 나누곤 했을까?

나의 최고의 육아 고민인 똥을 대하는 것도 처음부터 괜찮았는지 궁금하다. 일회용 기저귀에 싼 것을 치우는 것도 이렇게 힘든데, 엄마 때는 천 기저귀를 매일 어떻게 빨았을까? 지금은 아빠들이 똥 기저귀도 갈아주고 분유도 타주고 육아를 나눠서 하지만 엄마는 엄마 혼자 다 했을 텐데…… 그렇게 키워서, 공부도 시키고, 대학도 보내주셨다. 엄마 인생은 다 접고, 오로지 나에 대해서만 생각하고 그렇게 살아오셨다. 나의 행복만을 생각하는 게 엄마의 행복이었으니까.

엄마가 좋아하는 걸 같이 적어봐야겠다. 엄마한테 적어보라고 하면 분명 이럴 거다. 쓸데없는 얘기한다고. 이상한 거 좀 그만 시키라고. '엄마에게 행복 찾아주기' 프로젝트를 시작해야겠다. 엄마는 나만 바라보다가 엄마의 인생을 멈추었으니, 엄마의 멈춘 시간을 다시 찾아 드리고 싶다.

밥집이든 여행지든 엄마랑 가는 게 제일 힘들었다. 엄마의 만족을 얻기가 쉽지 않다. 여간해서는 맛있다는 말을 하지 않으신다. 생신 때 어디 가고 싶냐고 물어보면, "그냥 너희들이 알아서 하면 안 되니?"라고 우리에게 선택을 맡긴다. 동생이랑 항상 머리를 맞대도 엄마를 만족시킨 적이 거의 없다. 이 세상에서 제일 어려운 과제라 생각했다. 엄마가 싫어하는 것만 알고, 좋아하는 걸 알아보려는 노력을 안 했다. 엄마 행복 노트를 하나 만들어 쭉 적어봐야겠다.

엄마의 사랑을 먹고 자란 덕분에, 행복하게 사는 법을 스스로 터득할 수 있었다. 지금까지는 내가 즐거운 일만 하며 살았다. 엄마에게 받은 사랑을 이제 내가 전할 차례다.

홍혜숙

잠재적
지적 미라클을
만나다

독서와 글쓰기는 내 생애 최고의 선물이다. 부정적인 마음도 긍정적으로 바꾸는 힘을 지녔기에. 주경야독으로 남해에서 진주까지 버스를 타고 배를 타고 또다시 버스를 탔다. 학교에서 공부하고 밤 12시 집에 도착하였다. 낮에는 시어머님께서 애들을 돌봐 주시고 밤에는 애들 아빠가 챙겼다. 뒷날이면 아침 일찍 부모님께 애들을 맡기고 또다시 출근하여 사무실 일을 하였다. 그런 세월을 6년 반 이어나갔다. 배우는 즐거움은 이루어 말할 수가 없었다. 공부한다고 하니 선뜻 도와주겠노라고 하신 분이 시어머님이시다.

"아가, 배울 때 배워라."

공부도 열정적으로 하여 장학금을 놓치지 않았다. 대학원 마지막 학기 때 임신을 했다. 차를 직접 운전까지 했다. 시어머님께서는 딸 둘 낳고 직장을 다니는 것보다 아들도 한 명 있어야 노후에 좋다고 하셨다. 일요일 아침이면 절에 가자고 했다. 딸 둘을 낳고 6년 만에 아들을 낳았다. 시어머님께서 절에 주말마다 가자고 해서 삼신당에서 새벽기도를 주말마다 했다.

"우리 유진 어미, 아들 하나 점지해 주이소, 삼신할미."

아니나 다를까 2003년 11월 25일 A.M 11시 금두꺼비 같은 아들을 낳았다. 기쁨도 잠시 워킹맘으로 살면서 아이들 셋이나 진주에서 키워야 했다. 딸들이 진주에 있는 학교를 진학해서 삼천포 시어머님이 애들 키우시다가 우리가 분가했으니, 그때부터 내 인생은 힘들었다. 직장 생활을 남해, 마산, 통영, 창원 원거리 출. 퇴근하면서 딸 둘은 어느 정도 키웠는데 막내아들은 어린이집에 맡기면서 아침 7시에 보냈다가 저녁 7시에 겨우 데리고 오게 되었다.

10년 전 삼천포에서 직장을 다니다가 갑자기 통영으로 발령을 받게 되었다. 그때 위기가 찾아왔다. 왜냐면 아들을 잘 키우고 싶었기 때문이다. 누가 돌봐 줄 사람도 없었다. 그렇게 일주일 동안 휴직계를 내고 집에서 아들을 키우고 딸들도 챙겼다. 사무실에서 전화가 왔다.

"소장님이 꼭 한 번만 통영 사무실로 와보란다."

계장님께서 진주까지 찾아왔고 커피숍에서 나와야 하는 이유를 설명했다.

"지금 항만 6개가 돌아가지 않는다. 외항선 선박이 들어와도 업무가 제대로 안 돌아가고 있다. 꼭 소장님이 너를 보자고 한다."

시어머님께 말씀드렸더니, 일단 아들을 형님에게 맡기라고 했다. 시어머님은 동서 아들을 보고 있어서 맡기지를 못하게 된 상황이다. 그렇게 하여 통영으로 출근을 하였다.

소장님은 "내 좀 살려주라, 국가에서 이양된 사무로 도에서 직접 처리하려고 해도 시스템도 모르고 시스템만 돌아가게 만들어 주면 삼천포로 보내 줄게."라고 하신다.

아들을 삼천포 형님에게 맡기려면 삼천포로 출근을 해야 했다. 00항만청과 협의하여 미수납 이관 및 체납 처분 정리 위원회 등의 업무를 수행하였다. 그때 내 친구 김0숙이와 과장님들이 도와주시고 도민을 위해 헌신한다고 생각하여 열과 성을 다했다. 드디어 원활하게 업무가 처리되어 소장님이 기뻐하며 그 건을 들고 도에 보고하러 갔다. 이제 삼천포로 보내 주겠지 했는데 표창만 주시고는 그다음 처리해야 할 업무를 주었다. 보0 업무라고 업무를 확실하게 하지 않으면 감사 지적이 된다고 맨땅에 헤딩하는 일을 하나하나 이루어 나아갔다. 너무 야속했다. 그 업무가 끝나면 다른 업무를 주었다. 진주에서 통영으로 출퇴근하면서 아들을 어린이집에 맡기고 밤늦게 데리고 오는데 애가 목이 쉬어있었다. 왜 그런지 선생님께 물어보았다.

"집에 계시는 어머님들이 4시 반에 벨을 누르고 아이를 데려가면 성민이는 벨을 누를 때마다 1등으로 뛰쳐나오다가 친구 엄마들이라 실망해서 울어서 그렇습니다."

이 말을 들으니까 마음이 아려왔다. 울화통이 치밀었다. 그래도 어쩔 수 없이 다른 방도를 생각했다. 학원을 보내기로 했다. 이왕이면 영어 공부하는 영어학원으로 보냈다. 4시 반에 영어학원에서 아들을 데리고 갔다. 그다음 또 태권도 학원을 보냈다. 태권도 학원에서 아들을 늦게까지 돌봐 준다고 하여 7시까지 학원을 전전하는 세월을 1년을 보냈다. 진주에서 통영으로 출근하다가 교통사고가 날 뻔했다. 그 이후 소장님께서 애 셋인 엄마 잡겠다 싶었는지 삼천포로 업무분장해주었다. 형님 집에 맡기고 출근을 하였다. 운전석 옆에 앉히고 출근 시간을 맞추었다. 아들은 어김없이 창문에 머리를 박고는 울기 시작했다. 안쓰러웠다. 시간을 맞추어야 하니 어쩔 수가 없었다. 형님과 아주버님은 아들을 이뻐했다. 다행이었다. 지금도 시부모님과 형님, 아주버님께 감사를 드리고 싶다. 유진이랑 민정이는 알아서 공부를 열심히 했다. 외국에 연수도 갔다 왔다. 호주, 필리핀, 미국 해외연수를 간다고 교육비 지출이 많았다. 지금도 공부만 하는 이쁜이들이다.

삼천포항에 근무하면서 항만 시설 사용 허가 업무를 하였다.

이때도 책을 놓지 않고 법을 달달 외울 정도로 공부하였다. 언제나 법적 근거로 일을 해야지 하면서 항만법, 시행령, 시행규칙을 법제처 법령집으로 공부했다. 또 판례도 규칙적으로 공부했다. 행정심판까지 붙었던 기억이 있어서 더욱더 법 공부를 열심히 했다. 감0원 감사도 받고 국0부 감사도 받고 힘겨웠던 시절이었던 적이 있었다. 인생은 매번 공부와 연결된다. 공부하는 독종이 살아남는다는 책을 읽은 적이 있다. 2011년 10월 전직 시험이 있었다. 시어머님께서 꼭 시험을 보라고 했다. 일하면서 공부도 하고 공부하면서 또 일을 열심히 했다. 새벽 4시에 일어나서 공부했다. 아들이 내 옆에서 항상 잠을 자서 떼어 놓고 살그머니 작은 방에서 공부했다. 큰방에서 작은방까지 거리가 좀 되는데 아들이 자다가 나를 찾아 나왔다.

　"엄마는 공부가 좋아, 내가 좋아?"
　"엄마는 공부가 좋아."
　그냥 그렇게 말이 나왔다. 그랬더니 아들이 얼마나 우는지……
꼭 보듬어서 "미안해, 성민아. 엄마가 미안해. 성민이가 좋아."라고
말해주었다.
　"그러면 공부하지 마!"
　그렇게 실랑이를 벌이다가 다시 잠을 큰방에서 자기 일쑤였다.
　그렇게 하여 전직 시험 1회 시행이 되었다. 신랑이 차를 태워

준다고 하여 시험장에 떨리는 마음으로 들어섰다. 시군 합쳐서 어마어마한 수험생이 와 있었다. 정확한 숫자는 기억이 나지 않는다. 우리 도에서는 22명을 뽑는다고 했다. 난 암기를 너무 잘하였는지 첫 시험을 보면서 콩밭에 뭐(?) 보이듯 답이 탁탁 튀어나왔다. 지문이 긴 것은 읽지도 않고 그냥 4번을 찍었다. 성격이 워낙 급하여 그랬다. 그렇게 40분 시험에 20분 만에 시험을 보고 혼자서 먼 산만 보고 앉아 있었다. 옆을 둘러봤다. 다들 시험지를 꼼꼼히 보고 있었다. 갑자기 불안함과 초조함을 느꼈다. 일단 결과는 필기시험에 합격하였다. 22명 중 18명만 뽑아서 먼저 합격시키고 4명은 다음 해 합격시켜 준다고 했다. 가족들에게 소식을 알렸더니 잘했다고 했다. 아들을 이제 잘 돌봐 줄 수 있었다. 아들에게 뽀뽀의 선물을 받았다.

몇 년 전 법 관련 업무 처리를 했다. 67가지 법률을 해석하고 업무에 적용해야 했다. 법령 따라 쓰기를 매일 도전한 적이 있었다. 손으로 직접 매일 쓰기 시작했다. 67가지 법령을 따라 써보니 아이디어도 떠올라 업무에 적용해 보다 일치되면 잠재적 지적 미라클을 만났다. 인생은 가는 길마다 독서와 글쓰기 이 두 종류가 성공의 길잡이다. 평생을 보람되게 살아 가족들에게 선물을 선사하고 싶다. 내가 행복해야 가족들도 행복하니까. 앞으로도 주어진 길을 독서와 글쓰기로 살아가고 싶다.

나선화

너는
운이 좋은 아이야

나이 드는 것이 좋다. 젊음의 활기와 열정은
다소 떨어지지만, 자녀들 다 키우고 나를 위한 시간을 낼 수 있는
여유가 생겼다. 거울을 보면 얼굴에는 어느새 자글자글 주름이
내려앉았고 몸도 예전만 못하다. 얼굴에 주름이 생긴 것은 모진
세월 견디고 살아남은 훈장이다. 몸이 예전만 못한 것은 지금까지
애쓴 몸을 돌아보라는 신호다. 50이 넘은 사람의 얼굴에는, 그 사
람이 살아온 삶의 궤적이 보인다고 한다. 나는 어떨까? 다시 거울
을 본다. 이만하면 잘 살았지. 앞으로도 잘 부탁해. 넌 운이 좋은
사람이니까. 스스로 다독인다. 몸이 보내는 신호에 대해 알아차리
고, 몸에 맞는 일을 하려고 노력한다.

"너는 운이 좋은 아이야." 할머니는 기회 있을 때마다 나를 보며 말했다. 내가 태어나던 해에 엄청난 풍년이 들어서 우리 집 빚을 청산하고도 많은 돈이 남았다고 한다. 할머니는 암탉에게 알을 품게 할 때도 나를 시켰다. 운 좋은 아이가 알을 넣으면 모두 병아리로 태어날 것이라고 했다. 그래서인지 암탉이 알을 품고 21일이 지나면 모두 예쁜 병아리로 태어났다. 이웃집에 놀러 갈 때도 나를 데리고 다녔다. 할머니가 입버릇처럼 말해서 그런지, 나는 '운 좋은 사람'이라 생각하며 성장했다.

우리 집은 내가 태어나던 해를 제외하고는 늘 빚에 시달렸다. 논이 영산강 건너편에 많았다. 거의 해마다 홍수가 났다. 홍수가 나면 영산강이 범람해서 애써 지어 놓은 농사를 쓸어가 버리기 일쑤였다. 결국 엄마는 시골 살림을 정리했다. 동생 둘을 데리고 아버지와 함께 이모가 있는 서울로 떠났다. 일 년을 언니와 함께 할머니 밑에서 조손 가족으로 살기도 했으나 일 년 만에 언니와 나도 서울로 이사했다. 급격한 환경 변화로 서울 생활은 고달팠다. 운이 좋은 아이라는 할머니의 소리에 의문이 들었다. 대기만성형이라고 스스로 다독였다. 막연한 낙관론이 자리 잡았다.

결혼이 실패로 끝났다. 좋은 운은 고사하고 깜깜한 터널을 걷는 기분이었다. 한 치 앞이 보이지 않았다. 혼자 걸어가기도 버거운데 양옆에 두 아들까지 데리고 가야 했다. 어느 날은 혼자 어디

론가 훨훨 날아가고 싶었다. 《갈매기의 꿈》에서 나오는 조나단처럼 먹을 것에 연연하지 않고 마음껏 창공을 날고 싶었다. 두 아들이 날개를 단단하게 붙잡으며 매달렸다. 날아갈 수 없었다. 큰아들 유상이의 사춘기 때가 절정이었다고 생각된다. 유상이가 학교를 무단으로 결석하고 난폭해졌다. 간신히 버티는 시간이 계속되었다. 일을 마치고 퇴근하는 길, 일부러 일주 도로를 벗어나 해안 도로로 차를 몰았다. 바다가 보고 싶었다. 바다를 보면 마음이 시원해질 것 같았다. 해안 도로를 운전하고 가는데 딱 여기까지만 했으면 좋겠다는 생각이 불현듯 들었다. 핸들을 잡은 손에 힘이 들어갔다. 마침 마주 오는 차량이 없다. 엑셀을 힘주어 밟았다. 차가 앞으로 달려간다. 순간 정신이 번쩍 났다. 아빠 없이 사는 아이들한테, 엄마까지 없이 살게 할 수 없었다. 브레이크를 밟았다. 차가 가까스로 멈춰 섰다. 차창 너머로 제주 바다가 끝없이 펼쳐지고 있었다.

'이 또한 지나가리라.' 한동안 붙잡고 살았던 글귀다. 어둠의 터널을 다 지나온 지금 생각해 보면 나는 두 가지 면에서 운이 좋았다. 첫 번째, 하나님을 믿는 신앙을 가진 것이다. 십자가를 바라보았다. 하나님과 가까이 대화하기 시작했다. 아들 머리맡에서 하나님께 매일 기도했다. 기도하면서 유상에게 미안한 마음을 전했다. 유상이는 가만히 내 기도 소리를 들었고, 마침내 마음의 문을 열었다. 두 번째, 심리 상담을 만났다. 아들을 도우려고 시작했던 심리 상담이 나를 먼저 도왔다. 억울하다고 생각하는 내 마음이 문제였다. 마음을 들여다보면서 유상에게 대화를 시도했다. 처음에는 서툴지만, 정성은 통하는 법이다. 유상이와 화해하고 나니 내가 단단해져 있었다. 자잘한 일에는 그다지 흔들리지 않는 맷집이 생겼다.

2020년, '이공이공' 어감이 좋았다. 멋진 해가 될 것 같았다. 작년에 재혼도 했다. 꽃길만 걸을 것 같았다. 그러나 인생은 항상 내 뜻대로 되지 않는다. 코로나19로 세계가 멈춰 섰다. 우리들의 일상도 함께 멈추었다. 꼬박 일 년을 곧 끝나겠지 하면서 기다렸다. 어떤 일도 손에 잡히지 않았다. 코로나19, 2년 차에 들어서니 가만히 있을 수 없었다. 무슨 일이든 해야 했다. 나를 들여다보았다. 내가 하고 싶은 것이 무엇인지 물어보았다. 그동안 가장으로 사느라고 열심히는 살았는데 꿈에 대해서 생각해 보지 못했다. 만화를 그렸기 때문에 내 책을 내고 싶었다. 2018년도 그림책 만드는 과정을 공부하다가 결혼으로 인해 미진하게 마무리했던 것이 생각나 아쉬웠다. 그림도 있고 글도 있는 그림책을 만들고 싶다는 생각이 깊어졌다. 어떻게 할지 막막했다. 무작정 모닝 페이지를 시작했다. 코로나가 나를 글쓰기로 인도했다. 역시 나는 운이 좋다.

2022년 1월, 겨울이다. 대추차를 끓인다. 끓인다기보다는 푹

고았다고 해야 맞을 것 같다. 대략 6시간은 넘게 끓었다. 생생했던 대추가 만져보니 흐물흐물해졌다. 김이 한소끔 나가고, 식기를 기다렸다. 대추를 채반에 받쳐놓고 일회용 장갑을 낀 후 손으로 으깬다. 대추 속과 껍데기가 분리된다. 잘 걸러지지 않아서 물을 부어가며 걸렀다. 대추물이 묽다. 불을 켜고 걸쭉할 때까지 졸인다. 설탕을 넣지 않았는데도 단맛이 난다. 배를 하나 넣은 효과가 있는 것 같다. 추석 즈음 과즙이 가득 든 대추는 씹으면 아삭 소리를 내며 달짝지근하다. 겨울에 만나는 대추는 물기가 없고 쪼글쪼글하다. 그냥 먹기도 하지만 대추차를 끓이거나 닭을 삶을 때 넣는다. 대추가 흐물흐물해져야 대추를 거를 수 있다. 잘 걸러진 대추차는 오늘처럼 추운 날 마시면 가슴 밑바닥까지 따뜻하다. 대추차를 만들면서 대추가 인생과 비슷하다는 생각이 들었다. 유행가 가사처럼, 사람은 늙어가는 것이 아니라 익어가는 것이라고 했다. 위로되는 말이다. 대추가 잘 익어야 맛난 대추차가 되는 것처럼, 나도 늙어가는 것이 아니라 익어가는 중이다. 지금까지는 과거의 나와 화해하기 위해 노력했다면, 이제는 미래의 나와 자주 만나 이야기하고 싶다. 1년 뒤 나는 어떤 모습일까? 미리 상상해 보는 것은 즐겁다. 10년 뒤쯤에는 할머니가 되어 있을 것이다. 글 쓰는 할머니가 되어 있을 것이다.

나는 운이 좋은 사람이다. 50%의 운을 내가 만들면 나머지

50%의 운은 하늘이 돕는다고 한다. 맞는 말이다. 50% 운을 내가 만들지 않으면 하늘도 돕지 않는다. 무서운 말이기도 하다. 오늘이 쌓여 내 인생이 된다. 그래서 오늘 하루만 집중하기로 한다. 오늘 운의 씨앗을 뿌린다. 운의 씨앗을 뿌려야 1년 후에, 혹은 3년 후에 거둘 수 있다. 그래서 나는 항상 운이 좋은 사람이다. 운이 좋은 사람은 운 좋은 사람을 만난다. 할머니는 돌아가셔서 내 옆에 없다. 그러나 할머니는 있다. 오늘도 할머니가 나에게 속삭인다.

"너는 운이 좋은 아이야."

박상림

책 쓰겠다 결심했지만 행동으로 이어지지 않았습니다. 완벽하지 않은 사람이 잘 써야 한다는 부담감만 갖고 있었습니다. 시작조차 하지 못했습니다. 자이언트 공저 프로젝트 1기에 참여하니 쓸 수밖에 없는 환경에 들어갔습니다. '모든 책임은 나에게 있다.' 새벽 5시에 일어나서 한 꼭지씩 썼습니다. 저도 쓸 수 있는 사람이라는 걸 알았습니다. 초고는 쏟아내고 퇴고는 정성을 다하는 것을 경험했습니다. 다음 개인 책에도 도전할 수 있습니다. 감사합니다.

김효진

자이언트 공저 1기. 한껏 부푼 마음으로 겁도 없이 책을 쓰겠다고 했습니다. 배운 것과 쓰는 것은 다르다는 걸 쓰면서 알게 되네요. 그냥 쓰면 될 줄 알았는데 말이지요. 한 꼭지 한 꼭지 쓰면서 삶을 기억해 내고 추억했습니다. 퇴고하며 마음도 정리해 봅니다. 별것 아닌 하루하루가 모여 특별한 날들로 만들어주었습니다. 겁 없이 시작한 글쓰기가 삶을 비추네요. 쓸 수 있어서 다행입니다. 쓸 수 있어서 감사합니다.

강문순

내 인생을 에세이로 담았습니다. 덕분에 뒤돌아보게 되었습니다. 고난을 잘 극복하고, 꿋꿋하고 당당하게 잘 살아온 내가 있었습니다. 선명하게 남아있는 추억들이 지금, 이 순간 행복하다고 말해주었습니다. 그리운 그때와 그 사람들을 생각하며 오늘도 언젠가 그리운 날이 될 것이라는 것을 알았습니다. 오늘을 잘 살아야 하는 이유를 찾으며 삶의 한순간을 글로 담으니 내 인생이 소중하고 한결 가벼워졌습니다. 다행입니다. 쓸 수 있어서…….

김형준

이번 설에도 어머니는 두 보따리나 음식을 챙겨주셨습니다. 냉장고에 다 넣지 못하고, 미처 먹지 못한 음식이 생겨도 툴툴거리지 않았습니다. 챙겨주는 그대로 받아왔습니다. 어머니에게 음식은 지난 시간 자식들을 챙겨주지 못한 미안한 마음이라 생각했습니다. 그래서 더 당신을 바꿀 수 없음을 알았습니다. 대신 제가 변하기로 했습니다. 두 분의 삶을 있는 그대로 인정하고 앞으로 내가 어떤 모습으로 살아야 할지 이 책을 통해 되새겨 볼 수 있는 기회였습니다.

김현주

색다른 경험을 하지 않아서 쓸 내용이 없다고 생각했습니다. 두려움 반, 기대 반으로 시작한 집필 과정이었지요. 혼자라면 미뤘을 작업이지만 함께였기 때문에 계획대로 진행할 수 있었습니다. 쓰다 보니 별거 아니었던 경험이 특별한 인생으로 기억됩니다. 잊었던 일들이 가슴에 문장으로 새겨집니다. 버려진 경험도 글이 되는 순간입니다. 저에게 책 쓰기는 살아온 인생이 다시 살아나는 과정이었습니다. 그 경험은 앞으로 살아갈 희망이 되었습니다.

박경숙

내 인생에 새로운 반전이 시작되었습니다. 작가로 태어나는 첫 항해를 시작합니다. 무작정 초고를 쓰고 3번의 퇴고를 거치면서 성장하는 것이 보였습니다. 첫 책이라 독자들에게 어떤 모습으로 보일까? 감동을 줄 수 있는 작가가 될 수 있을까? 두려움이 컸습니다. 하지만 자이언트 공저 1기를 이끌어 주신 선장님과 함께한 선원들이 있어 행복한 책 쓰기였습니다. 첫 인생 에세이를 통해 많은 것을 배우고 발전한 시간이었습니다.

박용진

여러 번 쓴 글을 반추하면, 세상 표현이 다 나와 같을 것만 같다. 그러다 다른 책을 보면 나와 다른 문체가 지면에서 볼록 튀어나와 보인다. 이야기를 품고만 살다가 일기를 쓰며 나에게 보냈다. 아직도 주고받는 게 불편하다. 하물며 누군가에게 보내는 글은 얼마나 용기가 필요하겠는가? 원고 쓸 시간이 충분했다. 마감 날까지 미루다, 밤새워 벼락치기로 매듭을 짓는다. 힘들다. 다음엔 미리 할 테다. 다짐은 흩어진다. 이번엔 감사히도 같이 뛰는 사람이 있었다. 매번 사라지던 내 다짐을 모아 책임을 다했다.

이재은

글을 손에서 떠나보내는 게 어쩜 이리도 아쉬울까요? 초고를 쓰고, 분량을 맞추고, 퇴고를 하고, 또다시 한번 퇴고를 하고, 맞춤법을 다시 한번 살펴봅니다. 글을 쓰며 '용기'와 '정성'을 배웠습니다. 어떻게든 써보는 용기! 독자를 위해 필요 없는 부분을 지우고 문장을 다듬는 정성을요. 마침표를 찍는 '결단'도 배웁니다. 나의 하루하루가 글이 되고, 글을 통해 나의 경험을 나눌 수 있다는 게 참 좋아요. 쓰는 동안 힘들지만 즐거웠습니다. 쓸 수 있어 다행입니다.

홍혜숙

하루하루 일상을 살아가면서 이일 저일 일들이 많습니다. 하루를 잘 살아내려고 책 쓰기를 도전하였습니다. 하지만 힘든 퇴고를 여러 번 겪으면서 시작이 있으면 끝이 있는 일들을 체계적으로 잡아 나가야 했습니다. 급하게 훅 뛰어가서는 안 된다고 여겼습니다. 퇴고는 집을 짓고 나서 하는 인테리어라고 생각합니다. 인테리어를 예쁘게 할수록 집은 아름다워집니다. 헤밍웨이는 노인과 바다를 37번 퇴고했습니다. 나의 책 쓰기에 도전해 볼 용기가 생겼습니다.

나선화

글을 쓰면서 '인생'을 돌아보았습니다. 아팠던 시절의 나를 만나서 위로하고, 엄마를 만나서 사랑을 표현하고, 찬란했던 순간을 떠올리고, 할머니가 나에게 했던 소중한 말을 기억해 냈습니다. 힘든 줄만 알았던 시절, 운명을 피하지 않고 맞서는 용기 있는 나를 발견합니다. 이제는 미래입니다. 글쓰기는 필연입니다. 선한 길로 인도하시는 하나님의 섭리입니다. 바닷가 모래사장에서 조개를 줍듯이 내 인생에서 보석을 발견하는 즐거움을 공저를 하는 내내 즐길 수 있었습니다.

뜻을 품은 사람이 길을 만든다

초판인쇄   2022년 4월 25일
초판발행   2022년 4월 29일

지은이   박용진 외
발행인   조현수
펴낸곳   도서출판 더로드
기획   조용재
마케팅   최관호 최문섭
편집   강상희
디자인   호기심고양이

주소   경기도 고양시 일산동구 백석2동 1301-2
           넥스빌오피스텔 704호
전화   031-925-5366~7
팩스   031-925-5368
이메일   provence70@naver.com
등록번호   제2015-000135호
등록   2015년 06월 18일

정가 16,000원
ISBN 979-11-6338-255-3 03810